JN092969

# カモナマイハウス

Come On-a My House

重松清

中央公論新社

カモナマイハウス　目次

Come On-a My House

## Contents

第一章　マダム・みちるのお茶会　9
第二章　お父さん、家で泣いたことありますか？　53
第三章　空き家には悪だくみがよく似合う　102
第四章　追っかけセブン、登場　138

第五章　もがりの家　193

第六章　マダムの正体　229

第七章　時代の荒野を駆け抜ける男　288

第八章　うつせみの庵(いおり)へ、いつか、ようこそ　343

第九章　アラ還夫婦の結婚記念日　388

# カモナマイハウス

# 第一章　マダム・みちるのお茶会

## 1

「本題とは全然関係ないんですけど、ちょっとだけ寄り道させてもらっていいですか?」

営業車の助手席に座ったウェブメディアの記者は、シートベルトを装着しながら言った。

水原孝夫(みずはらたかお)は、「いいけど?」と返して車をゆっくり発進させた。寄り道もなにも、まだ取材は始まっていない。ついさっき名刺交換をしたばかりで、西条真知子(さいじょうまちこ)という記者の名前もうろ覚えの段階なのだ。

「広報の柳沢(やなぎさわ)部長から、チラッとうかがったんですけど——」

その前置きで見当がついた。駐車場から外の通りへ車を進め、左右を確かめるしぐさとエンジンの音に紛らせて、そっとため息もついた。

「水原さんの息子さん、戦隊ヒーローの俳優さんだった、って」

当たった。柳沢の笑顔が浮かぶ。大卒で同期入社して三十五年以上の、長い付き合いになる。悪いヤツではないが、おしゃべりな性分で、相手を喜ばせたいサービス精神も旺盛で——だからこそ、広報に向いているのだろう。同僚や友人としての守秘義務は忘れずにいてほしいのだが。

「名前、教えてもらっていいですか?」

断ろうとしたら、柳沢の顔がまた浮かんだ。今度は、頼むよ、と拝んでくる顔だった。取材を受けた回数は広報の実績になる。しかも、この取材は、会社にとっても大切な新規事業にまつわるものだった。みすみすチャンスを逃すわけにはいかないのだ。

「言ってもどうせわからないよ。昔の話だし、視聴率も良くなかったし」

「全然平気です。わたし、戦隊ヒーローはくわしいんですよ」

「……じゃあ、タイトルだけ」

『ガイア遊撃隊ネイチャレンジャー』——ネイチャーとチャレンジャーを組み合わせたタイトルどおり、地球を環境破壊の魔の手から守るために、若き勇者たちが戦う、というドラマだった。

「え、マジ、ほんとですか?」

「知ってる?」

「知ってます知ってます」

「けっこう昔だけど」

「はい、大学時代です」

西条記者は、孝夫の一人息子の研造と変わらない年格好だった。いま三十一歳の研造が『ネイチャレンジャー』に出演していたのはちょうど十年前のことになる。

「幻の名作ですよね。リアルタイムの視聴率は悪かったけど、ヒーローたちのその後のブレイクがすごいじゃないですか」

声を弾ませて、一般のドラマでも売れっ子になった俳優二人の名前を挙げた。ともに『ネイチャレンジャー』がデビュー作で、ドラマの中の名前をそのまま芸名として使っている。

「もしかして、息子さん、風祭翔馬くん？」

孝夫は、まさか、と苦笑してかぶりを振る。『ネイチャレンジャー』の頃から華やかさでは頭一つ抜けていた風祭翔馬は、順調にステップアップを続け、いまでは地上波の連続ドラマでコンスタントに主役を張るほどにもなった。

「だったら、美原大河くんだったりします？」

こちらも不正解。数年前に舞台で好演して新人賞を総なめした美原大河は、若手随一の演技派として、クロウト受けする映画や演劇に引っ張りだこだった。

「じゃあ……」

言いかけて、口ごもる。「えーと、あと、誰でしたっけ、名前……」

最悪の展開になってしまった。

三人組の戦隊のうち二人はみごとにブレイクしたものの、残り一人は鳴かず飛ばず。そんな、絵に描いたような「はずれ」こそが、つまり——。

「思いだした！　ホムホムですよね！」

ようやく正解にたどり着いた。翔馬や大河と同様、役名にして芸名が、炎龍斗（ほむらりゅうと）。炎を「ほのお」ではなく「ほむら」と読んでもらうために、ドラマでは仲間からホムホムと呼ばれていたのだ。

「え、うそ、すごっ、ホムホムのお父さんってことですか、水原さん」

驚いている。ただし、さほど感激しているようには見えない。もしかしたら、ホムホムまでは出てきても、炎龍斗という名前は思いだせずにいるのかもしれない。

「それで、いま、ホムホムはどんなことやってるんですか？」

柳沢の口の軽さをつくづく恨んだ。与（あずか）り知らぬ場で赤っ恥をかかされた息子にも、すまん、と心の中で謝った。

「いろんなことをやってるよ、細々とだけど」

「いろんなこと、って？」

サービスは、ここまで。

「取材だよね」

口調を改めて、「早くやっちゃおう。現場に着くと忙しいから」と、ぴしゃりと言った。

さすがに西条記者も仕事モードに切り替えて、メモとＩＣレコーダーをバッグから出した。

「じゃあ、初歩的な質問も多くて恐縮ですが、いろいろと教えてください」

空き家をめぐる状況と、いま孝夫が手がけている仕事について——。

孝夫の勤務先は、多摩エステートサービスという不動産会社だった。略してタマエス。業界では中堅の武蔵地所の関連企業で、もともとは東京西部のマンションの管理やメンテナンスが専門の会社だが、超少子高齢化の時代の流れを受けて、近年は新規事業への進出を図っている。

その一つが、空き家ビジネス――。

西条記者は「簡単に予習してきたんですけど」とメモを読み上げた。

総務省の調査によれば、全国の空き家数は二〇一八年の時点で八百四十九万戸だという。

「大阪府の人口が八百八十万人ぐらいだから、空き家一軒に一人ずつ住んだとしても、ほとんど入っちゃうわけですよね。二人とか三人で住むんだったら、大阪府がまるごと入ったあと、まだすごく余っちゃって……」

孝夫はうなずいて、「スイスだってそうだ」と言った。「あそこの人口は八百六十一万人だから」

さらに続けた。

「ブルガリアなら六百九十八万人で、デンマークなら五百八十一万人。一軒一人ずつでも、お釣りが来るぐらいだ」

一つの国がそっくり引っ越してきても受け容れられるほどの空き家が、いまのニッポンにはある。

しかも、どんどん増えている。

「一九八八年が三百九十四万戸だったから、『平成』の間に二倍以上になってるんですね」

これからも間違いなく増える。

「空き家率が十三・六パーセントって……七軒に一軒が空き家っていうことですよね。すごい」

だからこそ、タマエスはそこにビジネスチャンスを探っている。

「で、最前線で陣頭指揮を執ってるのが、水原さんですよね」

「……指揮は執ってないよ」

名刺の肩書は「新規事業開発室シニアディレクター」となっていても、そこに「長」は付いていない。武蔵地所から出向してきた孝夫を迎えるために営業部の中に新設された、上司も部下もいない一人きりの部署なのだ。

「それに、まだ最前線っていうほどでもない。勉強やリサーチの段階だ」

「でも、柳沢さんが言ってましたよ、水原さんは街づくりのプロフェッショナルだって」

「そういう部署に長くいたっていうだけだよ」

武蔵地所では、都市計画部でさまざまなニュータウンや大規模マンション、再開発事業に携わってきた。たいして出世はできなかったし、苦労話を言いだせばきりがない。それでも、振り返って均してみれば、充実した日々だった。

この二月、満五十八歳の誕生日を迎えて役職定年となり、タマエスに出向した。定年の六十歳まで、あと二年。そのままリタイアするか再雇用制度を使って会社に残るかはまだ決めていないが、いずれにしても、タマエスでの仕事がサラリーマン人生の集大成になるだろう。

「こっちに来て二ヶ月になりますよね。どうですか、手ごたえは」

「いや、まだ、そこまでは。もともと営業がタネを蒔いてくれてたのを引き継いで、やっと現場の仕事の段取りを覚えかけた程度なんだから」

その現場仕事の一つが、いまから西条記者が同行取材をする空き家の巡回点検だった。人の住まなくなった家は、放っておくとあっという間に傷んでしまう。防犯や防災のこともある。万が一にも、ご近所に迷惑をかけてはいけない。

「だから、定期的なメンテナンスが必要だっていうことなんですね。なるほどです」

室内の換気、郵便物の整理、庭の掃除、外壁の水洗い……メンテナンスの項目は多岐にわたる。

「要するに、人の住んでいない家のほうが、手がかかるってことだよ」

皮肉な話だけどさ、と付け加えると、西条記者も苦笑いを返して、「ありがとうございました」と車内での取材を終えた。ちょうど車は街道から住宅街の生活道路に入ったところだった。あと数分で、今日最初の現場に着く。

タマエスでは、空き家の年間メンテナンス契約を六十件ほど結んでいる。収益はまだ微々たるものだが、これはあくまでも当面の飯のタネ、いわば消極的な空き家ビジネスだった。いずれはもっと積極的に空き家を活かすリノベーション事業を展開しなくてはならない。

自分はそのために親会社から送り込まれたのだと、孝夫もわかってはいるのだが――。

どうにも気勢が上がらない。

サラリーマン人生の集大成になる仕事だと自分に言い聞かせていても――。

さあ現場だ、仕事だ、今日もがんばるぞ、と盛り上がってくるものがない。タマエスに来て空き家を扱うようになってから、いつもそうなのだ。長年仕事をしていて、こんな感覚に包まれるのは初めてのことだった。

「……なんだか、墓参りと似てるんだよな」

思わず声に出してつぶやいてしまった。

もっとも西条記者は、仕事モードをあっさり終えていた。ＩＣレコーダーの録音スイッチも早々に切ってしまい、「あー、でも、ホムホム、懐かしいなあ……」と寄り道の話に戻って、一人で感慨に浸っていたのだ。

あとになって知った。

ホムホムこと、炎龍斗こと、水原研造――いや、祖父に付けてもらった名前が古くさくて大嫌いな彼の思いを汲めば、ここではせめて「ケンゾー」と綴るべきだろうか。

孝夫と西条記者が『ネイチャレンジャー』の話をしていた、まさにその頃、ケンゾーは救急病院の待合室にいた。

右膝下から足首まで真新しいギプスで固定された痛々しい姿で長椅子に座り、暗澹たる思いで天を仰いでいた。

会計を終えた母親――美沙が窓口から戻ってきた。ケンゾーは「ごめん……助かった」と低い声で言って、「すぐに返すから」と付け加えた。

「そんなのはいいんだけど」

美沙はケンゾーの隣に座って、「だいじょうぶなの？　痛くない？」と心配そうに訊いた。

「うん……痛み止め、効いてるし」

早朝、右の向こうずねを骨折した。公園のジャングルジムのてっぺんから後ろ向きに地面に飛び下りようとして、着地をしくじってしまったのだ。

いったんは足を引きずりながら一人暮らしのアパートに帰ったものの、痛みに耐えきれずにタクシーで救急病院に向かった。思いのほかメーターの金額がかさんでしまい、手持ちの現金では治療費が足りなくなった。それで美沙にＳＯＳの電話をかけたのだ。

美沙は、やれやれ、と低いため息をついた。「なんで飛び下りたの？」とは訊かない。訊かなくても、いきさつは予想がつく。

「早起きしたの？」

「違う、逆、徹夜明け。仕事の帰り」

「仕事って、居酒屋だっけ」

「そこは年明けで辞めて、いまはコンビニ」

「……そう」

美沙のため息はさらに低く沈んだ。

「今夜と明日が稽古だから、その前に自主練してたんだけど……メンバーにも迷惑かけちゃって、サイテーだよ、ほんと」

ケンゾーは、四年前から忍者ミュージカル劇団『手裏剣スナイパーズ』を主宰して、年に二回の公演のために年下のメンバーとともに稽古に――そしてアルバイトに励んでいるのだ。

「公演、今度はいつあるの？」

「五月の連休。で、公演じゃなくて営業ね」

企画から起ち上げる公演とは違い、営業は雇われ仕事である。観客動員や収支の心配は要らなくても、演劇人としては、秋の公演の資金稼ぎのためだから、と割り切るしかない仕事だった。

「でも、ひさしぶりに野外ステージだったんだよなあ」

北関東にある遊園地のショーだった。

「どっちにしても、もう間に合わないよ」

いまが四月初めで、骨折は全治一ヶ月。ステージでアクションをこなすには梅雨時までかかるだろう。アルバイトを掛け持ちしながら劇団を続ける三十一歳の役者としては、向こうずねと一緒に心まで折れてしまいかねない事態だった。

「油断しちゃったよ、大後悔、まいった……」

ケガをしたのは油断だったのか、もう若さを失いつつあるせいなのか。落ち込む息子の横顔を、美沙はやるせない思いで見つめるしかなかった。

会うのは正月休み以来だった。一月二日にテレビを点けたら、たまたま風祭翔馬が主演する新春ドラマをやっていた。孝夫と美沙は気をつかってチャンネルを変えようとしたが、ケンゾーは「べつにいいよ、これで」と言って、無表情にテレビを見つめた。そのときも、美沙は息子の横顔に声をかけることはできなかった。

「この足で、バイトだいじょうぶ？」

「うん……ちょっと無理かも。しばらく休ませてもらうしかないかな」

「買い物や、いろんなことも大変でしょ」

「まあね……」

「じゃあ足が治るまで、ウチにいれば？」

「――え？」

「お母さんも、お父さんと二人きりより、誰かいてくれたほうが気が楽だし」

思いがけない展開に啞然（あぜん）とするケンゾーに、美沙はいたずらっぽい笑みを浮かべて「それにね」と続けた。

「ケンちゃんに会わせてあげたい人がいるの」

## 2

孝夫は、会社帰りの電車の中で、家族のＬＩＮＥグループをチェックした。美沙の投稿が一件。ケンゾーのケガと、我が家にしばらく居候する旨が伝えられた。救急車のスタンプが添えてあったが、だからこそ、たいしたケガではなさそうだな、と安堵した。ケンゾーからもアニメのキャラが〈よろしくお願いします！〉と土下座で頼み込むスタンプが送られている。

孝夫は〈了解です〉と返した。我ながら硬い。家族の間で「です」までは要らないだろうと自分でも思うし、スタンプを使えば手間もかからない。わかってはいるのだが、そのあたりがどうにも不器用な性格なのだ。

孝夫の返信は、いま電車に乗ったから、という報告も兼ねている。そうすれば急ぎの買い物にも対応できるし、美沙も孝夫の帰宅時間の見当がつくと、家事の段取りがつけやすい。この手の決まりごとは、いくつもある。それを積み重ねていくのが、家族の歴史ということなのかもしれない。

公衆電話で「帰るコール」をしていた新婚時代から、ずいぶん長い年月が流れた。今年は結婚三十三年目になる。三十年の真珠婚と三十五年の珊瑚婚の間で、伝統的なセレモニーは定められてはいないのだが、十月の結婚記念日には、やはり、なにもしないわけにはいくまい。

三年前には、真珠のネックレスは贈ったものの、充分なお祝いができなかった。そんな余裕はなかった。おととしと去年の結婚記念日も、ばたばたしたまま過ぎてしまった。つごう三年半になるだろうか。我が家は、介護という名の嵐に翻弄されどおしだったのだ。

真珠婚式の前年、横浜に暮らす美沙の両親が、立てつづけに重い病気に侵された。父親が脳疾患、母親が進行の早いがん、闘病と介護の日々が続くなか、追い打ちをかけるように、状況がさらに悪くなった。最初に父親が、ほどなく母親が、認知症を発症してしまったのだ。近所でも評判だったおしどり夫婦らしく——ここだけは夫唱婦随であってほしくはなかった。

公立高校の国語教師だった美沙は、やむなく早期退職して、両親の介護に専念することになった。その決断の過程で、さらには介護の日々を通じて、兄夫婦と諍いを繰り返したすえ、もはや関係は修復不能なまでになってしまったのだが、それは、また、別の話になる。

とにかく、ずっと忙しかったのだ。東京と横浜を毎日のように往復して、実家と介護施設と病院とを細かく巡った。父親が二年、母親が三年、二人の介護が重なった二年近くは、時期によっては介護別居もせざるをえなかった。

そんな日々が、去年の暮れ、母親が亡くなったことで、ようやく終わった。両親をともに見送って、娘という立場から卒業したわけだ。ただし、ケンゾーを育てあげたときのような達成感はない。ただ、「終わっちゃったね……」とつぶやくだけのゴールだった。

「悪いけど、しばらくは抜け殻だから」

言葉どおり、美沙は母親の葬儀のあとはすっかり元気をなくしてしまった。年末はほとんど家の中にこもりきりで、CSで一挙放送された古いドラマばかり観ていた。

正月に顔を出したケンゾーも、口では「介護ロスなんじゃないの?」と冗談めかしていたが、やはり心配しているのだろう、アパートに戻るときには孝夫にこっそり「お母さんのこと、フォローよろしくね」と耳打ちしたのだった。

そうか、ケンゾーがウチに来るのって、正月以来になるのか――。

電車の中でふと気づいた孝夫は、すぐさまポケットを探った。

ケンゾーは最近の我が家の様子を知らない。伝えておくべきことがある――家族のグループLINEではなく、二人のトークで。

だが、スマホを取り出すと、すでにケンゾーからのメッセージが届いていた。

〈お母さん、なにかあったの？〉

だよな、そう思うよな、と孝夫はため息交じりに返信した。

〈くわしくは帰宅後〉

すぐに既読がつき、スタンプが返ってきた。

さっきと同じアニメのキャラが〈ドキドキ♡〉と胸を押さえて緊張しているスタンプだった。

孝夫はまた、さっきとは違う意味でため息をついた。


「玄関に入った瞬間、あれ？　って思ったんだよね。ウチってこんな匂いしてたっけ、って」

ケンゾーは声をひそめて言った。美沙は入浴中なので、リビングの話し声が聞こえる心配はまずないのだが、曲がりなりにも俳優だけに、地声がよく通るのだ。

「アロマじゃないよね、これ。もっとシブいっていうか、お寺っぽいっていうか」

「ああ……お香だ」

孝夫はハイボールを啜(すす)ってうなずく。

「お香とアロマって違うんだっけ？」

「全然違うさ。アロマはオイルだ。液体だ。花や木から抽出したエッセンスだけど、お香は香木を熱して、薫(た)くんだ」

揮発性のあるアロマは、香りの立ち上がりが速い半面、長持ちしない。一方、熱を与えるお香は、立ち上がりには時間がかかっても、深い香りが長く続く。

「でも、お母さん、そんな趣味って……」

「最近、始めたんだ」

「なんで？」

「部屋をゆっくりゆっくり、時間をかけて薫き染めると、時が満ちるんだ」

「はあ？」

だよな、そのリアクション当然だよな、と孝夫は缶に残っていたハイボールをグラスに注いだ。

「それって、お母さんが自分で考えたフレーズなの？　誰かに聞いたこと？」

「……聞いたことだ」

「テレビとか？」

「違う。知り合いに教えてもらったらしい」

「知り合いって、お父さんも知ってる人？」

「いや……」

かぶりを振って、ハイボールを啜る。小さなげっぷとともに、まいっちゃうよなあ、という声にならないつぶやきも漏れた。

「ね、お父さん」

ケンゾーは身を乗り出して、「その話って、けっこうシリアスな展開になりそう？」と訊いた。

「いや……そんなのじゃないから、だいじょうぶだって」

言葉をいくつか端折った。父親として、息子によけいな心配はかけたくない。だが、ほんとうは「いまのところは」を入れるべきだったし、最後は「と思うけど」で締めくくったほうが正確だし、もっと本音に近づけるなら、最後にさらに「どうなんだろうなあ……まったく」と弱音も付け加えたいところだった。

「最近、お母さん、仲良しの友だちができたんだ。一回りぐらい年上のおばあちゃんなんだけど、すごく上品な人で、お洒落で、教養もあって、ライフスタイルが最高なんだってさ」

その友だちが、教えてくれたのだ。

時間を、ただ流れて、過ぎ去っていくだけのものにしてはいけない——。

時間を自分自身に注ぎ込み、人生を時で満たしていくことを覚えなければ——。

「お母さんのいれた紅茶飲んだか？」

孝夫の言葉に、ケンゾーは、そうそうそうそう、と小刻みにうなずき、「オレ、紅茶のことも訊きたかったの、お父さんに」と早口に言った。「なにあれ、ワケわかんないんだけど」

病院から帰ってきて、ひと息ついたあと、美沙に「お茶でも飲む？」と言われた。「おいしい紅茶があるから、いれてあげる」

本場イギリスでゴールデンルールと呼ばれる、本格的な作法だった。缶入りの茶葉を使い、ガラスと陶器の二つのポットやカップをお湯で温めて、沸かしたてのお湯で紅茶をいれる。ガラスポットを覗き込んで茶葉が浮き沈みするジャンピングの様子を確かめ、茶漉しで陶器のポットに移し替えるときも、味わいが最も凝縮されている最後の一滴——ベストドロップが落ちるまでじっと待つ。そしてポットに保温用のコージーをかぶせ、マットを敷いて、ようやくカップに注ぐのだ。

「まあ、確かにおいしかったけどさ、とにかくびっくりしちゃって」

「だよな……」

先月、初めてゴールデンルールの紅茶を飲まされたときの孝夫もそうだった。しかも味の違いがわからなかったので、美沙にさんざんあきれられてしまったのだ。

「お母さんって、もともと時短の人でしょ。紅茶もティーバッグでパパパッだったじゃない。お湯も電気ケトルの沸かし直しとか、時間がなかったら、ぬる燗とか人肌とか言って、ぬるくなったお湯をそのまま使ったりして」

「仕事や介護で、ずっと忙しかったからな」

「なんで急に凝りはじめたわけ？」

「紅茶もお香も、友だちに教えてもらったんだ」

「マジ？」

「毎日のいろんなことを時間や手間暇をかけてゆっくりやれば、時間が流れずに自分の中に溜まって、満ちていくんだ、って」

「で……それでなにか、いいことあるわけ？」

「お父さんには、わからん」

素直に認めた。「でも、お母さんとしては、時間が溜まって、満ちていくっていう考えが、すごくハマったみたいだ」

「……マジ、ちょっとヤバくない？」

「だいじょうぶだよ」

日々の生活に、少しずつ手間暇のかかることを取り入れているだけなのだ。それをまわりに強制するわけではないし、ふつうに話もできて、現実離れしたところは一切ない。なにより、誰にも迷惑はかけていない。両親の介護でずっとしんどい思いをしてきた美沙が、介護ロスの抜け殻状態から、ようやく脱してくれたのだ。それでいいではないか——いまのところは。

「その友だち、お父さんは会ったことあるの？」

「いや、名前しか知らない」

みちるさん——。

内輪では、「マダム・みちる」と呼ばれているらしい。お金持ちで、上品で、教養豊かで、謎めいた老婦人だ。執事のような男女を世話役にして、自宅でお茶会を開いている。美沙は二月にお茶会に参加して、みちるさんの人となりやライフスタイルにすっかり魅了されたのだ。

「だいじょうぶなの？　なんか、けっこう怪しげなキャラなんだけど」

「まあ、お母さんは、そういうところはしっかりしてるからな。それより、おまえはケガを早く治さなきゃ」

話の矛先を変えたものの、ふと思った。

骨折を治して復帰したからといって、三十の大台に乗った元・特撮ヒーローに、本格的な俳優としての居場所はあるのだろうか。むしろ、父親としては、このケガで踏ん切りをつけたらどうだ、と言ってやるべきではないのか……。

「でも、なんか、心配だなあ」

ケンゾーは、また母親のことを案じる。優しいのだ。お母さんっ子でもある。「親の心配をする前に、自分のことを心配しろよ」と言いたい思いをグッとこらえて、「だいじょうぶだ、お父さんがいるんだから」と胸を張った。

そこまでは親の威厳を保っていたつもりだったが、ケンゾーは「そうだね」と素直にうなずいたあと、続けた。

「どっちにしても、自分で見てみるよ」

「――え？」

「明日のお茶会、オレも付き合わなきゃいけないから」

「誘われてるのか？」

「うん、お母さんに言われたんだ。なんか、マダム・みちるやお茶会の友だちにオレを紹介したいみたい」

「……そうか」

孝夫は一度も誘われていない。それとなく水を向けてもだめだった。

ダンナは会わせたくない――。

けれど、息子は紹介したい――。

なんなんだよ、それ、と言いたい。夫と妻ありきの家族だろ、家族の出発点は夫婦じゃないのか、と諭したい。

だが、ケンゾーは、得心したように言った。

「お母さん、おじいちゃんとおばあちゃんの介護が終わって、空っぽになったのかもね。で、それを埋めるものを探してるのかもね」

ワケ知り顔の言い方に孝夫は少々鼻白んでしまったが、ケンゾーはスマホを手に取って操作しながら続けた。

「オレ、シニア世代にけっこうくわしいんだよね」

「はあ？」

「なんか、お父さんとかお母さんに言うと心配されちゃいそうだから、いままで黙ってたんだけど……」

スマホの画面を孝夫に見せた。ケンゾーの——というより、炎龍斗のインスタグラムだった。ギプスをつけた写真に、激励やお見舞いのコメントが付いていた。

「最初にコメントくれた三人、名前読んでみて」

「……ケイコ、アツコ、ミヨコ」

「オレ、この三人に、昔から推されてるの」

「推されてるって……ファンクラブみたいなものか」

「微妙に違うけど、まあいいや。で、三人の歳、いくつだと思う？」

コメントは〈ホムホムの杖になりたい！〉〈困ったことがあったら教えて〉〈わたしが代わってあげたい〉――年齢など見当もつかない。

「三人とも、七十を過ぎてるから」

「――は？」

「追っかけセブンティーズっていうんだけど、最近は端折って、追っかけセブンなんて自分たちで言ってる。歳をロンダリングしてるんだよ」

「なんだ、それ？」

「みんないい歳してるんだけど、気持ちが若いんだ。還暦あたりからの長い付き合いなんだけど、昔よりいまのほうが元気で若々しいんだ、あの三人」

首をかしげて、くすぐったそうに笑う。孝夫は困惑してハイボールを啜る。確かに心配になる。さすがにオトコとオンナがどうのこうの、というのではないが、もっと大きな意味で、息子の人生が心配になってしまうのだ。

「で、三人には合言葉があるわけ」

古希の「キ」は、希望の「キ」――。

「オレ、ああいう歳の人の、空っぽになったものを埋めたいパワーって、めちゃくちゃすごいと思ってる。思うっていうか、実感してる」

だから――。

「お母さんも、そうかもね」

ケンゾーは腕組みをして、ふむふむ、なるほど、と自分の言葉にうなずいた。持って生まれた童顔は隠しようもなくとも、三十ヅラの歳相応のおとなっぽさも、かすかに、どうにか、にじんだ表情になった。

## 3

ウェブメディアの取材は、翌日も続いた。

話が違う。最初は昨日一日だけのはずで、だからスケジュールを調整して、部外者が訪れても差し障りのない現場を選んだのだ。

だが、今日の現場は、家の中に入らなくてはならない。空き家の持ち主のプライバシーにもかかわるので、部外者を同行させては信義にもとる。

孝夫は「今日はだめだ」と断った。

だが、柳沢は「オーナーさんには俺から電話入れるから、頼むよ」と譲らない。

取材の延長は、西条真知子記者の強い希望だった。昨日の取材で手ごたえを得たらしい。空き家には、いまのニッポンが抱える課題が凝縮されている――。

「たいしたもんだよな。たった一日の取材でも本質をズバッと見抜いてる。まだ若いけど、なかなか優秀だぞ、彼女は」

柳沢はすっかり感心していた。

「スイスやブルガリアや、あとデンマークだったかな、外国の総人口とニッポンの空き家の数の比較とか、面白かったよ。グローバルな視点だよなあ」

いや、それは俺が——と返す前に、話が先に進んだ。

西条記者はウェブニュースの単発記事だけではなく、シリーズ連載や動画配信、さらには紙の本にまとめることまで考えているらしい。

「広報としてもありがたい話だからな。頼むよ、ミズちゃん」

両手で拝まれると、孝夫としても無下にはできなくなってしまう。

親会社の武蔵地所にいた頃は、都市計画の孝夫と広報の柳沢の同期コンビで、いくつものプロジェクトを手がけてきた。タマエスへの出向も二人同時——武蔵地所の取締役には「伝説の名コンビで、新天地でも暴れてくれ」と送り出されたが、柳沢に言わせれば「愚痴を言う相方を付けてくれたのが、会社のせめてもの親心なんだろ」となる。

「……わかった、じゃあ午後イチの現場に連れて行く」

「悪いな、助かる」

「オーナーさんへの連絡は頼むぞ」

あらためて柳沢を見つめ、これだけは忘れないでくれよ、という思いを込めて言った。

「空き家は、廃屋じゃないんだからな」

同じことは、現場に向かう車中で西条記者にも言っておいた。

「わかりますわかります、はいはいはい」

取材二日目の心安さもあるのか、西条記者の受け答えは、昨日にも増して、ひたすら軽い。

「ちゃーんと所有者がいるってことなんですよね？」

軽いだけでなく、浅い。

孝夫は顔をしかめて言った。

「名義の問題だけじゃないんだ」

「――って？」

「生々しさが違うんだよ、全然」

動画にたとえて説明した。

「廃屋は停止ボタンが押されて、動画再生のアプリも閉じて、画面が真っ暗になった状態だ。もう一度動かそうと思ったら、またアプリを起ち上げて、再生を始めなきゃいけない。昔のビデオで言えば、再生ボタンを押し直すわけだ」

一方、空き家は――。

「一時停止の状態なんだ。ポーズだな。画面は暗くならずに、ただ停まってるだけなんだ。だから、一時停止を解除するだけで、すぐにまた再生が始まる」

「はあ……」

「まあ、行ってみればわかるさ」

実際に空き家に入ってみればいい。それでなにも感じないようなら、柳沢には悪いが、彼女にはジャーナリストの才能はないだろう。

「現場は、空き家になってまだ五年目だ。オーナーさんの私物も残ってるから、気をつけてくれ」

撮影をしないことと、原稿で個人情報を明かさないことを、あらためて約束させた。

もっとも、西条記者は返事もそこそこに、「それより――」と話題を変えた。

「『ネイチャレンジャー』って、今月からネットで配信してるんですね」

本題はそっちかよ、と脱力した。

「ゆうべ観ました。とりあえず最初のほうの三話だけですけど、十年前だから、翔馬くんとか大河くんとか、みんな若いんですね」

「まあな……」

違うだろ、俺が相手なんだから、まずは炎龍斗だろ、ホムホムの話からだろ、と言いたいのをグッとこらえた。

「いまでもメンバー、仲良しなんですか？」

一瞬、嫌な予感がした。

「ホムホムと大河くんって、いまでも接点あるんですか？」

やはり、それか。西条記者のお目当ては美原大河ということなのか。

「さあ……息子は独立してるから、よくわからないな、俺には」

嘘をついた。ケンゾーはいま、風祭翔馬とも美原大河とも、一切付き合いはない。背中を向けているというより、取り残された。売れっ子になった二人とは、もう、住む世界が違ってしまったのだ。

「じゃあ、今度、訊いてもらっていいですか？」

無邪気に、屈託なく、なんの悪気もないところが、困ってしまう。

「今度な、うん、今度……」

腹立たしさよりもむしろ哀しさとともに受け流し、「悪いけど、ちょっと話はストップ。車の中では仕事の段取りを考えてるんだ」と、おしゃべりを止めた。

ブレイクしそこねた息子の悲運と悲哀を、あらためて嚙みしめる。いま、この瞬間も、風祭翔馬はドラマやバラエティーの収録をしているだろう。美原大河は舞台だろうか。低予算でも良質な映画のロケかもしれない。それに対して、我が息子はどうだ。「小さなミュージカル劇団を率いて」という紹介の字面だけを見れば、そこそこの頑張り具合になるのだが、そのじつ生活費や劇団の活動費稼ぎのバイトに追われ、徹夜明けの体にムチ打って自主練習をしたせいで向こうずねを骨折してしまい、松葉杖をついて、今日は午後イチから怪しげなお茶会に……。

車のスピードが自然と上がってしまった。ケンゾーの将来のことを考えると、いつもこうなってしまう。もうあいつもおとななんだから、あいつの人生はあいつ自身のものなんだから、と理屈ではわかっていても、胸の奥がどうにも落ち着かない。じれったい。もっと、こう、夢を追うにしても、現実を選ぶにしても、ガツンと力強く前に進んでくれないものか、と思う。

「でも、運命ってすごいです、ホムホムのお父さんに仕事でお世話になるなんて」

ほんの十秒で、沈黙は破られた。

返事をせずにいたら、一人で勝手に話を進める。

「ゆうべ『ネイチャレンジャー』をひさしぶりに観てみたら、ホムホムって、序盤からけっこうキャラが立ってるんですよね。基本的にホムホムが深追いしすぎたり、おっちょこちょいなミスをしたりして、敵に捕まっちゃうんですよ。で、ピンチになったところを、翔馬くんや大河くんが助けてくれるのが、お約束のパターン」

わかっている。それは十年前のオンエアのときから感じていた。ケンゾー本人は「斬り込み隊長っていうか、積極キャラっていうか、オレが動くことで物語も動くわけだよ」と満更でもなさそうだったが、冷静に、公平に見たら、そういう役柄は、つまり――。

「イイ感じの足手まといなんですよね、ホムホムって」

車のスピードが、今度はすとんと下がってしまった。

「あ、でも、『イイ感じ』がポイントですからね。ダメな感じでなんでもできるヒーローより、イイ感じで失敗するヒーローのほうが絶対に魅力的ですよ」

それは、まあ、そうかもしれない。

「もちろん、イイ感じでなんでもできるヒーローが最強なんですけどね」

翔馬くんや大河くんみたいに、と――西条記者が口にしたわけではないのに、孝夫が一人で、勝手に、付け加えてしまった。

「あのさ、西条さん……悪いけど、さっき言ったように、車の中では……」

「ですよね、すみません、ごめんなさいっ」

大げさな両手拝みで謝ってから、「『西条さん』じゃなくて『真知子さん』でいいですよ、あと、『マッチ』でも」と笑って言った。「仲良しの友だちは、みんなマッチって呼んでくれてるし」

仲良しじゃないだろ、そもそも友だちでもないだろ……。

力が抜けて、車のスピードがさらに下がってしまった。

おちつけ、おちつけ。

自分に言い聞かせて、気を取り直し、アクセルに乗せた右足に少しずつ力を込めていった。

おちつけ、おちつけ。

円卓を囲む熟年女性の視線を一身に浴びたケンゾーは、愛想笑いの陰で自分に言い聞かせた。

いまのオレは水原研造じゃない、炎龍斗だ。生命体ガイアの眷族にして火の山の勇者、ホムホムが、敵のアジトに潜入中――。

状況を設定して、自分に役を与えると、不思議と冷静になれる。コンビニの深夜バイト中にからんでくる酔客も、悪の組織の幻覚攻撃ということにして、「おあいにくさま、その手には乗らないぜ」と余裕の笑みでかわしてきたのだ。

いま潜入している場所は、マダム・みちるの自宅――内輪では『みちるの館』と呼ばれている。

確かに「館」の名に恥じない、趣のある邸宅だった。レンガ敷きの小径がついた庭には色とりどりの花が咲き誇り、手入れの行き届いたレトロモダンな建物は、大正時代に建てられたものをリフォームしているのだという。しかし、特撮ヒーローの世界観では、その趣は、むしろ敵の首領が隠れ住むアジトにこそふさわしいものなのだ。

午後のお茶会に招かれた。もともとは美沙一人だったが、昨日のうちにマダム・みちるにケンゾーのことを電話で話すと、じゃあ息子さんもぜひ、という流れになった。

美沙はそれを大いに喜び、安堵もしていた。

「みちるさんと話したら、もうだいじょうぶよ」

マダム・みちるとお茶を飲み、おしゃべりを楽しんでいるうちに、心が「時」で満たされる。

「いつもは目の前を通り過ぎる時間を追いかけるだけじゃない？　でも、それが変わってくるの。時間の流れ方がゆっくりになって、雨だれのしずくみたいに、ちょっとずつ染み込んでいくの」

からからに干涸(ひか)らびていた心の内側に時が満ちる。すると、そこにこびりついていた汚れ――嫉妬や我欲、執着といったものが洗い流されて、心は生まれたての赤ちゃんのように浄(きよ)らかになる。

「ケンちゃんも、お芝居の仕事があまりうまく回ってないし、大ケガまでしちゃって……ちょっと心を洗ってみるといいんじゃない？」

どうにも怪しい。だが、なにかと心配をかけどおしの身では、へたに「だいじょうぶなの？」などと案じると、「親のことより自分の将来を考えなさい！」と一喝されてしまいそうで、つい気後れしてしまう。

だからこそ、炎龍斗の出番なのだ。ヒーローをまっとうするぞ、と覚悟を決めれば、少しだけ強気になれる。「警戒せよ」というアラートが鳴りひびく中、母親の護衛ならびに救出というミッションも胸に秘めて、ケンゾーはホムホムになりきって、『みちるの館』を訪れたのだ。

出迎えたのは白シャツに黒のカマーベストという執事風の男女二人組だった。「いらっしゃいませ、水原さま」と美沙にうやうやしく挨拶をして、松葉杖をつくケンゾーへの配慮も忘れない。しかし、これもまた、特撮ヒーローとしては、「警戒せよ」とアラートを鳴らさざるを得ない展開である。

絨毯（じゅうたん）を敷き詰めた廊下を通って、天井の高い広間に通された。壁際にソファーやラウンジチェアが配され、十人は優に座れる大きな円卓もある。さらにグランドピアノまで置いてあっても、まだ広さには充分に余裕がある。ピアノ四重奏の演奏会も楽に開けそうだった。

中央に花を飾った円卓には、美沙と同じか少し年上の女性ばかり、五人の先客がいた。皆、美沙とは顔馴染（かおなじ）みで、「あら、おひさしぶり」「先日はどうも」とにこやかに挨拶を交わす。

美沙とケンゾーが並んで円卓につくと、さっそく先客の一人が「水原さん、そちらは？」とケンゾーについて訊いてきた。

美沙もそれは織り込み済みで、あらかじめ「お母さんが全部答えるからね」と言っていたとおり、すぐに淀みなく答えた。

「一人息子で、ミュージカル俳優をやってるの。ほら、劇団四季みたいな」

嘘ではない。しかし、この劇団四季の出し方は、いかがなものか。これでは消火器を訪問販売するヤカラが「消防署のほうから来ました」と言うのと同じではないか。

当然ながら芸名を訊かれた。

「ナイショ。まだ有名じゃないから」

うまい逃げ方ではある。ただし、せめてもの親心で「まだ」を付けてくれたのかと思うと、愛想笑いに苦みが交じってしまった。

最近の作品についても訊かれた。

「国際的に大人気の、忍者が活躍する歌ありアクションありのお芝居なの」

こちらも、言葉を切る位置は「国際的に大人気の忍者、が活躍する」にすべきではないのか。

「五月に大事なステージが控えてたんだけど、リハーサルでケガをしちゃって……」

確かに大事なステージではあった。ただし、その舞台はホールやシアターではなく、関東近郊の遊園地のイベント広場なのだが。

見栄は要らないって、お母さん。だめだよ、心の内側、全然洗われてないじゃん――。

目配せしても通じない。

居たたまれなくなった。美沙が一方的に決めたこととはいえ、いい歳をして自分についての説明を親任せにしているのは、やはり情けない。

質問がさらに続くようなら、今度は自分で……と決めた瞬間、広間の空気が変わった。ふわっと華やいで、かつ、きりっと引き締まった。

驚いて戸口のほうを振り向くと、マダム・みちるがたたずんでいた。

「ようこそ、いらっしゃいました」

しっとりとした声だった。響きが優しい。ただ気さくな優しさではない。決して踏み越えさせない一線を引いた、凛とした強さもあった。

薄手のセーターにカーディガンを羽織っていた。カシミアとシルクなのか、服はいかにも高級そうだったし、銀の髪も丁寧に手入れしているのがよくわかる。だが、決して突飛なものではない。上品なおばあさんの範疇（はんちゅう）に収まっている。もっと浮世離れした女性を想像していたケンゾーは、安堵しつつも、拍子抜けしないでもなかった。

ただ、客人たちが立ち上がって挨拶しようとするのを微笑み交じりの手振りで制し、戸口から円卓まで歩く所作の一つひとつには、思わず見入ってしまう優雅さがある。なにより、笑顔が透きとおっている。ソフトフォーカスの照明がどこかから当たっているようにも見える。ケンゾーも俳優の端くれ——このおばあさん、人を惹きつける力があるな、というのは認めた。

席についたマダム・みちるは、あらためて一同に「本日のお茶会に、ようこそ」と挨拶して、真向かいに座るケンゾーを見つめた。

「水原さんの息子さんね」

「……はじめまして、おじゃましております」

気（け）おされて、声が裏返りかけた。いかん。オレはいま炎龍斗だぞ、と丹田（たんでん）にグッと力を込めた。

## 4

『みちるの館』からの帰途、美沙は鼻歌交じりに車を運転した。竹内まりやのメドレー——三十年以上にわたるファンで、ＣＤの歌はリビングやダイニングでしょっちゅう流れているが、美沙が自分で歌うのは珍しいことだった。

「ゴキゲンじゃん」

助手席のケンゾーが言うと、「まあね」と、まさにゴキゲンそのものの笑顔で認める。

「お茶会のあとって、いつも、こんな感じ？」

「そうよ。だって、すっきりしてるんだもん」

「こんなのが毎週？」

「そう、週に一度のお楽しみ」

美沙は軽やかに答えた。その声にもメロディーがついているように聞こえる。

やれやれ、とケンゾーは窓の外に目をやった。

お茶会に怪しげな話は出てこなかった。神さまがらみや金儲け関連の話題になったら、『ネイチャレンジャー』の炎龍斗として、強引に連れ帰る覚悟だったのだが、ホムホムの正義の炎は、点火されることなく終わった。

それはいいことなのだ、もちろん。安堵して、母親がお茶会のおかげで介護ロスから立ち直ったことを素直に喜ぶべきではあるのだが——。

「マダム・みちるって、おばあちゃんのケアマネジャーさんの紹介だったんだよね」

「そう、山本さんね。あの人は顔が広いから知り合いがたくさんいるんだけど、一番仲良しの知り合いのダンナさんの知り合いの、友だちだったか親戚だったかの知り合いがいて、その人と同じマンションの人の、知り合い」

それは昨日も聞いた。『みちるの館』に向かう途中にも聞いた。そのたびに「知り合い」の数が一つ増えたり減ったりするのだが、とにかく、か細い縁だというのは間違いない。

そんな細い糸をたぐって、美沙がマダム・みちるのもとを訪ねた理由は、ただ一つ——「ロス抜け」の達人という評判を頼ったのだ。

両親合わせて三年半に及んだ介護の日々が終わって、胸にぽっかりと穴が空いてしまった。親を看取った達成感よりも、やらなければならないことがなくなってしまった虚脱感のほうが強くて、深い。母親を亡くした去年の暮れに始まり、出口が見えずにいた介護ロスから、いまようやく、マダム・みちるのおかげで抜け出しつつある。

「今日のお茶会にいた人も、みんなロスなの？」

「そう。ペットロスの人もいるし、介護のために会社を辞めて、やりがいロスになった人もいるし、あと、今日はいなかったけど——」

自宅を住み替えたら、以前の家が懐かしくてたまらなくなった我が家ロスの人もいる。一九七〇年代を代表するアイドル歌手の西城秀樹が亡くなって、秀樹ロスに陥った人もいる。

秀樹ロスの人は、じつは若い頃からファンというほどの思い入れがあるわけではなかった。ところが、いざ亡くなると、自分の青春がどれほどヒデキに彩られていたかに気づかされて、たまらない喪失感に包まれたのだという。

「いなくなって初めてわかる存在の大きさって、あるでしょ？」

「うん……」

「我が家ロスの人も、古い家に住んでるときには、使い勝手が悪いとか、文句ばっかり言ってたんだって。でも、いざ引っ越して新しい家での生活が始まると、前の家のことばかり思いだして、壁紙の柄まで懐かしくなって、そこからロスが始まったの」

だからね、と美沙は続けて言った。

「ロスって、奥が深いのよ」

どこか誇らしげに、胸を張る。そこから抜け出したいと思う一方で、ロスを決して全否定しているわけではない、ということなのか。

困惑するケンゾーをよそに、美沙はまた、竹内まりやの曲をハミングで口ずさんだ。

「奥が深いんだよ」

タブレット端末とショルダーバッグを持った孝夫は、空き家の部屋を点検して回りながら、西条記者――本人の望む呼び方をするなら、マッチに言った。

玄関から上がるときに「おじゃましまーす」と家の中に声をかけ、部屋への出入りにも「失礼します」「失礼しました」を欠かさない――「なんで誰もいないのに挨拶するんですか？」とマッチに訊かれて、そう答えたのだ。

「たとえ誰もいなくても、倉庫を見回るのとは違うんだ。やっぱり挨拶なしは抵抗がある。理屈の問題じゃなくて、それが空き家というものなんだ、としか言いようがないんだよな」

タブレットの画面で、物件の概要を確認した。

築二十五年で、空き家歴は二年。差し引き二十三年分の家族の歴史が染み込んでいる。それは、住まなくなってからも、すぐに消えてしまうものではない。

「ここのオーナーさんは大きな家具や家電を処分してるけど、部屋がそのままの物件だと、空き家歴が十年になっても、つい昨日まで生活してたんじゃないかっていう感じなんだ」

「じゃあ、逆に考えると、もし住む人がいれば、明日からでも生活できちゃいそうなんですか？」

「ああ、まさにそうなんだ」

意外と鋭く、話のポイントをつかんでいる。仕事と趣味の区別もつかない半人前だと思っていたが、少し見直して、なんとなくうれしくなった。

「そこが廃屋と空き家の違いなんだ。昨日まで家族が暮らしていて、今日は誰もいない。廃屋も空き家も、それは同じだ。でも、明日は……廃屋はもう、朽ち果てていくしかないけど、空き家は違う。また生活が始まるかもしれない。元の家族が住むのか、新しい家族なのかはわからない。でも、空き家は、まだ終わってない。それを支えるのが俺たちの仕事で、俺たちがしっかりメンテナンスをすれば、空き家は廃屋にならずにすむんだよ」

つい熱弁をふるってしまった。マッチも、その勢いにつられたように「なるほどっ」と大きくうなずいて、言った。

「生命維持装置みたいなものなんですね」

「——え？」

「胃ろうとか人工呼吸器とか」

盛り上がっていたものが、急にしぼんだ。失望と落胆が顔に出てしまった。マッチはあわてて

「あ、いまのほめ言葉です、ポジティブ、ポジティブ」と、両手でガッツポーズをつくって笑う。

孝夫は力の抜けた苦笑いを返し、さっきの高評価を謹んで取り消すことにした。

『みちるの館』のお茶会の話題は、多岐にわたっていた。バラの育て方から、あんずのジャムを煮るコツ、『方丈記』の話、さらに鎌倉時代の美術の話へと移り、イタリアの古いことわざを紹介したあとで、肩こり予防のツボの見つけ方……。

おしゃべりの主役はマダム・みちるだった。マダムが語り、客が聞いて、ときどき客が質問をしたり、逆にマダムに問われて答えたりする。優雅な教養講座といった趣だった。

ただし、講座と呼ぶには、話題の振り幅がとにかく広すぎる。博識なマダムが思いつくままにしゃべり、気まぐれに話題を変えているとしか思えない。

それに、なにより——。

「お母さん、鎌倉時代の美術とか、もともとは興味なかったよね。あと、ジャムを手作りしたこ

となんて、一度もないよね？」

ふだんの美沙が興味を持ちそうな話題は、肩こり予防のツボの話ぐらいだったのだ。

「それで面白かったの？」

「面白いから通ってるんじゃない」

確かに、美沙はお茶会の間、ずっと熱心に話を聞いていた。マダムの上品なジョークに声をあげて笑い、自分から質問をすることも何度かあった。

もっとも、その質問はどれも初歩の初歩、あるいは「それ、さっきの話に出てたよ」と横から肘でつつきたくなるレベルだった。それでもマダムは必ず「とても素敵な質問ね」と言って、丁寧に答えてくれる。

マダムから美沙への質問も、間違いようのない簡単なものばかりだったし、たまにトンチンカンなことを言っても、客の五人とともに朗らかに笑って受け流していた。

美沙だけではない。ほかの客もみんなそうだった。まるで、マダムを含む七人で、お茶会というゲームを楽しんでいるようなものだ。

「ケンちゃんは？　面白くなかった？」

「……うん、はっきり言って」

話題が散らばりすぎる。もうちょっと絞って、そのぶん内容を深めていけば、聞きごたえも少しは増しそうなのだが。

せっかくの上機嫌に水を差しすぎないよう気をつけながら、そう伝えた。

するると、美沙は意外とあっさり相槌を打って、「それでいいのよ」と言った。

「そうなの？」

「広く浅く、でいいの。なにがハマるかわからないんだったら、とにかく手数を増やして、いろんな話をしてもらったほうがいいの」

「ハマるって？」

美沙はハンドルから片手を離し、すばやく自分の胸を指差して、またハンドルに戻した。

「ぽっかり空いてるのよ」

胸に、穴が――。

「ケンちゃんはウチを出てたからピンと来ないと思うけど、横浜のおじいちゃんとおばあちゃんの介護、ほんとうに大変だったんだから」

「……だと思う」

「って、ケンちゃんがいま想像したレベルの、二つか三つ上だと思ってくれる？」

ぴしゃりと言って、続けたのは、介護の苦労話ではなかった。

心身のキツさは、介護に追われるときよりも、むしろ、つかのまの休息のときにこそ、あった。

「なにをやってても、夢中になれないの。思いっきり楽しいはずなのに、楽しめない部分が残っちゃうのよ、ここに」

また胸を指差した。

友だちとおしゃべりがはずんでも、テレビで波瀾万丈の韓流ドラマを観ていても、気分転換に出かけたドライブで美しい風景を眺めても、その世界に百パーセントは入り込めない。いつも胸の奥――ココロに、重たいものがずしんと居座っていて、楽しんでいる自分を現実へと引き戻してしまうのだ。

「介護のことが気になっちゃうわけ？」

「気になるっていうより、あるのよ、とにかく」

具体的な心配事や段取りではなく、ただ、重いものがある。まるで、はしゃぐな、楽しむな、安らぐな、忘れるな、と無言で戒(いまし)めるように、その重石(おもし)はずっとココロに居座って動かないのだ。

「どんなときにも楽しみきれないって、けっこうキツいのよ」

「……うん」

「でも、おじいちゃんがおととし亡くなって、おばあちゃんも去年の暮れに亡くなって、それでなんとか消えてくれたのよ、その重いものが。二人には悪いけど、正直、ほっとした。子どもも育てて、親も送ったわけだから、やることはやったのよ。もう、あとは、元気なうちに自分の楽しみを味わいつくすぞー、ってね」

ところが、実際には違った。

「重いものがなくなったら、そこが、ぽっかり空いた穴になってたのよ」

なにが楽しいのか、なにをすれば楽しくなるのか、わからない。

あの重石がココロに穴を空けてしまったのか、あるいは逆に、あの重石があったからこそ、すでに空いていた穴に気づかずにいられたのか……。

「とにかく、面白そうなことを袋に入れても、穴が空いてるわけだから、ぜーんぶ外に流れ落ちちゃうわけ。だから、なにも残らないし、なにをやっても楽しくないし」

それが――ロス。

「だから、まずは穴をふさぎましょうっていうのが、みちるさんの考えなの。楽しい時間をゆったりと過ごして、『時』をココロに満たしていけば、少しずつ穴もふさがっていくし、お茶会でいろんな話題を出すから、その中で自分にビビッと来て、ハマりそうなものがあったら、それを深掘りしてごらんなさい、ってこと」

「……なるほど」

ケンゾーには、正直、まだよくわからない。

微妙な疑念が相槌にもにじんでしまったのだろう、美沙は「ケンちゃんにはわからなくていいの」と開き直ったように言った。「でも、実際にみちるさんのお茶会でロス抜けした人はたくさんいるんだし、わたしも楽しいんだし、べつにお父さんやケンちゃんに迷惑をかけてるわけでもないんだから」

「いや、うん、そうだよ、それはそうだよ、マジに……」

ひるみながらも、最も肝心なことを訊いてみた。

「お母さん、お茶会で穴がふさがった？」

答えはすぐには返ってこなかった。美沙は「まあ、少しはね」と言ったあと、さらにしばらく間を置いて、続けた。

「ロスの穴って、一つとはかぎらなかったりするからね」

「介護だけじゃなくて？」

「子育てのロスとかね」

「――え？」

「で、巣立ったはずの子どもが、全然一人前になってくれないロスとか」

すまし顔で言って、「あと、定年間際のダンナが全然ウチで使いものにならないロスもあるかもね」と付け加えた。

「……なんか、『ロス』の意味、間違ってない？」

「そーお？」

「なんでもかんでも『ロス』って付ければいいと思ってるんだからさあ」

ツッコミを入れながらも、美沙のほうに目を向けられない。

ケンゾーにもう少し勇気があれば、美沙の横顔を見て、そこに冗談とも本気ともつかない寂しげな笑みが浮かんでいたことに気づいたはずなのだが。


孝夫はトイレの点検にとりかかった。

タブレット端末に表示したチェックシートに従い、小窓を開けて風を通し、灯りを点けて、消して、点ける。だいじょうぶ。ガラス窓にもクレセント錠にも異状はない。電球の寿命も来ていない。それぞれの項目に〈済〉のチェックを入れた。

　さらにショルダーバッグから懐中電灯を取り出し、トイレ全体の汚れ具合、特に便器の裏側や天井の隅にカビが生えていないか細かく見た。便器の水を流し、手洗い用の水ともども、量や勢いが充分か、濁りがないかも確かめた。

「そんなところまで見るんですか」

　驚くマッチに、「水回りはふだんから使っていないと、けっこうガタが来るんだ」と応え、温水洗浄便座の自動お手入れボタンを押して、トイレは完了――次は洗面所と浴室のチェックだ。

　先に立って浴室に向かうと、後に続くマッチが手前の洗面所で「あれ？」と声をあげた。

「どうした？」

「あの、これ、誰のですか？」

　洗面所の棚に、着火用のライターや線香、ロウソクの墓参りセットが置いてある。

「ああ、オーナーさんのだ。ケースに名前も書いてあるだろ」

「……ほんとだ、高橋(たかはし)さんって」

　空き家には、誰かが勝手に住み着いてしまう恐れがある。電気や水道のメーターのチェックは欠かせないし、逆にオーナーがモノを持ち込んだときには、会社に一報するか、モノに名前を記してもらうことになっている。

「オーナーさんはいま広島に住んでるんだけど、ご両親の墓は都内の霊園にあるから、年に二、三度は墓参りに来て、家も覗いてるみたいなんだ。それでここに置いてるんだろうな」

「泊まったりはしないんですか？」

「いや、無理だな。この家は布団も処分してるし、宿泊用のメンテの契約もしてないから。昼間はここで過ごしても、夜はホテルだと思う」

空き家に泊まる可能性のあるオーナーには、宿泊の前日に窓を開けて風を入れ、布団やベッドを乾燥機でケアする契約を勧めている。買い物をして冷蔵庫に入れておくオプションだってあるのだ。

「誰も住んでないけど、廃屋じゃないし……我が家だけど、泊まるのはホテルだし、って……」

マッチはつぶやくように言うと、うーん、とうなって、首をひねった。

「深すぎます、空き家」

だからこそ――。

「もっと取材させてもらっていいですか」

「――え？」

「空き家は、いまのニッポンの縮図です。空き家を追えば、いまがわかりますっ」

力強く言った。孝夫は気おされながらも、うん、確かにそうだな、とうなずいた。悪くないぞ、その問題意識、1ポイント獲得だ。

「それで……いつか、ホムホムに会わせてくださいっ」

ポイントは、瞬時にゼロに戻った。

# 第二章　お父さん、家で泣いたことありますか？

## 1

気になる話を聞いた。

空き家のメンテナンスに取りかかる前、ご近所を回って「なにかご迷惑をおかけしてませんでしょうか」と尋ねているとき――。

「白石（しらいし）さんって、最近ときどき帰って来てるんじゃない？」

隣家の奥さんが教えてくれた。空き家の主が帰宅している、というのだ。部屋の雨戸は立てたままだったが、廊下や階段の小窓から明かりが漏れていたらしい。

孝夫は首掛けにしたタブレット端末の画面をさりげなく確認した。先月のメンテナンスから昨日まで、オーナーの帰宅の記録はない。

困惑を顔に出さないよう気をつけて、くわしく尋ねてみた。

「ときどきということは、何度か？」

「そうよ。先週と先々週、どっちも土曜日の夜で、十時過ぎ」——同じテレビ番組のCM中にトイレに立って、明かりに気づいたのだ。

「朝になったら挨拶に来てくれるのかなあ、って思ってたら、結局なにもなくて……夜中のうちに帰っちゃったみたい」

二回ともそうだったという。

「ただ、ウチの前に車が停まってたわけじゃないのよ。タクシーで来て、帰りのタクシーも電話で呼んだのかしらねえ」

最寄りの駅からはバスで五分、歩くと三十分は優にかかる。自家用車が必須のニュータウンだ。

「……なるほど」

平静を必死に保ちつつうなずく孝夫は、さっきから背中に感じる「圧」とも戦っていた。

タマエスのロゴ入りジャンパーを羽織ったマッチが、目をらんらんと輝かせている。

事件ですよ事件ですよこれ事件ですよ謎が謎を呼んじゃってますよ、ひゃっほーっ……。

声に出さなくても「圧」で伝わる。取材記者の血が騒ぐのか。ならばプロとして、せめてポーカーフェイスを貫いてもらいたいのだが。

顔を出すな、横から覗き込むなって、ほら、引っ込めろ……。

ヤジ馬根性剝き出しの「圧」が奥さんにばれないよう、孝夫は体を左右によじってマッチを背中に隠しつづけた。おかげで、玄関先をひきあげるときには脇腹が攣りそうになってしまった。

「のんきですよね、お隣さん」

白石さんの家の門扉に〈メンテナンス中〉のボードを掛けながら、マッチは声をひそめて言った。

「泥棒とか不審者の可能性、全然考えてないんだから」

確かにこのご時世、隣家の奥さんはいささか危機管理の意識が薄い。ご近所への連絡や挨拶もなく、夜に来たのに泊まりもせず、しかも車を使わない――絵に描いたような怪しい話ではないか。

「ふつうは、もっと悪い方向に考えますよね」

「ああ……先々週の時点で会社に電話がかかってきてもおかしくなかった」

空き家管理の手間暇は、ご近所さん次第というところがある。口うるさく神経質な人がいると、「側溝に落ち葉が詰まってる」「サカリのついた猫が夜中に庭で鳴いてうるさい」などと、細かいトラブルの対応に追われどおしになってしまう。

特に厄介なのが防犯の問題だった。「空き家に誰か入り込んでるようだ」という電話は、しょっちゅうかかってくる。大半はただの気のせいなのだが、放っておくわけにもいかず、現地に出向いて建物の内外をチェックしたり、地元の交番に相談しなくてはならない。

ただ、ご近所が心配する気持ちもよくわかる。自分だって隣が空き家だったら、やはり小さな物音にも敏感になってしまうだろう。

だからこそ――。

孝夫に続いて家に上がったマッチは、玄関のドアを閉めなかった。それでいい。作業中は、窓やドアを常に開け放っておく。換気のためだけでなく、ご近所に対してオープンにしておくことが肝要だった。〈メンテナンス中〉のボードも、作業前の挨拶回りも、さらには明るい蛍光色のロゴ入りジャンパーも……すべては不審者と誤解されないための工夫なのだ。

「で、どうするんですか？」

「調べるよ。お隣さんが気にしてなくても、知らん顔っていうわけにはいかないからな」

やったっ、とマッチは浮き立った顔になる。密着取材を始めて一週間、柳沢に頼み込んでＩＤカードまでつくってもらった彼女にとっては、待ちに待った展開なのだろう。

室内の窓開けをマッチに任せ、孝夫は物件の契約データを確認した。孝夫によるメンテナンスは三回目で、過去二回にはなんの問題もなかったので、データのチェックはこれが初めてだった。オーナーは吉田奈美恵（よしだなみえ）さんという女性で、去年の八月に一年契約を交わしていた。この夏で更新ということになる。

空き家歴は八ヶ月。ごく浅い。これなら、置いていた服や家財道具が急に必要になって一時帰宅した、というのは充分にありうる。

ただし、その場合は、水道や電気のメーターの数字に齟齬（そご）が生じないよう、タマエスに報告してもらわなくてはならない。

奈美恵さんや家族がそれを失念していた可能性も頭の片隅に残しつつ、データを読み進めた。

現住所は、同じ東京都のマンションだった。ここよりは都心に近い街だが、同じ私鉄の沿線にある。転勤や介護で遠方に引っ越すために空き家になった、という事情ではなさそうだ。

任意で回答する『空き家になった理由』は、〈離婚のため〉――オーナーと物件の苗字が違う理由がわかった。

さらに、同じく任意回答の『今後の見通し』には、こんな一文が記してあった。

〈1年後をめどに売却か住み直しかを決定〉

熟年離婚をして、財産分与などをすませて新たな生活が軌道に乗ったタイミングで、元の家の処分を考えよう……ということなのだろうか。

データの生年月日から計算した。奈美恵さんは五十九歳だった。メンテナンス契約を結んだ、すなわち離婚をしたのは五十八歳――いまの孝夫と同じ歳ということになる。

ふだんは六十分のメンテナンスを、昼休み返上で九十分近くかけて、丁寧に点検していった。建物の内外二十ヶ所に及ぶチェックポイントをデジカメで撮影して、先月の画像とも比較した。だいじょうぶ。家が荒らされた様子はないし、庭やベランダにも誰かが忍び込んだ形跡は見当たらない。泥棒が狙いそうな抽斗（ひきだし）も一つずつ開けてみて、中に入っているものを先月の画像と比べたが、配置は一切変わっていない。

「やっぱり、土曜日に来た人って、オーナーさんなんでしょうね」

マッチは言った。安堵しながらも微妙に拍子抜けした思いも覗く。正直なのか、不器用なのか。

孝夫はあきれながらも口元を引き締めて言った。

「不自然だよ」

「――って？」

「リビングもダイニングも、まったく手つかずだ。なにも減ってないし、増えてもいない。なにかの置き場所を変えたわけでもない」

そうだろ、と目で尋ねると、ですね、とマッチも無言でうなずいた。

「じゃあ、オーナーさんは、ここでなにをしてたんだ？　なんのために帰ってきたんだ？」

それがわからない。

「そっか、確かにそうですね」

「たまたま近くを通って、ふらっと寄ってみたわけじゃないと思うんだ。土曜日の夜に、二週続けてなんだから」

「ですよね、ほんと、そこ、謎ですね……困っちゃいましたねえ」

マッチは、たいして困っていない声で言った。むしろ願ったり叶ったりなのか。「うーん、なるほど、難しいなあ」と首をかしげながら頰に手をあてる。押さえていないと、つい顔がほころんでしまうのかもしれない。

「やっぱり本人に訊いてみるしかないか」

「オーナーさんにですか？」

声がはずみ、完全に笑顔になってしまった。

「じゃあどうぞ、わたしのことは気にしなくていいですから、電話してください」

早く早く早く、と手振りでうながす。

「きみのことなんかどうだっていいけど、どっちにしても会社に帰ってからだ。まだあと二軒回らなきゃいけないんだから」

「えーっ、なに、それーっ」

なぜブーイングされなくてはならないのか……。

夕方、会社に戻ってから、白石邸のメンテナンス報告書をパソコンでつくった。チェックシートの項目すべて、問題なし。報告書の締めくくりは『ご相談事項』――今回のメンテナンスでは、庭の雑草の画像を添えて、そろそろ草むしりの代行業者を入れることを提案した。

隣家の奥さんの話も同じ欄に記すことになる。だが、孝夫はキーボードから手を離し、腕組みをして、パソコンの画面をじっと見つめた。

「どう書けばいいか困ってるんですか？」

横からマッチが言う。「うまく文章にまとまらないんだったら、わたし、代わりに書いてあげてもいいですよ。いちおうプロのライターですから」

悪気はないのだ。無邪気に失礼で、屈託なくゴーマンなだけなのだ。一週間も仕事に同行させていれば、少しは慣れる。慣れなきゃ血圧が上がるだけだぞ、と自分に言い聞かせながら、腕組みを解いてキーボードを叩いた。

〈なおもう一件、口頭でご説明差し上げたいことがございますので、恐縮ですがご都合の良いときに担当・水原の携帯電話にご連絡をいただけますか？　夜遅くや休日でもだいじょうぶです〉

「えーっ、なんなんですか、それ」

「いいんだ」

「だから、いま言ったじゃないですか。書けないんだったら、わたしが代わりに──」

「書けないんじゃない、書かないんだ。直接話したいんだ、吉田さんと」

「だったら、いま、こっちから電話しちゃえばいいじゃないですか。そのほうが話が早いでしょ」

「向こうにも都合があるんだから、いきなり電話をかけても迷惑だろ」

「だって、水原さんがウチに帰ってるときに電話かかってきたら、どうするんですか？」

「べつにいいじゃないか」

「わたしが困ります！」

本音が出た。予想どおりだった。まったくもってわかりやすい。

かまわずマウスをクリックして、報告書を添付したメールを奈美恵さんに送信した。

マッチは「あーっ、もうっ、最低っ」と地団駄を踏むような顔になったが、そこからの立ち直りの早さと図々しさは、予想以上だった。

「あ、じゃあ、わたし、水原さんちにおじゃましていいですか？　ホムホムにも会いたいし」

孝夫は「だーめっ」と言って、両手を大きく交差させてバツ印をつくった。

マッチがぶつくさ言いながら定時で会社をひきあげたあと、柳沢が孝夫の席まで来て、上機嫌な笑みを浮かべて声をかけた。

「ミズちゃんとマッチ、いいコンビだな」

「冗談やめろよ」

「いや、マジだって、マジ。もう、完全にマッチが相方になってるよ」

それを言うならおまえのほうだろ、と返したい。孝夫はまだ彼女を「マッチ」とは呼べない。これからもおそらく無理だろう。だが、柳沢はもうすっかり自家薬籠中（じかやくろうちゅう）というか、何年も前から呼んでいるようななめらかさで「マッチ」を口にする。

若い頃から変わらない。ふらりと入った飲み屋でも、ビールの一杯も飲まないうちに店の雰囲気になじんで、勘定をするときには女将さんや大将やバイトの店員相手に、常連のような気安い冗談までとばす。図々しさとすれすれの人なつっこい性格なのだ。

「ミズちゃん、マッチが来てから元気になってないか？　若返った気がするけどな」

「元気出さなきゃ付き合えないよ、あんな、仕事と遊びの区別もつかないようなヤツと」

「でも、楽しそうだぞ、はたから見てると」

「なに言ってんだ、こっちの苦労も知らないで」

「苦労してたらこれはできないだろ、これは」

柳沢は、さっきのバツ印を実際のしぐさよりも大げさに再現して、おかしそうに笑った。

「こんなことするキャラじゃないだろ、ミズちゃんはもともと」

「まあな……」

実際そのとおりだった。決して無愛想ではないし、気づかいも人一倍あるタチなのだが、むしろそれが裏目に出るのか、他人との距離をなかなか縮められない。酒の席でも軽口をたたくのが不得手で、きわどい冗談をしょっちゅう真に受けて、場を白けさせてしまう。ましてや、曲がりなりにも仕事のときに、おどけたポーズをつけて応えるなど……。

「ミズちゃん、マッチのペースに巻き込まれて、迷惑しながらも、意外と喜んでるんだよ」

「そんなのじゃないって」

「でも、本気で怒って、嫌がってるわけでもないだろ?」

不承不承うなずくと、柳沢は少しだけ真顔に戻って、続けた。

「二月からタマエスでひさしぶりにミズちゃんと一緒になっただろ? 正直言って、ミズちゃん、なんか落ち着きすぎてるっていうか、歳取ったなあって思ったんだよ」

「ほっといてくれ」

言い返しても、否定はできない。確かに五十代の後半に入ってから歳を取ったと感じることが急に増えてきた。ちなみに柳沢は三十過ぎで結婚をして数年で別れた。子どもはいない。以来ずっと独身で、どこまで本気なのか、「パパ活の女子大生の太ーいお客さんだよ」と笑うのだ。

「同世代で群れると老け込む一方だから、若い奴らにあきれたり迷惑かけられたりするのも、アンチエイジングだ。マッチのこと、広報部としても大事な案件なんだし、よろしく頼むぞ」

知らないよ、席に戻ってろよ、と柳沢を手で追い払いながら、ふと思う。

吉田奈美恵さんの別れた夫はいくつだったのだろう。歳が変わらないのなら、還暦間近——アラ還夫婦の熟年離婚ということになる。

美沙の顔が浮かぶ。所在なげに遠くを見つめていた。実際にそんな表情を見た覚えはないのだが、想像にしては怖いほどリアルだった。

## 2

その夜は会社帰りにコンビニに寄って、我が家におみやげを買った。

流行りのお菓子——名前はうろ覚えのまま、「ああ、あったあった」とカゴに入れてしまった。それが失敗だった。

帰宅して「おみやげあるぞ」と美沙とケンゾーをリビングに呼んだ。「最近人気のスイーツらしいから、ちょっと買ってみたんだ」

名前を訊かれ、胸を張って答えた。

「マリオッツォだ」

二人に爆笑された。

美沙は笑いながらも「マリトッツォでしょ？」と訂正してくれたが、ケンゾーは笑いのツボに入ってしまったらしく、ソファーから転げ落ちそうになるのを松葉杖に抱きついてこらえていた。

イタリアのお菓子だというのがアダになった。イタリアと言えば、スーパーマリオ——若い頃にファミコンブームの直撃を受けた世代ならではの、痛恨のミスである。

ようやく笑いやんだケンゾーは、目尻の涙を指で拭いながら言った。

「そういえば、お父さんって、昔もブラマンジェをブリ饅頭って聞き間違えたことあったよね。『そんな生臭いもの、美味いのか？』なんて」

あったあった、と美沙は拍手をしながら懐かしそうに笑う。

「あと、パスタのカッペリーニ、たまに間違えてペッカリーニにしちゃってたよね、お父さん」

「いまでもそうよ。ほんと、カタカナがいいかげんなんだから」

「……うるさいなあ、ほっといてくれよ」

妻と息子にからかわれるのは、むろん、面白くはない。面白くはないのだが、楽しい。コレステロール値や中性脂肪値が少々心配ではあるものの、オレンジピールの風味が漂うマリトッツォの生クリームは、なかなか美味そうだ。

だが、ほのぼのモードは、そこまで。

美沙が「お茶でもいれるね」とキッチンに立つと、ケンゾーは声をひそめて孝夫に訊いた。

「なにかあったの？」

「——え？」

「だって、いきなりおみやげって、コントとか安いドラマだったら、不倫をごまかすかリストラされたのを言い出せないかのパターンだし」

「違う違う、なに言ってるんだ」

だよね、と苦笑いで応えたケンゾーは、美沙がまだリビングに戻ってこないのを確かめてから、

「じゃあ――」と続けた。

「なにかお母さんのことで、不安だったり心配だったりしてない？」

今度は、すぐには打ち消せなかった。

一拍置いて「ないない、そんなのなんにもないって」と笑ってはみたものの、声は微妙に揺れた。「不安」や「心配」というはっきりしたものではなくても、その前の段階の、もやもやした思い――虫の知らせのようなものが、会社をひきあげる前から胸にある。吉田奈美恵さんのことがずっと気になっている。熟年離婚は、決して他人事ではないのだ。

「追っかけセブンに教えてもらったんだけど、ダンナがおみやげを買ってくるときって、たいがい奥さんのご機嫌伺いなんだって」

「セブンって、例の三人組か」

「そうそう」

ケンゾーは屈託なくうなずいて、「老人の心理とか教えてくれるから、芝居でもシナリオでも、いろいろ勉強になるんだよね」と言う。

孝夫は複雑な表情になった。七十過ぎのご婦人方とはいえ、ケンゾーに熱心なファンがいるのはありがたい話である。文字どおり、枯れ木も山の賑わいというやつだ。しかし、そこに未来はあるのか。十年後はどうなのか。枯れ木に花は咲かないだろう、とも思うのだ。

「で、あの人たちに言わせると、危機感があればあるほど、定番じゃなくて、最近流行りのスイーツを選ぶみたいだよ」

「……なんで？」

「話題だから買ってみたとか、テレビで観たからとか、口実とか大義名分が立つでしょ。裏返せば、そういうのがないと奥さんにおみやげを買って帰れないわけ。そんな夫婦関係ってマズいよねって言ってたよ、三人とも」

図星だった。夫婦関係はともかく、大義名分が必要なのは、たぶん……間違いなく、正解……。

美沙がキッチンから戻ってきた。ガラスポットの中で何種類かのハーブの葉がたゆたっている。

「夜だからノンカフェインのハーブティーね。みちるさんのオリジナルブレンド」

マダム・みちるが庭で摘んで天日で乾燥させたものを分けてもらったのだという。

「あと、いまお茶をいれてるときに思いだしたんだけど」

カッペリーニのこと――。

「ペッカリーニは論外だけど、カッペリーニもほんとうは間違いなんだって。イタリア語で正しく発音すれば、カペッリーニなの。『カッペ』じゃなくて『カペッ』。でも、日本ではカッペリーニのほうが言いやすいから、メーカーさんも含めてそっちで定着しちゃったみたい」

そのウンチクを教えてくれたのも、マダム・みちるだった。

「でもね、みちるさんはそれをだめだって言ってるわけじゃないの。よくいるでしょ、日本で食べるイタリアンは本場とは違うとか、文句ばっかりつける人。みちるさんはそうじゃなくて、呼び方が変わるのも、料理がアレンジされるのも、ぜーんぶ大らかに、面白いわよねえ、って楽しんでるの。そういうところがいいのよ、ほんと……」

うっとりとしたまなざしで遠くを見つめながら、おいしいものを味わうように微笑む。マダム・みちるの話をするときは、いつもこうだ。

「また出たっ、みちるリスペクト」

ケンゾーがからかっても、照れるでも悪びれるでもなく、「だって、いいこと言ってるんだから、尊敬するのは当然でしょ」と胸を張る。

「でもさ、あの人の話って、よく聞いてみると、あたりまえのことしか言ってなくない？」

ねえ、とケンゾーは孝夫に同意を求める。

すると、美沙も負けじと「あたりまえのことが一番大事なの」と言う。「あんただって昔は正義とか勇気とか、あたりまえのことを子ども相手にカッコ良く言ってたじゃない」

ねえ、そうだったわよね、と美沙も孝夫に話を振ってくる。

孝夫は、どちらに与(くみ)することもできず、「よし、食べよう」とマリトッツォにかぶりついた。

生クリームとブリオッシュを同時に口に入れると、かなりのボリュームになる。しかし、昭和の男の味覚からすると、生クリームの甘さは、いささか茫洋(ぼうよう)として頼りない。血糖値には目をつぶって、できれば、あんこのガツンとした甘さも欲しい。

マダム・みちるから話題を変えたくて、その感想を口にすると、美沙とケンゾーは同時に、まったく同じ言葉を――。

「それはホイップあんパンでしょっ」

結局、最後は二対一になってしまうのだ。


しかし、美沙が風呂に入っている間は、孝夫とケンゾーのコンビが復活する。

「明日、金曜日だから、またお茶会なんだろ？」

「そうみたい」

「おまえはどうするんだ？」

ケンゾーはすぐさま首を横に振った。

「お母さんには誘われたけど、先週行ったから、もういいや、パス」

「そうか……」

できれば同行してほしかった。

その胸の内を読み取って、ケンゾーは「心配しなくていいと思うよ」と笑った。「みちるさんのこと、お父さんが警戒するのもわかるし、オレも最初はそうだったけど……やっぱり、疑うのって違うんじゃない？」

「いや、べつに疑うとか——」

言いかけたのを手で制して、続けた。

「このまえのお茶会から、オレ、お母さんのことを気をつけて見てたんだ。で、思ったの。いまのお母さん、確かに介護ロスから抜けたよ。お正月の頃とは別人みたいに活き活きしてるし、毎日が楽しそうだし。それがみちるさんのおかげだったら、いいじゃない。お母さんだってオトナなんだから、横から口出しすることじゃないよ」

ギプスが取れるまでコンビニのバイトに出られないケンゾーは、一日中ウチにいる。美沙と過ごす時間は孝夫よりはるかに長いだけに、言葉にもやはり説得力がある。

「それに、みちるさんのことをしゃべってるときのお母さんの顔、けっこういいんだよね。若返ってるっていうか、オトナじゃなくてオトメっぽいっていうか……マンガで言ったら、瞳に星が光ってるわけ」

だからこそ孝夫は心配なのだ。洗脳だのマインドコントロールだのという物騒な言葉も浮かんでしまうのだ。

「自分で言うのもアレだけど、追っかけセブンがオレを見るときと、ちょっと似てるんだよね」

孝夫の相槌は、わずかに遅れた。表情も一瞬曇った。

察しよくそれに気づいたケンゾーは、「お父さん、三人のこと、会ったことなくても、好きじゃないでしょ？」と言った。「いい歳をしてなにやってるんだ、年甲斐がなくて、みっともない、とか思ってるよね」

「そこまでじゃないけど……」

「でも、理解できないでしょ？」

うなずいて認めると、「お父さんらしいなあ」と頬をゆるめた。わかるわかる、と納得しているような、しかたないか、とあきらめているような、微妙で複雑な笑顔になった。

「とにかく、お母さんはみちるさんを、尊敬っていうより、推してるんだよ。みちるさん推し。あの顔は、推しを語るときの顔だから」

あの――と言われても、どんな顔なのか、孝夫にはピンと来ない。

そもそも美沙は、孝夫と二人きりのときにはマダム・みちるのことをあまり話さない。お茶会に出かけるようになった頃、「怪しい宗教やビジネスじゃないんだろうな」とあからさまに疑ってかかったのが、いまでも尾を引いているのだ。

「まあ、お母さんもずーっと介護で大変だったんだし、せめて介護ロスから早く抜けさせてあげたいでしょ、お父さんだって」

「そりゃあ、まあ、そうだ、うん」

「しばらくは黙って見ててあげれば？　ほら、お父さんって、横から口出ししたつもりでも、ついつい上からになっちゃうから、気をつけないと」

よけいなお世話だ。親に説教するな。ムッとしながらも、うなずくしかなかった。

## 3

吉田奈美恵さんからの電話は、翌日の朝イチにかかってきた。

いきさつを伝えると、奈美恵さんは最初こそ声をあげて驚いたものの、すぐに落ち着きを取り戻し、途中からは相槌も形だけのものになった。

「たぶん、別れた夫だと思います」

そう言って、やれやれ、といった感じのため息をつく。

孝夫はパソコンのモニターにあらためて目をやった。物件データには、郵便物や宅配便が間違って届いてしまったときに備えて、家族全員の名前が記してある。いまは吉田姓の奈美恵さんも、データには〈白石奈美恵〉で載っている。子どもが一人。〈白石詩織〉。そして、別れた夫は〈白石正之〉。

「なにかお心当たりが？」

「心当たりというほどじゃないんですけど、まあ、ありうるかな、という感じですね」

冷静に答える。冷ややかな声でもあった。

「家財道具の整理とか、忘れ物を取りに来られたのでしょうか」

「いえ、そうじゃないと思います」

「じゃあ、どんな……」

奈美恵さんは少し間を置いて、「あさって、娘の結婚式があるんです」と言った。

正之さんは出席しない。

「本人は出たがってるんですけど、娘がどうしても嫌だって」

式の日取りが決まってから何度も電話や手紙でやり取りをしたが、詩織さんは頑として父親の出席を認めない。

「わたしもいまさら両親の席に彼と並んで座るのもアレだし、とにかく式を挙げる主役が嫌がってるわけですから、どうしようもないですよね」

離婚の理由や経緯は、もちろん、物件のデータには載っていない。だが、いまの話しぶりだと、非は正之さんの側にありそうだった。

「ウチに人の気配がするのって、土曜日ですよね？」

「ええ、先々週と先週、どちらも夜十時過ぎです」

「じゃあ、やっぱり彼だと思います」

正之さんは、離婚後は生まれ故郷の札幌で暮らしている。平日は仕事があるし、週末の昼間だとご近所の目もあるので、かつての我が家をこっそり訪ねられるのは、土曜日の夜しかない。

「家の中で、なにをなさってるんでしょうか」

「さあ、思い出にひたってるんじゃないですか」

他人事のように突き放す。いや実際、もはや他人なのだ、奈美恵さんと正之さんは。

だからこそ――。

午後になって、鍵の交換を注文するメールが奈美恵さんから届いた。

〈娘とも相談の上、鍵を取り換えることにしました。工事の手配などよろしくお願いします〉

急いで業者に連絡して見積もりを取って、確認の電話を入れたついでに――本音ではむしろこちらを伝えたくて、言った。

「今朝ほどのお話からすると、なんとなく、あさっての結婚式が終わったら、もういらっしゃることはないんじゃないかと思うんですが」

鍵を交換しなくてもいいのではないか、と言外に伝えた。

だが、奈美恵さんは譲らなかった。

「そうかもしれませんけど、やっぱり向こうが合鍵を持ってるというのは、ちょっと……」

「向こう」の響きが、心理的な距離の遠さをまざまざと感じさせる。

「最初は札幌と東京だからだいじょうぶだと思ってたんですけど、甘かったですね」

「だいじょうぶ」も「甘かった」も、トゲになって孝夫の耳に刺さった。

電話を終えると、マッチが隣の席から椅子のキャスターを滑らせて、すぐそばまで来た。

「鍵、やっぱり交換するんですか」

「ああ……」

距離が近すぎる。孝夫が自分の椅子を後ろにずらすと、「そんなにダンナさんが嫌いなんですか？」と、さらに距離を詰める。

「嫌いかどうかは知らないけど」

「でも、鍵を取り替えて、二度とウチに入れないようにするんだから、嫌ってるんじゃないですか？」

「いや、だから、好きとか嫌いっていう感情とは、また違うものかもしれないし……」

話しながら、椅子を後ろにずらす。すると、マッチは「どんなふうに違うんですか？」と、グイッと迫る。気がつくと、自分の席をマッチに奪われた格好になってしまった。

「好き嫌いで割り切れるようなものじゃないんだよ、こういうのは」

「じゃあ、憎んでるとか？」

「違うんだよなあ……」

「えーっ？」

「夫婦の関係っていうのは、もっと奥が深くて、複雑で、繊細なんだよ」

しかつめらしく言いながらも、半分は孝夫自身の願望だった。長年連れ添った夫婦が、嫌悪感や憎しみとともに袂（たもと）を分かってしまうというのは、やはり、つらい。認めたくはなかった——正之さんのため、だけでなく。

「まあ、こういうのは、いい歳にならなきゃわからないんだ」

話をまとめたはずだったが、マッチは椅子を後ろに滑らせながら「嫌いじゃない、憎んでもいない……」と考えをめぐらせ、自分の席に戻って「じゃあ、これは？」と続けた。

恨んでいる——。

「ダンナのことを嫌いじゃないし、憎んでるわけでもないんだけど、恨んでる。どうです？　そういうのって意外とあると思いませんか？」

打ち消せなかった。すぐさま一笑に付して首を横に振る、そのタイミングを逃してしまった。ぎごちない間が空いた。「さあ、どうなんだろうなあ……」と返す言葉や表情も、いかにも煮え切らないものになった。

マッチは、ふうん、とゆっくりうなずいて、「ま、いいですけど」と話題を変えた。

「さっき調べてみたんですけど、離婚と鍵の交換ってセットみたいなものなんですね」

離婚後も元の家に住み続ける人が玄関の鍵を取り換えるケースは、数多い。

「例を見たら、いろいろありました。復縁を迫った元夫がウチに忍び込んだとか、親権で揉めてた父親が子どもを連れ去っちゃったとか……いまのご時世、やっぱり怖いですよね」

「空き家もそうだぞ」

話を引き取って、孝夫は言った。

旧型の鍵だと簡単にピッキングで開けられてしまうし、家族内で相続のトラブルを抱えた空き家では、身内に金目の物を持ち出されてしまう恐れがある。実際、孝夫が担当している物件でも三分の一は鍵を交換しているのだ。

「今回のポイントは、奥さんより娘さんですよね。娘さんのほうが拒否反応があって、どうにもならない、って」

ふむふむ、と自分の言葉に自分で相槌を打って、「やっぱり恨まれてるんですかねえ」と、さっきの話を蒸し返す。

「それだったら、娘さんの気持ちもわかるじゃないですか。お母さんと一緒にずーっと我慢してたんですよ。で、やっとお母さんが離婚を決意してくれて、娘さんも結婚して新しい人生を始めようとしてるわけで……じゃあ、やっぱり、結婚式には来てほしくないですよね」

得意そうに胸を張るマッチから、孝夫は黙って目をそらした。間違ってはいない。おそらくそれで正解だろう。認める。だが、認めることと受け容れることとは違う。

マッチに目を戻し、にらむように強く見つめて、ぴしゃりと言った。

「どこのウチにも、外からはわからない事情があるんだ。会ったこともないのに、勝手に決めつけるのはやめたほうがいい」

だが、マッチはいささかもひるまず、むしろその一言を待っていたみたいに――。

「じゃあ会わせてください」

「……そんな理由がどこにあるんだ」

「取材でーす」

「お断りだ。広報を通そうがなにをしようが、オーナーさんのプライバシーにかかわるようなことは、絶対にだめだ」

柳沢にどんなに頼み込まれたとしても、そこだけは決して譲るわけにはいかない。

「そんなの……わかってまーす」

口をとがらせたマッチは、しかし、ただでは引き下がらなかった。

「なんか、水原さん、ダンナさんの味方ですよね」

「――え?」

「細かく言えば、あのウチのオーナーとして管理を申し込んだのは奥さんのほうですよね。でも、水原さん、ダンナさんのほうに思い入れがありません?」

あるかもしれない。いや、きっと、間違いなく、ある。

そんなことないって、とごまかす前に、マッチは続けた。

「同情ですか？　それとも、明日は我が身かも……とか？」

いたずらっぽく笑って、「勝手に決めつけてごめんなさーい、トイレ行ってきまーす」と席を立った。

こっちをからかっているのか。

からかいながら、最後の最後で逃げ道を空けてくれたのか。

いずれにしても、マッチのおかげで、いままで揺れていた覚悟が固まったことは確かだった。

じつは、マッチはそこまで狙って――？

まさかな、と笑って、パソコンのスリープを解除した。モニターに再び白石邸の物件データが表示される。

次回のメンテナンスの予定を書き換えた。明日――土曜日の午後九時から〈臨時巡回〉。

同情ですか――？

マッチの声がよみがえる。

それとも、明日は我が身かも……とか――？

「仕事だよ」

あえて声に出して、データのウインドウを閉じた。

その日の夕方には、鍵の交換工事の日程が決まった。来週の火曜日。工事が終わると、正之さんはもう、かつての我が家に足を踏み入れることはできなくなってしまう。

孝夫は会社の男子トイレの個室から奈美恵さんに電話をかけた。

日程を了承して、「あとはよろしくお願いします」と工事の立ち会いを孝夫に一任した奈美恵さんに、念を押して訊いた。

「鍵の交換は、白石正之さんにはお伝えしないということで、ほんとうにいいですか?」

「なにか問題がありますか?」

「いや、まあ、でも、無断は無断ですから、細かく言いますと、いろいろと、まあ、そうですねえ……」

意識的に歯切れ悪く応えると、奈美恵さんは急に不安げになった。

「だいじょうぶですよね、あとで裁判とか、揉めたりしませんよね?」

狙いどおりだった。だいじょうぶです、とは答えずにいたら、奈美恵さんは一人で想像を悪い方向へと広げていった。

「もし話がややこしいことになって、娘だけじゃなくて、娘のダンナさんにも迷惑がかかったら、やっぱりアレですよね……」

「確かに、新婚早々の実家のトラブルは避けるべきでしょう」

きっぱりと言って、奈美恵さんに言葉を挟む間を与えずに、「ですから――」と続けた。

「我が家ときちんとお別れをしていただいたら、いかがでしょうか」

「……彼に、ですか?」

「ええ。鍵を交換するのであれば、やはりそのことは伝えておいて、工事の前に一度だけでも我が家に上がって、お別れをしていただいたほうがよろしいかと」

たとえば、明日の土曜日――。

「その次の土曜日にはもう新しい鍵になってるわけですから、明日が最後ということになります。ウチに置き忘れたままだった私物もあるかもしれませんし、それもチェックしてもらって、必要であれば持ち帰ってもらうことにしたほうが、のちのち面倒にもならないと思います」

「そうねえ、確かに処分したあとで難癖をつけられるのもねえ……」

言葉の端々に冷え切った感情がにじむ。マッチの前ではきれいごとを言ってはみたものの、やはり、熟年離婚は、嫌悪感や憎しみ抜きには語れないものかもしれない。

「よろしければ、私もおじゃまします」

この一言のために――マッチに聞かれないよう、トイレの個室にこもったのだ。

「私が立ち会っていれば、持ち帰った物を写真に撮れますから、その後のトラブルも未然に防げるはずです。二重三重のリスクヘッジになって、ご心配の点もこれでなんとかなるのではないでしょうか」

少し間を置いて、奈美恵さんは申し出を承諾した。もっとも、それは正之さんのことを慮（おもんぱか）ってというより、詩織さんのため――。

「結婚式の前に、面倒なことをすっきりさせてやりたいんです。わたしも正直に言って、あさっての式のことで頭が一杯なので、もう、ぜんぶ水原さんにお任せしていいですか？」

狙いどおりの展開になった。しかしそれは、妻と娘の世界に正之さんの居場所はかけらも残っていないのを、あらためて嚙みしめることでもあった。

「……かしこまりました」

孝夫は神妙に言った。

奈美恵さんからメールが来たのは、帰りの電車に乗っているときだった。

〈鍵の件、伝えました。どっちにしても明日の夜にはまた行くつもりだったようなので、よろしくお願いします〉

用件だけ。鍵の交換を知ったときの正之さんの反応は、いっさい書かれていなかった。

## 4

土曜日の夜九時過ぎに白石邸に着いた孝夫は、カーポートに車を入れて、正之さんを待った。

十時前――少し離れたところから、車の停まる音、ドアを開け閉めする音、そして車の走り去る音が聞こえた。タクシーだな、と見当をつけてしばらく待っていたら、人影が門の前まで来て止まり、防犯ライトのセンサーが作動した。もっさりとした体型に、髪の毛が乏しくなりかけた正之さんが、明かりに照らされる。

初対面でも、いかにも同世代の雰囲気に、ああ、わかるなあ、と言いたくなった。わかるからこそ、寂しくもなった。

正之さんは車を降りた孝夫に気づいても、驚いた様子はなかった。

「水原さんですよね。カミさんから聞いてます」

違うか、カミさんだった人からか、と笑う。あらかじめ考えていた台詞だったのかもしれない。だとすれば、よけいに、わかるなあ、と思う。寂しさもつのってしまう。

「一杯飲(や)りましょう」

手に提げたコンビニのレジ袋を持ち上げて、また笑った。


リビングに入ると、正之さんは三人掛けのソファーの左端に座った。

「ここが私の定位置でした。隣がカミさんで、斜め前が娘です」

ジャケットを脱ぎ、シャツのボタンを一つ多くはずして、コンビニの袋から缶ビールを取り出した。

「こういうのって長年の慣れなんですね。違う場所に座ると、しっくりこなくて」

わかります、と笑って応えた孝夫が、斜め前のラウンジチェアに座ろうとすると、手振りで制された。

「すみません。申し訳ないんですが、そこは空けておいてもらえませんか」

娘の詩織さんの場所だから——。

「ぼーっと見てたんです。先週も先々週も、ここに座って、誰もいない椅子をただぼーっと見ながら、酒を飲んで、少し酔っぱらって……それだけです」

わざわざ札幌からやってきて、空き家になったかつての我が家を訪ね、ひとりぼっちの何時間かを過ごして、ホテルに引きあげる。

「なにやってるんだろうなあって、自分でも思うんですけど……」

話を「ですけど」でつなぎながら、続く言葉が見つからず、「ほんと、なにやってるんでしょうね、まったく」と首をひねって自嘲する。

孝夫はしかたなくカーペットに座り込んだ。

「水原さん、酒はほんとうにいいんですか？」

「ええ、帰りの運転がありますから」

車の中で飲んでいたペットボトルのお茶を持ってきた。

「そうか、残念だなあ。酒に付き合ってほしいって、先にお願いしておけばよかったですね」

「すみません、どうも……ヤボな話で」

「水原さんが謝ることないですよ」

コンビニで買ってきたビールは六本パックだった。二人で飲もうと決めて、楽しみにしてくれていたのかもしれない。それを思うと、やはり、自分が悪いわけではなくても、申し訳なさがつのる。

「性格ですか？」

不意に訊かれた。「いま謝ったのは仕事の立場からですか？　それとも、わりと一歩下がって、下手（したて）に出るタイプなんですか？」

「……性格かもしれません」

「じゃあ、水原さん、いいダンナさんで、いいお父さんだったんでしょうね」

困惑する孝夫にかまわず、「私とは正反対です」と続け、ビールを呷る。

「いいダンナさんで、いいお父さんなんですよ、絶対に」

大きなげっぷとともに言って、座る人のいない斜め前の椅子をじっと見つめた。


口うるさい夫であり、父親だった。

観ているテレビ番組から化粧、服装、椅子やソファーへの座り方、つまんでいる飲み物やお菓子に至るまで、説教と小言を言い通しだった。

最初から文句をつけるつもりはない。ただ、奈美恵さんや詩織さんを見ていると、否定するというより、期待の裏返しというか、どうにかならないか、という思いがつのってしまう。

「たとえばＣＳで昔のドラマとか外国のミステリーとかをやるでしょ、好きなんですよ、二人とも。週末や連休なんて、一挙放送をずーっと観てるんですよ。そんなの観るより、もっと役に立つものはあるだろう、時間がもったいない……と言いたくなるんです。特に詩織はまだ若いし、やっぱりこっちも親ですから、言いたいことも増えます」

化粧や服装も、オトコの性的な視線が実感としてわかるだけに、もうちょっと考えたほうがいいんじゃないか、と一言言わずにはいられない。口に入れるものだって、わざわざジャンクなものを選ぶ理由がわからない。もっと体にいいものはいくらでもあるだろうに……。

先週と先々週、ひとりぼっちでリビングで過ごしながら、詩織さんとの思い出をたどっていた。

すると、気づいた。

「そこの椅子に座った詩織と話すときって、ほとんどがお説教なんです。楽しそうに笑ってるあの子の顔を思いだしたいのに、浮かんでくるのは、ふてくされた顔ばかりなんですよ」

いまも、そう。どんなにしても、笑顔で父親と話している詩織さんの姿が出てこない。

「この家を建てたのはあの子が中学に上がるタイミングだったから、まさに思春期の、扱いづらい年頃がすっぽり入るわけです。まいっちゃいますよね、嫌な思い出の容れ物を、わざわざ二十年ローンを組んで買ったわけですか？　まいっちゃいますよ、ほんとに、まったく……」

離婚前の数年間は、しょっちゅう夫婦で諍っていた。大きな揉めごとというわけではなく、ほんのささいなことで、とげとげしい言葉が行き交う。

奈美恵さんは、よくこんなふうに言っていた。

あなたと一緒にいても楽しくない——。

詩織さんも、決まって母親の味方についた。

パパって、いろんなことを全部つまらなくする天才だよね——。

問わず語りの話に、孝夫は最小限の相槌を打つだけだった。

よけいなことは言いたくない。よかれと思って小言を並べてしまう正之さんの気持ちもわかるし、それがただの口うるさいおせっかいにすぎないことも、わかる。

俺はだいじょうぶだよな、そこまでじゃないよな、と美沙やケンゾーの顔を思い浮かべ、自分と正之さんとの距離を確認しつつ話を聞いていた。

二本目のビールになった正之さんは、思い出をさらにたどっていった。

「会社から帰ってくるでしょ、玄関に入ると、リビングのテレビの音が聞こえてくるんです。たいがいバラエティーとかドラマ、あとは歌番組かな」

NHKでニュースをやってる時間もね、と苦笑交じりに付け加える。

「詩織が中学生や高校生だった頃は、それがどうにも気になって……」

「おかえりなさい」「ただいま」の挨拶もそこそこに、「またそんなくだらないものを観て」と顔をしかめてしまう。「そんなのよりニュースを観ろよ、夕刊読んだのか？」などと言ってしまう。

「最初の頃は、詩織としょっちゅう口ゲンカでした。あいつも小学生の頃は素直に言うことを聞いてたのに、だんだん難しい年頃になってきたし、私もこの家を建てて、一国一城の主になって、子育てもカミさんに任せきりにはできないぞ、って。ちょっと張り切りすぎてたのかもなあ……」

二人がぶつかると、奈美恵さんは詩織さんをかばいつつも、基本的には正之さんの側についていた。

「それはそうですよ。こっちは間違ったことを言ってないわけだし。私、カミさんにも説教してたんですから。おまえがつまらないテレビを点けてると詩織に示しがつかないだろう、って」

中学二年生、三年生と、「難しい年頃」のピークに差しかかると、詩織さんはリビングに寄りつかなくなった。テレビは予約録画をしておいて、正之さんが帰宅する頃には自分の部屋にこもってしまうのだ。

一方、奈美恵さんも、小さなサイズのテレビを買ってダイニングキッチンに置き、料理をつくったり本を読んだりしながら、自分の好きな番組を観るようになった。

帰宅しても、もうリビングからにぎやかな音や声は聞こえない。詩織さんは二階の自室、奈美恵さんはダイニングキッチン、そして正之さんはリビング……それぞれの居場所ができてしまった。

「高校時代は、カミさんと娘もあんまりしっくりいってなかったみたいです。私のほうも、接点が少ないぶん、たまに娘の顔を見ると、もう、髪の色から化粧からスカートの丈まで、言いたいことが次から次に出てきちゃって」

そんな詩織さんが大学に入ると、リビングは再びにぎやかになった。奈美恵さんと詩織さんが、ドラマやアイドルやゲームやエクササイズなどを一緒に楽しむようになったのだ。

「母親と娘って、娘がある程度の歳になると、友だちみたいになるんですね。二人並んでテレビの前で、なんとかブートキャンプですか、アメリカの軍隊の体操みたいなのを汗だくでやってるわけですよ」

帰宅して玄関に入ると、リビングからテレビの音と二人の笑い声が聞こえる。「ただいま」と言えば「おかえりなさい」は返ってくる。けれどすぐに、二人はおしゃべりやドラマの世界に戻ってしまい、そこに正之さんが加わることはない。しかも、「おかえりなさい」の声は、年を追ってどんどんおざなりになってしまうのだ。

「そういう疎外感って、わかりますか？　玄関に漏れてくるテレビの音が、にぎやかであればあるほど、私を拒んでるように聞こえるんです」

朝から働いてウチに帰ってきて、これでは、やはりツラい。ツラいだけでなく、腹も立つ。

「だったら、こっちも意地がありますからね。嫌われるのを承知で、リビングに入るなり小言三昧ですよ。玄関に靴を脱ぎ散らかすなとか、門の蛍光灯が切れてるとか、しまいには小言のネタを無理やりほじくり出して、そういえばアレはもうやったのか、コレはどうなったんだ、って……」

二本目のビールが空いた。一本目よりずっと速いペースだった。

離婚の直接のきっかけは、正之さんの母親の介護だった。

札幌で一人暮らしをしている母親が八十歳を過ぎて、なにかと心配事が増えてきた。正之さんとしては母親を東京に呼び、できれば同居をしたかったのだが、奈美恵さんはきっぱりと言った。

「ごめんなさい、あなたのお母さんの面倒を見るのはお断りします」

さらに、正之さん自身に対しても介護を拒んだ。逆の立場——自分が介護されることも、断った。

「悪いんだけど、あなたの介護をするのも、あなたに介護をされるのも、どうしても想像できないの。あと、詩織が結婚して家を出たあと、あなたとこの家で二人になって、どんな話をして、どんなことで笑ったり泣いたりするのか……なんにも浮かんでこないのよ」

夫婦の未来が、打ち消された。

「過去の恨みつらみは忘れることができても、真っ白な未来は、もう、どうしようもないから」

奈美恵さんは淡々とした口調で言って、「これ、お願いします」と、自分の署名と捺印を終えた離婚届を差し出したのだ。

そうか、そうなのか、と孝夫はお茶を啜る。ペットボトルのお茶の濃さは変わらないはずなのに、急に苦みと渋みが増した気がする。

長年の恨みが積み重なったあげくの熟年離婚——ではなかった。

過去ではなく未来に目をやって、そこになにも見えないからこそ——。

未来の出来事については反省も後悔もできない。謝ることも、埋め合わせることも、償うことも叶わない。

嫌な思い出は、過去を暗く染めてしまうだけでない。未来をも消し去ってしまう。名前どおりに正しさを振りかざしつづけた正之さんは、奈美恵さんと詩織さんに小言をぶつけるたびに、あきれて笑うたびに、我が家の未来に消しゴムをかけていたのだろう。

離婚後に札幌で再就職した正之さんは、いまは実家で母親と同居している。大学進学で上京して以来四十年ぶりに、親子が一つ屋根の下で暮らすことになった。

「生まれ育った家ですから、スゴロクで言うなら『ふりだしに戻る』ですよね」

実家を出て上京して、結婚をして、娘が生まれ、マイホームを建てて、妻と別れ、娘にも見限られ、マイホームも失って帰郷して……還暦前のくたびれた心身で、ふりだしに戻った。

足腰がずいぶん弱った母親は、最近は昔話ばかりするようになった。

「ひさしぶりに息子が帰ってきたので、いろいろ思いだすことも増えるんでしょうね。あんなことがあった、こんなことがあった、って……私は覚えてないことも多いんですが、とにかく楽しい思い出ばかりなんです」

無意識のうちに記憶を選り分けているのかもしれない。認知症の症状がひそかに出ていて、よその家の話やドラマで観た場面が入り交じっている可能性だってあるだろう。

「でも、たいしたものだと思いました。札幌の実家はほんとに古くて狭い一戸建てなんですけど、そうか、ここには楽しい思い出がこんなにもたくさん残ってるのかあ、って見直しました」

だからこそ、詩織さんの結婚を知らされて、我が家を再訪したくなった。この家には家族の楽しい思い出がどれぐらい残っているのか、あらためて探してみたかった。

「でも……さっきも言ったとおり、だめでした。なんにも浮かんでこない」

先週も先々週も、奈美恵さんや詩織さんの笑顔は、決してこっちを向いてくれない。この家にできた、目に見えない深い地割れは、家族の過去も未来も呑み込んで、消し去ってしまったのだ。

そして、現在の孤独だけが、残った。

「カミさんが言ってました。一番楽しかったのは、この家を建てる前、間取り図を家族三人で囲んで、あれやこれや言ってるときだった、って」

そのときには確かにあった我が家の未来を、自ら消してしまった。

「自業自得ですよねえ……」

力なく笑う正之さんに、孝夫は黙って小さくうなずいた。そんなことないですよ、とは言えなかった。

正之さんは三本目のビールのプルタブに指をかけて、「よかったら残りは持って帰ってください」と言った。「この一本でシメて、ひきあげます」

ぬるくなったビールを勢いをつけて飲んで、うめき声混じりのげっぷをして、ソファーの背に体を預けた。

天井のシーリングライトをぼんやり見つめ、「話し相手がいてくれたおかげで、いろんなことを思いだしました」と言う。忘れたままにしておきたかった思い出もあったはずだが、さばさばとした様子で「懐かしかったなあ」と息をつく。

「リビング、十二畳なんです。そこそこの広さですよね。一人だと持て余しますよ」

離婚までの何年かは、リビングにいるときの正之さんはたいがい一人きりだった。詩織さんの部屋は真上で、引き戸の向こうのダイニングキッチンには奈美恵さんがいる。ときどき物音も聞こえる。それでも、リビングには自分しかいない。詩織さんが階段を下りてくることも、奈美恵さんが引き戸を開けることもない。

「そういうのって、一人暮らしよりも、もっと寂しいと思いませんか？」

孝夫は黙っていた。正之さんも本気で返事を求めていたわけではなく、すぐにビールを口に運んだ。

「引っ越す前の賃貸マンションは、リビングダイニングで八畳でした。そこに無理をしてソファーを入れたものだから、三人並んで座ると、もう窮屈で窮屈で……テレビを観てるときも、詩織は『受験の親子面接みたいだね』なんて笑ってたんですよ。なかなかうまいことを言うでしょう？　お笑いとまではいかなくても、けっこうユーモアのセンスがあるんですよ、あの子」

初めて、楽しい思い出が語られた。だが、舞台は、この家ではない。

「だから、引っ越したばかりの頃は、三人ともリビングが広くなって喜んでたんですけどね。いまにして思うと、前のマンションの窮屈さが懐かしいです。ほんとうに懐かしい、うん……」

背中をソファーから浮かせて、ビールをさらに飲む。顎を上げ、喉を鳴らして、残りを飲み切った。

倒れ込むようにまたソファーに体を預け、シーリングライトを、今度はしっかりとしたまなざしで見つめる。

「天井のライトの蛍光灯、昔は私しか交換できなかったんですけど、いつ頃からかなあ、カミさんや詩織が取り替えるようになって……私の仕事が、なくなったわけです」

ライトをまぶしそうに見つめながら、缶を握りしめて、親指で強く押した。パキン、という音をたてて、缶がひしゃげる。その音に、小さなげっぷが重なった。

違う――。目を細めているのはまぶしさのせいではなく、涙ぐんでいたのだ。口から漏れているのも、かすかな嗚咽（おえつ）だった。

「下りてきなさい、詩織。ちょっとパパの話を聞きなさい」

真上の部屋に声をかけているのか。

「おまえに言いたいことがあるんだ」

赤く潤んだ目を孝夫に向けて、「なーんてね」と笑う。自嘲した冗談だったのだろう。

そんな正之さんに、孝夫は言った。

「詩織さん、下りてきたことにしましょう」

「――え？」

「ここに座ってるんです、いま」

ラウンジチェアを手で指し示し、「お説教でもなんでも、話してあげてください」と続けた。

「いや……もういいですよ、冗談ですよ、冗談、酔った勢いです」

正之さんは困惑して言った。「食いつかないでくださいよ、そんなのに」

だが、孝夫は真剣だった。

「いいじゃないですか、お芝居でも。家は舞台なんですから」

「――はあ？」

「私はずっと不動産会社で、都市計画や再開発プロジェクトにかかわってきました。扱うのは、戸建てでもマンションでも、すべて新築物件です。まっさらの器で、まだ誰もいない舞台というわけです。そこにどんな人たちが住んで、どんな生活が始まるのか、私たちも楽しみでした。できれば、幸せな日々が続いてほしい。壁や床に、家族の幸せがたっぷり染み込んでほしい。そう願って、祈って、オーナー様に家の鍵をお渡ししてきました」

何年も、何十年もかけて、家族の歴史は紡がれていく。もちろん、それはお芝居ではない。現実の生活なので、すべてが思いどおりに進むわけではない。脚本はなく、演出家もいない。客席もない。すべてはアドリブで、本人以外の誰にも見られないまま、家族は、我が家を舞台に長い長いドラマを演じるのだ。

そのドラマが、幕を閉じようとしている。奈美恵さんとの夫婦の物語には終止符が打たれ、もうすぐ詩織さんとの親子の物語も締めくくられる。残念ながら、どちらも、ハッピーエンドにはならなかった。

「ぜんぶ私のせいですよね」

寂しそうに苦笑した正之さんに、孝夫はかぶりを振って言った。

「まだ終わってません。最後の最後の場面が残っています」

すでに奈美恵さんも詩織さんも、我が家という舞台から降りてしまった。けれど、正之さんはここにいる。ストーリーは終わってしまったのに、一人きりで舞台に居残っている。

それは、なぜなのか――。

「まだ最後の出番が残ってるんですよ。最後の最後に、白石さんが終わらせるんです」

なにを——。

「この家を舞台につくってきた、家族の歴史を」

きょとんとしていた正之さんは、ははっ、と力の抜けた笑い声を漏らし、あきれ顔でなにか言いかけた。孝夫はそれを手でさえぎって、「白石さんのためじゃありません」と言った。「このまま終わってしまっては、家がかわいそうなんです」

「家って……この、建物？」

「そうです」

「かわいそう、って」

失笑して、少し鼻白んだ様子の正之さんに、孝夫は真顔で、訴えるように続けた。

「私は街をつくり、家を売る仕事を、長年続けてきました。それは、言い換えれば、家族が幸せな毎日を送るための舞台を提供する仕事です。だから街並みを整え、一軒ずつの間取りを考えて、採光や眺望を計算して、日常生活の動線を細かくシミュレートして……この家はいかがでしょうか、きっとこの家なら、ご家族の幸せなドラマにふさわしい舞台になると思います、とご提案してきました」

この家は孝夫の扱った物件ではない。それでも、思うのだ。ニュータウンを開発した人、家の図面を引いた人、建てた職人さん、販売した不動産会社のスタッフ……誰もが、この家で始まる家族の歴史が幸せなものであってほしい、と願っていたはずだ。そんなさまざまな人たちの思いが詰まっているのが、どこにでもありそうな、けれどかけがえのない「我が家」なのだ。

だが、現実は厳しかった。家族の歴史が、こんな形で終わってしまったことを、いま、この家は――木造二階建ての4LDKにウォークインクローゼットと納戸付きで延床面積百二十平米の「我が家」は、どう思っているのだろう……。

「私、空き家の管理の仕事を始めて、ときどき思うんです」

一軒の家が空き家になってしまうことは、勝ち負けで言うなら、負けになる。

「だって、途中で住む人がいなくなるわけですから。誰だって、その家が空き家になるのを想像してマイホームを買ったり建てたりはしません」

好きで空き家にするのを選んだわけではない。我が家を手に入れたときには想像できなかった状況の変化が、空き家を生んでしまう。「こんなはずじゃなかった」という誤算や失敗が、どんな空き家にも、大なり小なり刻まれているのだ。

「この家だって、そうですよね。まだ築二十年にもなっていない。空き家としては築浅で……こういう言い方をさせてもらうなら、若いんです」

やり残していたことはたくさんある。結婚する詩織さんは、この家から送り出すはずだった。詩織さんがいなくなった寂しさを、この家で、夫婦で噛みしめるはずだった。この家で「老い」の始まりを穏やかに過ごして、結婚した詩織さんが夫や子どもを連れて来るのを楽しみに待つはずだった。

一つずつを口には出さなくても、正之さんにも伝わったのだろう、ゆっくり何度も、うん、うん、とうなずいた。

「この家に楽しい思い出がないことは……白石さんにとってもツラいでしょうが、この家も、悲しんでると思います」

だから――。

「ヘンなことを申し上げますが」と前置きして、続けた。

「白石さんが札幌から毎週ここに来るようになったのも、この家が呼んだのかもしれません」

このまま終わりでいいんですか、あなたの出番はまだ残っていませんか、最後の最後の場面で、あなたがやるべきことはありませんか……。

正之さんは「家が呼ぶって、それホラー映画でしょ」と、ぼそっとつぶやいた。「まいっちゃうな」と肩を揺すって短く笑った。

だが、「いや、そうじゃなくて――」と続けようとした孝夫を、今度は正之さんのほうが手で制して、薄暗いリビングを見渡した。

「わかりますよ、水原さんの言いたいこと」

懐かしそうに、さらに見渡す。

「終の棲家にするつもりだったんですよね……」

最後までまっとうできなくて悪かったなあ、とつぶやいて、頭を下げる。この家に詫びてくれたのだろう。

「不動産会社の営業の人も、引っ越し業者の人も、みんな感じよかったんですよ。いまのいままで忘れてたけど、皆さんの期待に沿えなくて、ほんと、申し訳ないことをしてしまいました」

「いや、あの……すみません、私はそういうつもりで言ったわけじゃなくて――」

「わかってます」

笑顔になった。背筋を伸ばし、体ごとラウンジチェアに向けた。幻の詩織さんをじっと見つめ、「やってみます」と言った。

この家を舞台にした家族の歴史の、ラストシーンが始まった。

「ごめんな」

それが第一声だった。「パパ、ずっと空回りしてて、だめな親父だったなあ、ほんと」

応える相手はどこにもいない。けれど、無人のラウンジチェアに向かって話を続けた。

「詩織が選んだ人、パパは会ったことないし、ずっと会えないままかもしれないけど、いい人だよな。パパみたいな奴じゃないよな」

間を置いて、「だったら、いい」と笑う。「それで、いい」と笑みを深める。

「幸せに――」

言いかけたところで、声が詰まる。ハナを啜り、目元に手をやる。

「幸せに……な、うん……幸せに……」

声が湿って、震えかけたが、咳払いを何度も繰り返して、気を取り直す。

孝夫はそっぽを向いていた。耳とは不便なものだ。見て見ぬふりはできても、あからさまに耳をふさぐわけにはいかない。

「パパは、パパなりに一所懸命やってきた。でも、たぶん、いろんなところで間違えてたんだよな。ママにも詩織にも、嫌な思いばかりさせてきた。悪かったな、ほんと」

酒に溺れたわけではない。博打（ばくち）にのめり込んだわけでも、暴力をふるったわけでも、理不尽な追い詰め方をしたわけでもない。一つひとつは、どれもささいな、チクッと痛む程度のトゲだった。だが、それが無数に刺さると、もう耐えられない――少しずつ溜まった水滴が、コップからあふれてしまうようなものだろう。

「もう一回、最初からやり直せたら、あんな失敗はしない。いい夫になって、いい父親になって、楽しい思い出を、たくさんつくる。絶対につくってやる。だいじょうぶだ。パパ、反省してるんだ。今度は、もう、絶対に……」

だが、人生は一度きりで、後戻りをしてやり直すことはできない。正之さんもそれはわかっている。だから、声をグッと持ち上げて、明るく言った。

「パパもがんばって再婚しようかなあ。意外とモテてるんだぞ、札幌で」

あははっ、と笑う。

年老いた母親の介護をする、バツイチの、再就職組の、アラ還オヤジ――なのだ。

孝夫もそっぽを向いたまま、正之さんに付き合って笑う。

「まあ……元気でやってくれ。パパが最後に言いたいのは、それだけだ」

背筋を伸ばし、居住まいを正して、幻の詩織さんにゆっくりと語りかけた。

「ママをよろしくな、ママと詩織とダンナさんで、子どもが生まれたら子どもも一緒に、ずっと仲良くな、ずーっと、幸せにな……」

　せっかく伸ばした背筋が曲がる。肩がすとんと落ちた。

「結婚、おめでとう」

　途中で裏返ってしまった声は、そのまま嗚咽になった。


　腕を目元に押し当ててひとしきり泣いたあと、正之さんは赤く潤んだ目をしばたたいて言った。

「最後の最後に、初めての体験ができました」

「――え？」

「いま思ったんですけど、私、この家で泣いたのって初めてです。テレビのドラマや小説でウルッときたことはあっても、いまみたいな泣き方をしたこと……ありませんでした」

　孝夫も不意を衝かれた。なるほど、自分もそうだな、と気づいた。

「いい思い出ができました」

　泣き笑いの顔になった。

「泣きたいとき、けっこうあったんですよ。仕事のことでも、ウチのことでも。だけどねえ、やっぱり泣けないでしょ、泣くわけにいかんでしょ」

　孝夫は黙ってうなずいた。わかるような気もする。いや、きっと自分も同じだ、と認める。

　正之さんは天井を見上げた。

「でも、もっと泣いてもよかったのかなあ……パパ、寂しいんだぞ、たまにはこっちを向いてくれよ、って……泣き真似しちゃったりしてね」

左右の目尻に指を添えておどけた。

上を向いているので表情はわからない。泣き笑いの顔に、笑いの割合が増えているような気がしたが、あんがい逆に、また男泣きしてしまいそうになっているのかもしれない。

天井を見上げたまま、正之さんは言った。

「鍵、来週取り換えるんですよね」

「ええ。火曜日に業者さんが来ます」

「合鍵は、水原さんも持ってるわけですか」

「……メンテナンスがありますから」

そうですか、とつぶやいた正之さんの顔は、まだこちらには向かない。孝夫も無言のまま、気づかれるかどうかのかすかなしぐさで、首を横に振る。幻の合鍵を手のひらに握り込んだ。強く握る。決して開くつもりはない。申し訳ないけれど、それだけは、してはならない。

しばらく沈黙が続いたあと、正之さんは目を孝夫に戻した。肩から力の抜けた、穏やかな表情になっていた。

「カミさんによろしく伝えてください。あと、いつかもし娘にも会うことがあったら、彼女にも」

「わかりました……確かに」

孝夫もまた、こわばっていた両肩がほぐれてくれたのを感じた。

二人で笑みを交わす。言葉はなかったが、正之さんは照れくさそうに、ですよね、とうなずいて笑みを深めた。

「ねえ、水原さん。オヤジ二人のおしゃべりが、この家の最後の思い出になるのって、どうなんでしょうね。家の建物、怒ってるんじゃないですか？」

そんなことないです、応援してますよ、これからの詩織さんのことも、奈美恵さんのことも、それからもちろん、白石さんのことも――。

言いたかったが、さすがに気恥ずかしくて、黙って笑い返すだけにしておいた。こういうときクサい台詞（せりふ）を照れずに言えるコツを、今度ケンゾーに聞いてみよう。

「じゃあ、そろそろ帰りましょうか。駅まで送ってください」

正之さんは、ゆっくりとソファーから立ち上がった。リビングを見渡して、無言で、深々と頭を下げる。

拍手はなく、ハッピーエンドにもならなかったが、それは確かに、一つの家族の物語の大団円だった。

# 第三章　空き家には悪だくみがよく似合う

## 1

瀟洒(しょうしゃ)なオフィスでマッチと向き合った石神井晃(しゃくじいあきら)は、「なんでも訊いてください」とにこやかに言って、受け取ったばかりの名刺にあらためて目をやった。

「西条真知子さん、よろしく」

初対面、かつ取材が終われば二度と会うことはないはずのインタビュアーを、きちんと名前で呼ぶ。ほんのそれだけのことでも、質問は確実に和らぎ、記事も好意的な仕上がりになる。

事前に聞いていた評判どおり、さすがにそつがない。マッチは「よろしくお願いします」と愛想笑いで応えながら、あらためて気を引き締めた。

「では、さっそくですが……石神井さんのH・Rという発想、とても素敵だと思いました。ハウジング・リソース。住宅資源」

マッチの言葉に、石神井は、我が意を得たりの顔になって、大きくうなずいた。

「そうでしょう？　呼び方というのは価値観のあらわれなんですよ。僕はね、西条さん、日本人の住宅についての意識を変えたいんです」

力を込めて言って、「すみません、ちょっと大げさですかね」と照れくさそうに笑う。年齢は四十代半ばだが、サーフィンとスノーボードで鍛えているだけあって物腰全般が潑剌として、若々しい。三十代前半と言っても通じるだろう。

「ですから――」

石神井はテーブルの上の紙を指差した。インタビュー記事が掲載される特集『日本をリノベーションする7人のサムライ』の企画書だった。

「僕の紹介のところに『空き家再生請負人』とありますよね」

「ええ……」

「確かに、メディアで紹介されるときは、たいがいその肩書になります。一番わかりやすいですからね。でも、本音としては、『空き家』という言葉を死語にしてしまいたいんです」

「だから、住宅資源、H・Rなんですね」

「そう。資源なんです。それをどう活用するかが問われてるんですよ、いまは」

たとえば、と続ける。

「家電のリサイクルだって、『都市鉱山』という言葉が広まったことで、それまで大量に廃棄されるだけだった家電やパソコンや携帯電話から、レアメタルを回収する動きが加速しました」

よく通る声だ。滑舌もいい。なにより相手をまっすぐに見つめる目ヂカラが強い。

「居住者のいない家屋も同じです。『空き家』と呼んでしまえば、それまでです。でも、水道や電気やガスのインフラが整っていながら、住む人がいないということは、逆に考えれば、制約なしに使える状態でもあるわけですよ。アイデア次第でいくらでも活用できるんです。しかも、その数がすごい。西条さん、いま全国に空き家がどれくらいあるかご存じですか?」

「二〇一八年の時点で八百四十九万戸ですよね」

「素晴らしいっ。下調べ完璧ですね。すごいな。じゃあ、空き家率って――」

「十三・六パーセント。ざっくり七軒に一軒が空き家ということになります」

「いやあ、恐れ入りました」

パチパチパチッと拍手した石神井は、感心しきりの様子だった。

「うれしいなあ。こんなにしっかり準備をしてインタビューに来てもらえると、こっちも話し甲斐がありますよ」

「……ありがとうございます」

リップサービスだとしても、やはりほめられて悪い気はしない。

だからこそ――。

マッチは笑みをくずさず、手の甲にこっそり爪を立てて、ギュッとつねった。その痛みが、向こうのペースに巻き込まれてはいけない、と自戒させてくれる。

マッチがタマエスの取材を始めて、ちょうど三週間たっていた。

空き家メンテナンスの大まかな流れは把握できたので、あと一週間——五月の大型連休明けを目処に、取材を切り上げるつもりだった。

すると、タイミング良く、ときどき声がかかる紙の雑誌から空き家をテーマにした仕事が入った。それが石神井晃へのインタビューだったのだ。

「空間リノベーター」として活動する石神井は、廃校になった学校を使って夏休み限定宿泊型お化け屋敷を開いたり、経営難で廃業寸前だった銭湯を国際交流施設として蘇らせたり、シャッター通りの商店街で朝市を企画したり、廃線になったローカル鉄道に観光トロッコを走らせたり……というプロジェクトをいくつも手がけてきた。

そんな石神井が最近力を注いでいるのが、空き家の再生だった。

たとえば、空き家を使った民泊はいまどき決して珍しくはないのだが、石神井の扱う物件は、間取りや床面積、築年数、さらには購入時の価格などを詳細に示す。ほとんど不動産の売買や貸借の物件情報並みだった。

それは、なぜか——。


「言ってみれば、『お試し』です」

石神井は自らパソコンを操作して、物件の画像をモニターに映しながら説明する。

「マイホームを持とうと考えているご家族や、次の引っ越し先の間取りや広さを決めかねている若いご夫婦や、二階建ての階段がキツくなったもののマンションには抵抗があって、初めての平屋暮らしを考えているお年寄りなど……一度試しに数日間を過ごしてみたいという方は多いはずです」

なるほどなるほど、とマッチはメモを取りつつうなずいた。

「ぶっつけ本番で引っ越してみて、やっぱり失敗だったと思っても、後の祭りですから」

「はい……わかります」

「もちろん、そのためにモデルハウスやモデルルームがあるわけですが、残念ながら、そこには生活がない。やはり、その家で実際に何年も暮らしたからこそ醸し出されるものがあるわけです」

「暮らしのリアリティ、でしょうか」

マッチの言葉に、石神井は「おおっ」と膝を打った。「そうそう、そうなんです、僕の言いたいことは、まさにそのことなんですよ！」

大仰なリアクションではあったが、感心しているのは間違いない。

「たとえばですね、西条さん、両親と中学生と小学生の四人家族にとって、十六畳のリビングダイニングがどんな感じの居心地になるのか……それは、真新しいモデルハウスに、とりあえず家具を置いただけでは、絶対にわからないんですよ」

「じゃあ、個人情報の取り扱いに配慮したうえで、持ち主の家族構成も必要になるわけですね」

「そう、まさにそうなんです。いいですね、むだな説明なしで話を先に進められるのって最高です」

「子ども二人でも、どちらも男子で体育会系だった場合と、どちらも女子でギャル系だった場合とでは、家の中のモノの数も全然違うし」

「いやあ、まったくそのとおり。理解が早いなあ。さっきの統計もそうでしたけど、西条さん、こっちの業界で絶対にやっていけますよ」

リップサービス、リップサービス、と心の中で言い聞かせつつ、手の甲をつねる。

それに、理解が早いのは当然なのだ。同じ発想での空き家の活用法は、すでにタマエスでも聞いていた。孝夫が「まだ私案の段階で、これから揉んでいかなきゃいけないんだけど」と言いつつ進めているのが、まさにその企画——古巣でもある武蔵地所の営業部門と連携して分譲やリフォームの需要を掘り起こすことだったのだ。

「空き家をモデルハウスにするのって、冷蔵庫で言えばパーシャルですよね」

マッチは言った。「チルド以上で冷凍未満の、ぎりぎり凍りかけた状態。保存も利くし、鮮度も保ってるし……」

「おおっ、いいですね。なるほど、パーシャルはいいたとえだなあ」

ちなみに、孝夫に同じたとえ話をしたときの反応は、「チルドってコンビニ弁当のアレだよな。どういう意味なんだっけ？」——そこから、だった。

「いまの比喩、いただいちゃっていいかな？」

石神井はメモを取るお芝居をして「パクリじゃなくて、オマージュってことで」と笑った。明るく朗らかな笑顔に、マッチの警戒心もついゆるんでしまう。この天性の愛嬌を武器に、本業のコンサルだけでなく情報番組のコメンテーターとしても引っ張りだこなのだ。

だからこそ、マッチは手の甲ではなく、今度は肘の内側をつねった。

気をつけろよ——。

柳沢に釘を刺されたのだ。

あいつのやってることは、思いっきりグレーゾーンなんだからな——。

石神井にインタビューをすることは、柳沢には前もって伝えておいた。

「もちろん、タマエスで取材をしていることは絶対に言いませんし、なんなら石神井さんの今後の展開も聞き出しちゃいますよ」

ノリの軽い柳沢なら「おっ、いいねえ、スパイ頼むよ」ぐらいの冗談は言ってくれると思っていたのだが、反応は意外と鈍く、重く、苦かった。

「あんな奴にインタビューねえ……。相手を選びなよ。冗談じゃないぞ、ほんと」

売れっ子の宿命と言えばいいのか、毀誉褒貶（きよほうへん）にさらされることの多い石神井が、最近「炎上」した事案があった。

「あいつは、空き家をゲームの駒としか思ってないんだ……だから、あんな商売が平気でできるんだ……」

柳沢が憎々しげに言う「あんな商売」の中身は、下調べをしているときにわかった。

石神井は、半年ほど前から空き家の民泊をさらに推し進めて、それまではありえなかった「客」を泊めるようになった。火葬の順番待ちの遺体を安置する場所として、空き家を使っているのだ。

『もがりの家』と、石神井は名付けていた。

「もがりというのは、漢字で書くと――」

パソコンを操作して、モニターに「殯」の文字を大きく表示させた。

「埋葬をする前に、亡くなった人との最期のお別れをすることです。ずっと昔は棺に納めたご遺体が腐敗して、白骨化するまでが『もがり』だったらしいのですが、さすがにいまはそれはできませんから、火葬場の順番が来るまでの一日、二日……場合によっては三日、四日……もうちょっとかかることもないわけではありませんが、とにかく、その期間を過ごしていただくわけです。ドライアイスや消臭については万全を期して、搬送の車やストレッチャーの出入りについても、近隣の皆さまの感情には最大限の配慮をしていますから」

口調に淀みはない。表情も、最初にマッチが「じゃあ、次に『もがりの家』についてお聞かせ願えますか」と言ったときには、ほんの一瞬だけ頬がこわばったが、すぐににこやかな笑顔に戻り、説明の間、その笑顔が曇ることはなかった。

なにしろ――。

「念のために申し上げますが、法律的にはまったく問題はないんです。墓地埋葬法では死後二十四時間以内の火葬は禁じられていますが、一時的なご遺体の安置については規制がありません」

柳沢が言っていたグレーゾーンとは、こういうところだった。

「もちろん、オーナーさまには、ご了承を得ています。一般の民泊よりはるかに高い代金もお支払いしていています。言い換えれば、それだけのニーズがあるということなんですよ」

確かに、それはそうなのだ。都市部では、新しい火葬施設ができる見込みはない。高齢化社会から多死社会へと移行しつつあるなか、既存の施設だけでは順番待ちの遺体が大量に出るのは当然の帰結で、それに応えるビジネスが生まれるのも至極あたりまえの理屈だった。

「でもなあ、法律的にアウトじゃなければ全部セーフ……っていうのは、俺なんかは、やっぱりちょっと、おかしいと思うけどなあ」

首をかしげて言った柳沢は、ふと周囲を見回してから、声をひそめて続けた。

「石神井と会うこと、ミズちゃんには言った？」

「いえ、まだですけど……」

「じゃあアレだ、うん、黙ってたほうがいい。あいつ、大嫌いなんだよ、石神井のことが。名前を聞くだけでも不機嫌になるんだ」

「なんでですか？」

「いや、まあ……いろいろあるみたいだ、うん」

肝心なところをぼかしながらも、柳沢は真顔で「とにかく、ミズちゃんには黙ってろ」と念を押した。「あいつ、ふだんは穏やかだけど、そのぶん、逆鱗に触れると面倒くさいから」なっ、頼むよ、と片手拝みされると、納得はいかなくとも、うなずくしかなかった。

ところが、そのモヤモヤは、思いがけないところで解消されることになる。

「実際、『もがりの家』はお客さまも多いし、オーナーさまからの反応もすごいんです。とにかく相場よりずっと高い使用料ですから」

石神井はそう言って、「たとえば、この家」と、モニターに空き家を表示した。

「横浜の郊外の物件で、去年の暮れに空き家になったばかりです。築四十年以上なので、どうにも扱いようのない物件なんですが、じつは十キロ圏内に斎場があるんです。これで一発大逆転、『もがりの家』としてやっていけます」

オーナーに話を持ちかけると、好感触を得た。

「こんな物件です。話が本決まりになればバーチャルで内覧できるようにしますが、とりあえずパノラマでご覧ください」

プレビューウインドウに表示されたのは、雑然としすぎず、片付きすぎてもいない、ごくありふれたリビングルームだった。ただ、壁に、部屋の広さからすれば不釣り合いに大きなポスターが貼ってある。アメフトのプロテクターをベースにしたコスチュームに身を固めた若者のポスターだ。

「これって……ひょっとして、『ネイチャレンジャー』ですか？」

ヘルメットやプロテクターのアクセントカラーは真紅——炎龍斗、すなわち、ホムホム。

「ええ、まあ、番組や本人の名前はよく知らないんですけど、もともとのオーナーさまのお孫さんが、戦隊ヒーローの俳優だったみたいです」

孝夫の顔が、浮かんだ。

## 2

翌日、マッチは朝イチで柳沢にインタビューの報告をした。

フリーライターの職業倫理としては、活字になる前の取材内容を同業他社の柳沢に漏らすのは御法度だった。マッチにもよくわかっている。けれど、それ以上にショックのほうが大きい。取材前に柳沢から「ミズちゃんには黙ってろよ」と釘を刺されていなければ、ゆうべのうちに孝夫に直接連絡を取っていたところだ。

話を聞いた柳沢も、腕組みをして天を仰ぎ、大きく嘆息した。濁点付きの「あ」と「う」と「お」が入り交じったような響きのうめき声がしばらく続き、ようやくマッチに目を戻したときには、もともと八の字の眉がさらに下がって、心底困り果てた顔になっていた。

ただし、さほど驚いてはいない。思いも寄らなかった事態ではなく、むしろ想定の範囲内というか、予想していた中で最悪のコースをたどってしまったというか……。

「意外とびっくりしないんですね」

マッチが訊くと、「あたりまえだ」と忌々しげにうなずく。「石神井晃がからんだら、結局はこういうことになるんだ」

こういうこと――すなわち、『もがりの家』。

「どんなに耳当たりのいい屁理屈を並べ立てても、要は死体置き場だ」

吐き捨てるように言った。「遺体」を「死体」と言い換えるだけで、たちまち血なまぐさくなってしまう。

「どうせろくなことにはならないと思っていたけど、よりによって『もがりの家』とはなあ」

「あのー……一つ、いいですか？」

マッチはおずおずと手を挙げて質問をした。

「あの家、やっぱり水原さんの――」

「カミさんの実家だ。去年の暮れにおふくろさんが亡くなって空き家になってる」

「水原さんの奥さん、きょうだいは？」

「兄貴がいる」

「遠くに住んでるんですか？」

「いや、同じ横浜だ」

「じゃあ、なんで――」

空き家に、と続けかけて、口をつぐんだ。三週間も密着取材をしていれば、空き家が生まれる事情の複雑さはわかる。それこそ空き家の数だけ家族があり、家族の数だけ事情があるのだ。

「石神井さんが奥さんの実家にからんでること、水原さんもご存じなんですよね」

「知ってるよ、もちろん。俺も相談された……っていうか、愚痴に付き合わされた。ミズちゃんは猛反対したんだけど、だめだった、って」

「奥さんが話を進めたんですか？」

「じゃなくて、兄貴だ」

美沙の兄の一ノ瀬健太郎さんは、メガバンクで取締役を務めている。融資審査部というエリートコース一筋に歩み、石神井のことも、彼がまだ駆け出しだった頃から高く評価していたという。その縁で、空き家になった実家のコンサルを依頼したのだ。

「コンサルって……身内の水原さんだって不動産のプロじゃないですか、わざわざ頼まなくてもよくないですか？」

「まあ、だから、そこがアレっていうか、難しいところなんだよなあ。空き家になる前から、介護の分担とか施設の選び方とか、奥さんと兄貴夫婦、いろいろあったみたいで……」

両手の人差し指を刀に見立ててチャンバラをした柳沢は、時計を確かめると「そろそろ行くか」と席を立った。「今日は俺の仕事の取材だろ」

「ええ……水原さん、お休みですから」

今日のオフィスは閑散としている。孝夫だけでなく多くのスタッフが休みを取っているのだ。大型連休の狭間の平日――金曜日だ。ここを休めば、前日の昭和の日から始まって、来週水曜日のこどもの日まで、まるまる一週間の連休になる。

ビル管理の部署にとっては、ワックス掛けや殺虫燻蒸など大がかりなメンテナンスをする書き入れ時だが、それ以外の部署は、連休中には仕事はほとんどない。

特に空き家メンテナンスは、大型連休は遠方に住むオーナーが帰宅できる貴重な時期なので、むしろ連休前のほうが、その準備で忙しい。

「窓を開けて風を通しておいて」「ベッドに布団乾燥機をかけて、あと冷蔵庫の電源もよろしく」「ウチに着くのが深夜になるので、ご近所がびっくりしないよう、ひと声かけておいて」「庭の雑草の様子を見て、必要なら業者を入れて」……。

孝夫も残業続きだった。大型連休前の忙しさを初めて経験して、マッチ相手に「シーズン直前の別荘の管理人みたいだよ」とぼやきながらも、「買い物代行の品目、アンケートを取って、もっと広げてもいいいんじゃないか？」と、新たなサービスの可能性も探っていた。根っからの仕事人間なのだ。実際、二月にタマエスに出向して以来、年休は一度も取っていない。ならば、一週間まるまる休んでもバチは当たるまい。

「水原さんも、連休で少しは骨休めできてるといいですね」

「でも、昔のミズちゃんは、ゴールデンウィーク中は出ずっぱりだったんだぞ、毎年」

タマエスの親会社・武蔵地所の営業部や都市計画部にいた頃――。

「マンションの内覧会や、ニュータウンの現地説明会もあるし、あと、投資や相続税対策のワンルームマンション経営のセミナーとか……休みの日じゃないとできないことは、山ほどあったんだ。ゴールデンウィークや夏のお盆休みなんて、その最たるものだよ」

大型連休をまるまる休むのは、武蔵地所に入社して三十数年、初めてかもしれない。

営業車に乗り込むと、柳沢はすぐにエンジンをかけた。その音に紛らすように、続ける。

「だから、あんがい、骨休めができて喜ぶよりも、寂しさのほうが強いかもな……」

柳沢の今日の仕事は、広報とは無関係のものだった。連休直前に飛び込んできた。本来は孝夫が休暇を返上して引き受けるはずだったのを、柳沢が「俺がやるから休んでろよ」とピンチヒッターを買って出たのだ。

「柳沢さんって、ほんと、いい人ですよねー」

助手席からマッチが言うと、柳沢は照れ隠しに顎を突き出して、拗ねたように応えた。

「どうせやることなくて暇だから、会社に出てるだけだよ」

だが、還暦が視野に入った五十八歳の独身男性の「暇」を、額面どおり「やることなくて」につなげるほど、マッチも無邪気ではない。この歳の独り身の「暇」は、「孤独」や「寂しさ」を言い換えただけなのだ。

相槌がうまく打てずにいると、柳沢のほうから話を本題に戻してくれた。

「ミズちゃんのカミさんの実家、おふくろさんが亡くなって正真正銘の空き家になったんだけど、その前から、実質的には空き家だったんだ。おふくろさんが施設に入ってたから。マッチも勉強したんなら知ってるだろ、隠れ空き家だ」

「ええ……」

住む人がいても、介護施設や長期入院中の病院から帰ってくるのは年に数えるほど——という隠れ空き家の問題は、年々深刻化している。

　石神井晃はそれを「空き家鉱山」と呼んで、「いよいよゴールドラッシュが始まるんですよ」と張り切っていたのだが、柳沢の運転に命を預けているいまは黙っておくべきだろう。

「二年ほど隠れ空き家の状態だったんだけど、その間が大変だったらしい」

「お兄さん夫婦と？」

「それもあるし、ミズちゃんとカミさんも、揉めることがけっこうあったみたいだな。あいつもなんだかんだ言って、家庭より仕事優先で、ウチのことはカミさんに任せきりだったから、そりゃあカミさんもキレるだろ」

「でも、いいお父さんっぽいですけど……」

　孝夫をかばうように言うと、柳沢は左手を車のハンドルから浮かせ、指を二本立てた。

「俺には家族がいないだろ？　だから逆に、冷静な目で見えてくるものもあるんだ」

　そう前置きして、「ウチのこと」には二つあるのだと続けた。

　一つは、生まれて、育って、始まること――。

「要するに子育てだ。ミズちゃんもそこは、百点満点じゃなくても、それなりにできてたと思う」

　しかし、問題は二つめ――。

「子どもを育てるだけじゃなくて、親を看取らなきゃいけない。その前に、親が年老いていくのをしっかり受け止めなきゃいけない」

つまり、老いて、死んで、終わること。そこが、しばしば、ないがしろになってしまう。

「子育てが終わると、親の仕事も終わりだ。でも、まだ『ウチのこと』は終わってない。今度は息子や娘としての仕事が待ってる」

子どもが育っても、まだ親がいる。年ごとに体が衰え、認知機能が喪(うしな)われて、子どもに戻っていく親が待っている。

「仕事としては、そっちのほうがずっと厄介だし、やり甲斐もない。しかも、最後の最後に残ったものの始末にまで困るわけだからな」

介護や看取り、そこから葬式や墓の問題が続き、最後は家族の抜け殻になった空き家が残る。

「ミズちゃんのウチも大変だったと思うぞ。俺みたいな、三人きょうだいの末っ子で独身ってのが一番いいんだ、最初から介護の戦力としてあてにされずにすむから、気楽なもんだ」

わははっ、と笑う柳沢に付き合って苦笑しつつ、マッチは喉元まで出かかった言葉を呑み込んだ。

でも、それって——と、言いたかったのだ。

孤独死と直結ですよね——。

誰にも看取られずに一人寂しく息を引き取るのと、身内にさんざん負担をかけたすえに亡くなるのと、どっちが幸せなのか。いや、どっちがより不幸せではないのか。

知らんがな、そんなもん。

アヤしげな関西弁でツッコミを入れて、話題を変えることにした。

## 3

「最終回まで、ぜんぶ観ちゃいました」

ネット配信されている『ネイチャレンジャー』のこと――。

「十年前もけっこう観てたんですけど、ひさしぶりに観ると、やっぱりみんな若いなあ、って。大河くんなんて、少年ですよ、まだ」

全二十六回、放送での視聴率は低空飛行のままだったが、風祭翔馬と美原大河の「十年前の夢の共演」という触れ込みで、配信ランキングでは上位に食いこんでいる。

「柳沢さんは、当然、リアルタイムで観てるんですよね？」

いやいやいや、と柳沢は片手ハンドルで手を横に振った。

「観てないんですか？　親友の息子さんが出てるのに」

「さっきも言っただろ、日曜日の午前中は忙しいんだ。テレビなんて観てる暇はなかったんだ」

「だったら録画とか――」

これもすぐさま、「ミズちゃんに止められたんだ」と返された。「そんなことをされるとプレッシャーになるから、できればずーっと最終回までスルーして、一緒にいるときも話題に出さないでくれ、って」

「えーっ、なんでですか？」

「……いろいろあるんだよ、やっぱり、親なんだから」

「え、教えてくださいい教えてくださいい、タマエスは取材に全面協力ですよね、広報部長さんですよね、柳沢さん」

なに言ってるんだ、と放っておこうとしたら、「じゃあ、本人に訊きまーす」と言う。

「おい、ちょっと待ってくれよ」

「確かに、いまでもそういうところありますよね、水原さんって。わたしがホムホムの話を振ると、微妙に動揺しちゃって、ちょっと不機嫌になって……なんか触れてほしくない感じなんですよ」

それがわかってるんだったら話を振るなよ、タブーだと思ってくれよ――と柳沢が釘を刺す前に、続けた。

「その反応が面白いから、ついつい名前を出しちゃうんですよねー」

柳沢はため息をついて、少し考えたあと、言った。

「ちょっと昔ばなしをするから聞いてくれ」

「お願いしまーす」

「その代わり、もう息子さんの話はミズちゃんの前ではやめろよ」

昔ばなしをすることも、間違いなく、孝夫は嫌がるだろう。

すまん、ミズちゃん、でもおまえのためなんだ――。

心の中で詫びて、話しはじめた。

孝夫とは独身時代からの付き合いの柳沢は、水原家の歴史をまるごと知っている。ケンゾーが演劇の道に進むと決めたときの孝夫の困惑や葛藤もさんざん聞かされた。

「中学生の頃に、友だちと一緒に演劇のワークショップに参加したんだ。それがお芝居に目覚めるきっかけになったみたいで、高校時代は演劇部で、オリジナルの作品をつくったりして……部活に夢中になりすぎて、現役の大学受験は失敗しちゃったんだけどな」

そのあたりまでは、孝夫も「まあ、浪人も留年も一年ずつだったら、それほど就活に影響しないから」と鷹揚にかまえていた。

だが、ケンゾーは浪人中にさらに芝居の世界にのめり込んだ。予備校にはほとんど顔を出さず、大学生と社会人が半々の小さな劇団に所属して、稽古や公演のない日は都内各地の小劇場に通い詰めた。

「じゃあ、成績も……」

「下がるよなあ、それは」

次の年の受験では、志望校をワンランク下げざるをえなかった。滑り止めもたくさん受けた。しかし、結果はことごとく惨敗。補欠合格の学校すら一つもなかった。

「さすがにミズちゃんも困ってたんだけど、逆にそのあたりから、息子さん本人はハラをくくったんだ。芝居の世界で生きていってやる、って」

二年目の浪人生活は、早々にリタイアした。

所属する劇団の活動に加えて、他の劇団への客演も増え、あえて裏方に回って演出や照明を学んだりして、役者としての世界が広がっていった。もう大学受験のことは頭から消えてしまった。このまま、通いもしない予備校の授業料を出してもらうのは申し訳ないから、あと二年……一年だけでも、思いきり芝居に打ち込ませてほしい、と両親に訴えたのだ。

「奥さんは、すぐに賛成した。自分の人生なんだから、悔いのないようにやればいい、って。もともと息子さんの味方だったんだ。味方っていうより、ファンなのかもな」

「あ、わかります、男の子とお母さんって、けっこうそういう関係ですよね。それにホムホムみたいなイケメンの息子だったら、絶対にファン第一号になっちゃいますよ」

孝夫も、渋々ではあったが、認めた。

「あの頃のミズちゃんは、俺と酒を飲むたびに言ってたよ」

親が子どもの夢を応援しなくてどうするんだ、息子を親の思いどおりにしようなんておこがましい、親の役目は転ばぬ先の杖を差し出すんじゃなくて、転んだあとで立ち上がるのを見守ることだ、やった後悔よりもやらなかった後悔のほうが苦いんだから……。

「まあ、それは本音っていうより、俺にしゃべることで、自分に必死に言い聞かせてたんだろうなあ」

大学受験という足枷（あしかせ）がはずれたケンゾーは、さっそく、翌年の春に始まるテレビの新番組のオーディションを受けることにした。それが『ネイチャレンジャー』だったのだ。

もともと運動神経には自信があったし、芝居の経験を積むにつれて、歌やダンスやアクションの面白さにも目覚めつつあった。その意味では、『ネイチャレンジャー』のオーディションは恰好の腕試しでもあったのだ。

「でも、ミズちゃんとしては、複雑な思いだったんだ」

「なんでですか？」

「まず、特撮ヒーローっていうのが、ミズちゃんとしては、ちょっと……せっかく演劇の道に進むんだったら、跳んだりはねたり宙返りしたりっていうんじゃなくて、もっと正統派の役者を目指してほしかったみたいで」

「正統派って？」

「だから……シェイクスピアとか、ミュージカルでも『キャッツ』とか『ウエスト・サイド・ストーリー』みたいな――」

途中でマッチは「ちょっと、やだあ」と噴き出した。「なんかもう、シロウト感まるだしじゃないですか」

確かにな、と柳沢も認める。もともと孝夫は演劇の世界には疎い、というよりまったく興味がなかったのだ。

「まあ、でも、本人がやりたい道なんだから、もちろん反対はしなかったんだけど……今度は、これからのことを思うと、心配になって、複雑な気持ちになるわけだ」

万が一オーディションに通って、デビューしたら――。

「ほんとうにもう、後戻りができないっていうか、この世界でやっていくしかなくなるわけだから」

「いいじゃないですか、夢が叶うわけなんだし」

「まあ、そうなんだけどな」

「それに、けっこう親バカですよね。まだ受かってもいないのに、デビュー前提で心配してるんだから」

「でも……結果的には当たったんだ」

ケンゾーはオーディションに合格した。しかも、主役の一人という大抜擢だった。万が一のことが起きたのだ。

もちろん、息子が認められたことは親として素直にうれしいし、誇らしい。がんばってほしい、とも思う。ただ、美沙のように「ファンクラブができたら、会員番号1番はお母さんね、予約したからね。いい？」と屈託なくはしゃぐことはできなかった。むしろ逆に、ここで大抜擢されたのを悔やんでしまう日がいつか来るのではないか、と不安になる。落ちてしまったほうが、すっぱりとあきらめがついてよかったのではないか。いや、いまからでも遅くない。父親として、ここは憎まれ役を買って出て、「やっぱりやめろ、辞退しろ」と言うべきではないのか、黙っていたことをいつか、悔やんでしまうのではないか……。

そちらの予感も——残念ながら、当たってしまった、のだろうか。

柳沢はそれで話を切り上げるつもりだった。ここまで話せば、孝夫の複雑な胸の内も理解できるだろう、と思っていた。

ところが、マッチは柳沢が「まあ、そういうわけだよ」と締めくくった言葉にかぶせるように、言った。

「それ、違うんじゃないですか？」

「――なにが？」

「だって、二つめの予感、当たってませんよ。ホムホム本人が悔やんでるんだったら別ですけど、いまでも忍者ミュージカルやってるんですよね。アクションですよね。じゃあ初志貫徹じゃないですか、ハタチの頃の夢がずーっと叶ってるじゃないですか。なんで勝手に決めちゃうんですか？　後悔してるとか失敗だったとか間違いだったとか。言ってる意味、悪いけど全然わかんないです」

いままでになく強い口調になった。まくしたてるようにしゃべったあと、首を大きく何度もひねって、「わたしは、ホムホムは全然後悔してないと思うけどなあ」と、そっぽを向いて窓の外の景色を見つめた。

柳沢は返す言葉を見つけられずに運転を続けた。マッチも黙ったままだった。カーナビの「間もなく目的地周辺です」のアナウンスが聞こえる。柳沢がほっとすると、気のゆるんだところを狙ったかのように――。

「水原さんのこと、ちょっとだけですけど、嫌いになったかも、です」

かばいたくても、不意を衝かれて言葉が出てこない。

すまん、ミズちゃん、よけいなことしちゃったよ俺……。

心の中で詫びるしかなかった。

## 4

現場は、多摩川沿いの、住宅地と梨畑が入り交じった一角に建つ古い農家だった。縁側付きの母屋があって、広い庭があって、納屋がある。

「うわ、いきなり昭和にタイムスリップじゃないですか」

車を降りて瓦葺(かわらぶ)きの重厚な母屋を見上げたマッチは、「ここ、いちおう都内ですよね、こんなのがまだ残ってるんだあ、すごーい」と驚いていた。現場に着く直前の重苦しい空気は、あっさり消えた。孝夫とケンゾーの話を蒸し返しそうな様子もない。

切り替えの速さに柳沢も一安心しながら、それでも、なにか重くて厄介な宿題を課せられたような気もしてしまう。

「この家も空き家なんですよね？」

「三年前からな。跡継ぎの息子さんが仕事の都合でニューヨークにいるから、その間はウチの会社でメンテナンスをさせてもらってるんだ」

今日の仕事は、その息子さんからの依頼だった。

庭にこいのぼりをあげる。

「これだよ、これ」

玄関から庭に回って、縁側に畳んであったこいのぼりをさっそくロープに結わえながら話を続けた。

息子さんが子どもの頃、すでに周辺は新興住宅地になっていた。瓦葺きの和風建築の自宅はいかにも時代遅れだったが、そのかわり、風格はあった。その風格と庭の広さが活かされるのが、毎年四月の終わりから五月アタマにかけて――庭であげる大きなこいのぼりが、町内でも評判の、いわばランドマークになっていたのだ。

「新聞の地域面に載ったり、テレビの街歩き番組で紹介されたりして、すっかり大型連休の風物詩だったらしい」

空き家になってからも、息子さんは都合をつけて大型連休に帰国し、こいのぼりをあげていた。そうすることでご近所の皆さんを喜ばせ、「空き家になってもこの町内の一員ですからね」と伝えていたのだ。

「でも、今年はどうしても都合がつかずに帰国できないから、ミズちゃんに相談してきたんだ。連休中に毎日こいのぼりをあげてもらえないか、って」

仕事としてのうまみはほとんどない。竿を立てたときは若手三人がかりだったし、朝にあげて夕方取り込むので、連休中はずっと一日に二回も出向かなくてはいけない。

「でも、やっぱりうれしいよな。ミズちゃんがせっかく取った休みを返上する覚悟で引き受けた気持ちも、よくわかるよ」

だから――と、続けた。

「ミズちゃんって、そういうヤツなんだ。損得抜きで、人間にとってなにが大事なことかは、ちゃーんとわかってる。さっきは俺の話がヘタすぎたから誤解させちゃったかもしれないけど、ほんと、いいヤツなんだよ」

なっ、と目をやって笑うと、マッチも少し決まり悪そうに「そんなのわかってます」と笑い返した。

柳沢はロープをたぐってこいのぼりをあげながら話を続けた。

「この家には役割があるんだ。大型連休になると、この、大きなこいのぼりをあげて、ご近所の人を愉しませる。その大事な役割が、現役時代だけじゃなくて、空き家になってからも、ちゃんと残ってる」

それが、とにかく、うれしい。

「ミズちゃんも俺も、自分のかかわる家にそういう歳の取り方をしてほしいと願いながら、新築物件を取り扱ってきたんだ」

「歳の取り方、ですか」

「ああ、そうだよ。この家は、建物の古さだけじゃなくて、いい歳の取り方、老いぼれ方をしてると思うぞ」

「空き家になってても？」

「空き家は死んでない、家は取り壊すまで、ずっと生きてるんだ」

吹き流しに真鯉(まごい)に緋鯉(ひごい)、子どもの鯉……こいのぼりは、風をはらむと重量が増す。柳沢も途中からは足を踏ん張り、息を詰めて、ロープをたぐっていった。その力の源は——怒りだった。

「だから、俺は……やっぱり、石神井晃の『もがりの家』だけは、許せないんだ。空き家だから、住んでる人がいないんだから、なにをやってもいいってものじゃないだろう」

「……ですよね」

「オーナーの了解があるからOKだ、法律上はグレーゾーンだからセーフだ、って……そんなのがまかりとおっていいわけないだろ。世の中をなめてるんだ、人の人生を軽く見てるんだ、あいつは。だから、空き家を商売の道具としか考えてない。リノベーションだのなんだの横文字を並べても、結局は金儲けの悪だくみなんだよ」

「水原さん、奥さんの実家が『もがりの家』になること、まだ知らないんでしょうね」

「知らないだろ。知ってたら、俺になにか言ってくるはずだし」

「教えてあげるんですか?」

「いや、訊かれれば言うけど、こっちから教えても、話がややこしくなるだけだ。カミさんの兄貴がOKしてるんだったら、もうどうにもならないんだから、わざわざ外野が煽(あお)り立てることはないだろ」

だからきみも黙っててくれよ、とマッチに釘を刺して、ロープをたぐる手にさらに力を込める。

「とにかく石神井の野郎、あいつ、ほんとに許さねえからな、どっかで会ったらぶん殴ってやるからなあ……」

鼻息荒く、足を踏ん張って、最後は濁点付きの「あ」と「う」と「お」の入り交じったようなり声とともに、こいのぼりが竿のてっぺんまであがった。

晴れわたった青空を背に、こいのぼりが気持ちよさそうに泳ぐ。日付はまだ四月でも、五月晴れと呼びたい快晴だった。

柳沢とマッチは、縁側に並んで座って、ペットボトルのお茶を飲みながらそれを眺めた。

「ああ、そうだ、お茶請けがあるから、よかったらつまんでくれ。もともとミズちゃんにお裾分けされたのを会社から持ってきたんだ」

柳沢がバッグから出したのは、数種類のお菓子を詰め合わせたレジ袋だった。

「箱から出して適当に入れてきた。好きなもの食ってくれ」

どれも北海道のお菓子で、個包装のパッケージを見ただけで、ああ、あれだ、とわかる定番中の定番ばかりだった。

「連休で休みを取ってるヤツが多くて、広報や総務だけじゃ会社で食べきれないんだ。俺もウチで甘いものは食わないから、もしアレだったら、残ったぶんは持って帰ってくれよ」

「はい……ありがとうございます」

マッチの返事は、微妙に重かった。愛想笑いにも、ほんのわずか、辟易(へきえき)した翳(かげ)りが覗く。

柳沢もそれを察して、「まあ、もともとそっちの部署に送られて来たんだから、もう毎日食ってるか」と言った。

孝夫宛てに、連休に入る直前に届いたのだ。

差出人は、白石正之――。

両手で抱えなければ持ち運べないサイズの段ボール箱に、お菓子の箱がぎっしり入っていた。同封されたメモには〈先日はたいへんお世話になりました。せめてものお礼の気持ちを送らせていただきました。ご家族や同僚の皆さんとお召し上がりください〉とあった。

「ミズちゃん、すごく喜んでたなあ」

「柳沢さんは、これを送ってくれた人のこと、ご存じですか？」

「知ってる知ってる、ミズちゃんから聞いたよ。オーナーさんの別れたダンナだよな。奥さんに熟年離婚されて、娘さんの結婚式にも招ばれなくて、ウチの鍵まで交換されたって……なんか、すごい話だなあと思って」

「ですよねー」

マッチの口がとがる。

「サシで会ったんだよな、ミズちゃん」

「そうなんですよ」

マッチは口をさらにとがらせた。「わたしに黙って、勝手に会っちゃって、くわしいこと全然教えてくれないんですよ」

孝夫に訊いたのだ。「結局、ダンナさんのどこが悪かったんですか？」――答えは、「どこも悪くない」だった。「なにが間違ってたんですか？」と重ねて訊いても、「なにも間違ってない」と返された。テキトーなこと言わないでください、と抗議しようとしたら、通せんぼの手振りでさえぎられ、最後は「オヤジのことはオヤジ同士じゃないとわからないから」で話が終わった。

「――ひどいと思いませんか？　オンナコドモには関係ない、みたいな言い方、ちょっと問題ですよ、ハラスメントですよ」

「いやいや、まあまあ」

なだめながら柳沢は頬をゆるめた。わかるぞ、ミズちゃん、と言いたい。どこも悪くないし、なにも間違ってないんだよな、と納得顔でうなずく。さっき背負わされた宿題に答えるヒントが見つかった。

「白石さんのお菓子のこと、もうちょっといいか？」

「ええ……」

「たくさん送ってきたんだろ」

「そうなんですよ。二十四個入りとかが四、五箱ですから、箱から出したらお茶菓子のバスケットに山盛りになっても入りきらないほどで、ほとんどつかみ取り状態です」

「正直、どうだった？」

「って？」

「お菓子をたくさん送ってもらって、うれしいことはうれしいと思うんだけど、もっと本音というか、ぶっちゃけて言えば……」

マッチは、あ、そういうことですね、と質問の意図を察して、苦笑交じりに言った。

「営業の若手チーム、みんなあきれてました。こんなにたくさんもらっても持て余しちゃうし、中身も、ぜーんぶ王道っていうか、定番じゃないですか。昭和の北海道みやげ詰め合わせ、って感じで」

わかるわかる、と柳沢も笑い返した。

「もらったものにケチをつけるのってよくないんですけど、せっかくこんなにたくさん送ってくるんだったら、定番だけじゃなくて、ちょっと変わったものとか新作があったら、もっと楽しめると思いません？」

柳沢は、うん、うん、とうなずく。

「だから、白石さんにはほんとうに失礼なんですけど、みんなで、攻めてないよねー、守りだよねー、って笑ってたんですよね」

「そこだよ」

「――え？」

「オヤジはそうなんだ、守るんだ」

お菓子を選ぶときも、数が足りなくなるよりは余ったほうがいいし、間違いのないものを、みんなに喜んでもらえるものを、と考える。すると、どうしても定番に頼って、たっぷりと買い込んでしまうことになる。

「でも、間違いじゃないだろ？　その発想。ウケ狙いではずしたほうが傷は深かったりするしな」

「ええ……」

「さっきのミズちゃんも同じだよ。息子の夢は大事だけど、人生をトータルして考えたらどうなんだとか、うまくいかなくても何歳までだったらリセットできるかとか、やっぱり考えるさ、親なんだから」

そうだろう？　と念を押して、続ける。

「ミズちゃんがきみに言ったとおり、正しいか間違ってるかで言えば、正しいんだ。いいか悪いかで言っても、悪いことじゃない」

マッチが「でも――」と返そうとするのを、わかってるわかってる、と含み笑いで引き取った。

「でも……正しいけど、ちょっとアレだよなあ」

一瞬きょとんとしたマッチは、あはっ、と笑い返して「はい、ほんと、アレです」とうなずいた。

「そう、アレなんだ」

柳沢も繰り返す。「アレ」というぼかした言い方が、不思議とすんなり馴染む。自分ではなにげなくつかった言葉だが、意外といいかもしれない。あえて深追いせずに、このあたりにしておいてやるか、という感じが悪くない。

「お菓子の選び方程度の話ならいいけど、いろんな細かい場面で、正しいけどちょっとアレなことが積み重なると……」

「それで奥さんに熟年離婚されちゃった？」

「ああ、一つひとつは直接の原因になるほど大きなものじゃなくても、何十年もかかって積み重なると、やっぱり、アレだよな」

「カードのポイントみたいなものですね。知らないうちに貯まってるんですよね」

「……ずいぶん軽くたとえてきたな、おい」

「水原さんも、けっこう危なくないですか？　ホムホムがブレイクできなかったことを勝手に失敗とか後悔とか決めつけたり、あとシェイクスピアのほうが特撮ヒーローより上だと思ってるのも……なんか、アレですよ」

受け答えこそ軽くても、話の勘どころはしっかりつかんでいる。

「しょうがないんだよ、オヤジなんだから」

「開き直りですか？　だめですよ、そんなの」

勘どころをつかんだあとのマウンティングも、早い。

「わたし、今度からアレ警察してあげましょうか？」

「アレ警察？　なんだ、それ」

「取り締まりです。水原さんとか柳沢さんがアレなことを言ったりやったりしたら、みんなから嫌われる前にイエローカード出してあげますよ」

「……上から来るね、しかし」

だが、確かにそれは必要かもしれない。会社でセクハラやモラハラやパワハラの研修を受けるたびに、若い頃――昭和や平成初期との時代の違いを痛感させられる。よかれと思って頼った正しさがアレになってしまうことも、おそらく、自分が思うよりずっとたくさんあるのだろう。

マッチは白石さんのお菓子をぽりぽり食べながら、言った。

「わたし、石神井晃さんのこと、柳沢さんが言ってるほど悪い人だと思わないんですよねえ」

「俺だけじゃない、みんなアタマに来てるんだ、あいつには」

「でも、その『みんな』って、オジサンですよね。オジサンに嫌われるのって、逆に勲章だったりして」

古い常識や業界のしきたりにとらわれないからこそ、新しい冒険ができる。年長の世代からヒンシュクを買えば買うほど、若い世代は拍手して、憧れる。

「で、年上の人でも、石神井さんのことを応援してくれる人もけっこういますよね。ジジ殺しなんて呼ばれてたりするわけだし」

実際、政財界の重鎮には、意外と気に入られているのだ。だからこそ大きなプロジェクトに抜擢され、しかもそこで結果を出して、ますます評価が上がる。

だが、柳沢はさらに不機嫌になってしまう。

「年寄りは先が短いから、無責任に若いヤツを面白がって、おだててるんだよ。こっちはそういうわけにはいかないんだ。あいつみたいに世の中をなめてかかるヤツばかりになったら、ニッポンはどうなるんだよ、まったく」

あ、いまのアレかも、とマッチはつぶやいた。アレ警察が出動しかけたが、お菓子が口の中に入っていたので、声は柳沢には届かなかった。

代わりに、お茶でお菓子を呑み込んでから、言った。

「さっきの『もがりの家』も、確かに昔の感覚で言ったらとんでもないことかもしれませんけど、なんか、常識とか正しさとかも、時代によってアップデートされるんじゃないかな、って思うんですよね」

「……死体置き場だぞ。そんなものが正しさになるわけないだろ。家っていうのは、生きて、暮らすためにあるんだ」

柳沢は、青空を泳ぐこいのぼりをにらみつける。

屋根の上では意外と風が吹いているのだろう、八つ当たりの標的になってしまったこいのぼりは、いや、そう言われましても、と困惑するように身をくねらせていた。

## 第四章　追っかけセブン、登場

### 1

忍者Aがステージ中央の石垣から勢いよく跳び上がり、空中で一回転して、ぴたりと着地した。

その直後、ステージの上手と下手から同時に現れた忍者BとCは、軽やかな助走から宙返りをして、ぶつかるかどうかのぎりぎりですれ違う。助走のコースや位置やジャンプのタイミングがほんのわずかでもずれていたら、二人は空中で激突していただろう。

美沙は歓声とともに席から腰を浮かせ、頭上で大きく拍手をした。

「すごーい！　ねえねえ、いまの見た？　ぶつかりそうだったじゃない？」

立ち上がったまま、隣の席の孝夫を覗き込んで、はずんだ声をかける。

わかったわかった、と孝夫はうなずいて手を叩いた。いかにもおざなりな拍手に、美沙は不服そうな顔になった。孝夫にもわかっている。ノリが悪くて申し訳ないとも思う。

だが、美沙のほうもリアクションが周囲から浮きまくっている。ついさっきもそうだ。忍者Aが敵の攻撃をバク転を繰り返してかわしていたとき、悲鳴をあげて忍者Aを応援していた美沙を、三列前の席にいた若いカップルがあきれ顔で振り向いた。大げさすぎる。こちらはノリがよすぎるのだ。

ステージでは、忍者A、B、Cの歌が始まった。十年近く前にオンエアされていた、忍者を主人公にしたアニメ番組の主題歌だった。当時はかなりヒットして、いまでもイントロやサビのメロディーは、たいがいの人が聴けば「ああ、あれね」と思いだすはずだ。

ただし、ストーリーとはなんの脈絡もない。唐突な展開だった。さらに続いた二曲目、三曲目は、もはや忍者のつながりもなくなって、ただの人気アニメの主題歌メドレーになってしまった。

「これ……話に全然関係ないよな」

思わず言うと、美沙はムッとして「いいじゃない、ミュージカルなんだから」と返した。「ヤボなこと言わないで、出されたものを素直に楽しめばいいの、こういうのは。ねっ？」

二人がいるのは、群馬県の小さな遊園地だった。野外ステージで『手裏剣スナイパーズ』がお芝居をしている。大型連休の後半――五月三日から五日までの仕事の、今日が千秋楽である。

もっとも、これは正式な「公演」ではない。一回三十分の短い舞台を毎日四回ずつこなす「営業」だった。クリエイターやアクター、パフォーマーとしてのこだわりは封印して、日銭を稼ぐ。その収入がなければ、劇団は維持できない。

遊園地のイベント担当者は、アニメ番組の主題歌メドレーを、出演の条件にした。三十分のうち十分以上が歌に取られてしまうことになる。だが、ミュージカル劇団を起用した最大にして唯一の理由はこのコーナーなんだ、と言い切られると、なにも言えない。

実際、歌のときには、客席もそれなりに沸く。詰めて座れば二百名ほどの客席は、贔屓目に見ても半分ほどしか埋まってないし、その大半はお芝居に見入っているわけではなく、フードコートで買った軽食や持ち込みの弁当でお昼を楽しんでいるだけなのだが、とにもかくにも手拍子や歓声が出るのは、その歌の場面だけなのだ。

三人の忍者が歌っている間、その他の忍者はバックダンサーを務める。振り付けに従ってダンスをする連中もいれば、石垣のセットの向こうでジャンプを繰り返す忍者もいるし、前転に後転に側転を組み合わせて、ステージの両端を往復する忍者もいる。

「ダンス……あんまり、まとまってないね」

美沙が言う。「シロウトが言うのもアレだけど」とフォローしても、振り付けがずれているのは孝夫にも感じられた。

「でも、しかたないわよね、まとめ役のケンちゃんがいないんだから」

「……だな」

四月に足を骨折してしまったケンゾーは、今回は作と演出に徹している。ケガさえなければ、「その他」のメンバーを率いるダンスリーダーとして、忍者A、B、Cの歌を盛り上げていたはずだった。

「ケンちゃんのダンスもひさしぶりに見たかったけど」

もっとも、孝夫や美沙が見てきたダンスシーンは、ほとんどがＹｏｕＴｕｂｅの動画――『手裏剣スナイパーズ』の公式チャンネルに投稿されたものだった。

ケンゾーが『手裏剣スナイパーズ』を起ち上げてからの四年間は、美沙にとっては両親の介護に追われた日々とほぼ重なり合う。ケンゾーは公演でも営業でも「来るんだったら、席を用意するからね」と言ってくれるのだが、美沙のほうがなかなかその時間が取れない。結局、四年間で、片手で数えられるほどしか生で観ることはできなかった。

孝夫も、「あなただけでも行ってあげれば？」と美沙に言われながら、やはり数回しか舞台を観ていない。ただし、こちらは、仕事の忙しさは口実――忍者ミュージカルをイロモノ扱いするつもりはないが、ごく短い一時期とはいえテレビの世界で脚光を浴びていた息子が、忍び装束でひたすらバク宙を繰り返す姿を見るのは、親としてツラいのだ。

今日も、ケンゾーはいつものように「せっかくだったらドライブがてら観に来ない？」と誘ってくれていたが、孝夫は「公演ならともかく、営業だからなあ……」と出かけるつもりはなく、美沙も連休中は横浜の実家に通って片付けをするつもりだった。

それが、連休最終日の今日になってひるがえったのは――。

決して楽しい経緯ではなかった。

去年の暮れに母親が亡くなってから約半年、空き家になった実家は、空気の入れ替えに出かけるのがせいぜいで、ほとんど手つかずの状態だった。

「連休中に少しでも片付けを進めて、手元に残しておきたいものがあるなら、さっさと持ち出したほうがいいんじゃないか？」

孝夫がうながすと、美沙も「そうよね……」と沈んだ相槌で応えた。

「少しでも」「さっさと」という言葉には、理由がある。

美沙はいま、たった一人の肉親になる兄の健太郎さんとの関係が冷え切っている。もともと健太郎さんや兄嫁の香代子(かよこ)さんとは性格が合わずに小さな衝突が絶えなかったのだが、両親の介護をめぐって、それがもう、どうにもならないほどこじれてしまったのだ。

実家の今後についても、美沙には納得のいかないことばかりだった。

両親が亡くなったあとの話し合いで土地と建物を相続した健太郎さんは、せめて母親の一周忌までは、という美沙の願いに耳を貸すことなく、すぐさま売りに出そうとした。

自分の実家に、なんの思い入れもない。

「あたりまえだろ、中学生のときにあの家に引っ越してきて、大学を出たらすぐに一人暮らしをしたんだから、住んだのは十年ほどだ。おまえだって似たようなものだろ？」

確かに、美沙も就職二年目で、都内までの通勤時間の長さに耐えかねて家を出た。

「あの家で生まれたわけでもないし、育ったと言うほど長く住んでたわけでもない。年数もそうだし、家の中で家族と思い出なんて、中学生から上になると、そんなにないって。俺なんて、ガキの頃の思い出だったら、その前の賃貸マンションのほうがよっぽどたくさんあるぞ」

美沙は小学四年生から住んでいたので、実家のリビングを舞台にした思い出は、健太郎さんよりは数多い。けれど、それも——五十歩百歩の差でしかないだろう。

だから、と健太郎さんはきっぱりと言い切る。

「あそこは親父とおふくろの家なんだ。じゃあ、二人がいなくなったらさっさと処分する……当然だろう？」

そこまで割り切ることはできない美沙が食い下がると——。

「こっちはおまえに預金を譲ってやって、欲しくもない古い家をもらってやったんだからな。よけいな口出しするんじゃない」

いつもこういうモノの言い方をする人なのだ。

もっとも、業者に取らせた査定額は思いのほか低かった。郊外の住宅地ではどこも中古物件がダブついていて、よほどの付加価値がなければ売却は苦戦必至なのだ。まして築四十八年。両親は不具合が出るたびにこまごまとした工事でしのいでいたが、本格的なリフォーム、さらには建て替えのタイミングを逃してしまったのが、ここに来て大きなアダになった。

「まいったなあ、不良債権を押しつけられたようなものだぞ。それも予想以上のひどさだ。昔のウチの銀行じゃないんだって」

イヤミな軽口にも自負が覗く。バブル崩壊後に何度もあった金融危機を、若手の頃は最前線で、管理職になってからも陣頭に立って、他行が驚くほどの巧みな舵さばきで乗り切ってきた。その功績がいまの地位にもつながっているのだ。

「足腰やアタマがしゃんとしてるうちに動いたほうがいいって、あれほど俺が言ってやったのに、親父もおふくろも、先のことなんてなーんにも考えずに……いい気なもんだ、まったく」

健太郎さんは両親の生前から、近ごろ流行りの言葉で言う「終活」を強く迫っていた。家はさっさと処分してくれ、ケア付きマンションにでも入って、こっちに迷惑はかけないようにしてくれ、と言いつのって——それもまた、きょうだいの揉めごとのタネになっていたのだった。

「とりあえずは塩漬けだな」

売却物件の登録だけして、しばらく空き家として残す。売却価格は、プライドの高い健太郎さんらしく強気一辺倒だったので、話が動くことは、まずないだろう。

「美沙がセカンドハウスにするんなら、使わせてやるぞ。ウチは軽井沢と伊豆の別荘を回るだけで手一杯だから、ウチのほうで使うとすれば、まあ、物置代わりだな」

ほんとうに腹の立つ物言いをする。「兄さんの趣味と特技は、言い返せない立場の人をムカッとさせることだから」——まったくだな、と孝夫も認める。

美沙にとっては、売却が先延ばしになっただけでも良しとするしかない。

ところが、健太郎さんは「塩漬けとはいっても、いつまでも空き家のまま遊ばせるわけにはいかないからな」と、石神井晃にコンサルを依頼した。美沙の憤りは、それでいっそう高まった。

「だってそうでしょ、あなただって不動産のプロなんだから。ふつうなら、まず最初にあなたに相談するのがスジじゃないの?」

美沙に言わせれば、健太郎さんは「おまえたちには一切関わらせない」と宣言——宣戦布告をしたのだ。それが当たっているかどうかはともかく、やり手の石神井晃がからんだことで油断できなくなったのは確かだった。

だからこそ、先手を打ちたかったが、相手のほうが一枚上手だった。

連休が始まる前夜、健太郎さんから美沙にメールが届いた。

用件は、二つ。

一つは、実家の玄関の鍵に不具合が見つかったので、急遽取り換えたこと。つまり、いま美沙が持っている合鍵では、実家に入れないのだ。相談なしで悪かったが、防犯上のこともあるので理解してほしい、と「悪かった」のかけらも感じられない文面で綴られていた。

その新しい合鍵を渡したいというのが二つめの用件だった。ただし、すんなりとはいかない。美沙はすぐにでも受け取りたいのだが、健太郎さんが指定した日時は連休明けの日曜日——五月九日だった。申し訳ないが八日まではすべて予定が入って身動き取れないのだと、こちらも「申し訳ない」の切れ端すらうかがえない文面で書いてある。

郵便か宅配便で送ってほしいとメールを返しても、だめだった。

健太郎さんの再返信のメールを読んだ美沙は、暗澹とした顔で言った。

「鍵を渡すときに相談したいことがあるんだって……ウチの処分のことで、じかに会って相談したいから、って」

おそらく、ろくな話ではない。しかし、断るわけにもいかない。話を勝手に進められたら、もっとひどいことになってしまうだろう。

結局、大型連休の間、美沙はなすすべもなく過ごした。

美沙を実家から締め出したこの一週間で、健太郎さんと石神井は、いったいなにをしようとしているのか。孝夫の想像はさまざまにふくらむ。不動産業界のプロとして、まだ三ヶ月ほどとはいえ空き家の実態を垣間見た人間として……悪い予感ばかりが浮かんでしまうのだ。


けさ早く、ぐっすり寝入っていた孝夫は、美沙に揺り起こされた。

「ねえ、やっぱりケンちゃんの舞台、観に行かない？　一人息子ががんばってるんだし、せっかくの連休なんだから、最後ぐらいは遠くにドライブしようよ」

ステージのスケジュールもすでに調べてあった。

「二回目がお昼の十二時からだから、朝ごはん食べてからウチを出ても、間に合うわよ」

「そうか、わかった……」

「ごはん、すぐにつくるからね」

美沙がばたばたと寝室を出たあと、孝夫はあくび交じりに体を起こした。ベッドの縁に腰かけて、いつものようにナイトテーブルに置いてある点眼薬に手を伸ばす。

五十代に入った頃から、起き抜けは目がかすんでしまうようになった。目薬を差せばすぐに視界がくっきりするのだが、けさはあえて、薬を持ったまま、かすみ目でしばらくぼんやりとすごした。

あまりにも唐突な展開だったが、自分でも驚くほどすんなりと美沙の思いつきを受け容れた。

美沙のストレスを少しでも解消してやりたかったから——？

それは、もちろん、ある。

だが、もしかしたら——。

いま見ておかないと、と思ったのかもしれない。

目薬を差した。冷たい刺激に思わずうめきながら、まぶたを強く閉じた。その刺激が消えないうちに、思いを進めた。

ケンゾーがいつまで演劇の世界にいるのか、わからない。骨折した足の治りが悪ければ、もしかしたら、このまま、ということもありうるだろう。たとえ足は全快しても、とにかく、もう三十一なのだ。この秋には三十二歳になってしまうのだ。いつ「もういいや」となっても不思議ではないし、就職ということを考えると、もうタイムリミットを過ぎつつあるだろう。

これがケンゾーのステージを見る最後の機会になるかもしれない。

無意識のうちにそう思っていたのか。いや、その無意識をさらに奥に掘っていくと、こんな思いもあるのだろうか。

なあ、ケンゾー、もうこれで——。

よくがんばったじゃないか——。

目をゆっくりと開ける。目尻からこぼれた薬が、こめかみを伝う。かすんでいた視界が、潤んで、揺れながら、少しずつはっきりしてきた。

## 2

遊園地の最寄りのインターチェンジで高速道路を降りると、シネコンを併設したショッピングモールがあった。シネコンで上映しているのは、連休に公開されたばかりの新作——メインスクリーンで上映中の作品には、美原大河も重要な役で出演している。

その作品の大きな看板は車からもよく見えた。ハンドルを握る孝夫は無言で目をそらし、ご近所のウワサ話で盛り上がっていた助手席の美沙も、尻切れトンボで話を終えてしまった。

そういえば、と孝夫は思いだす。正月休みでケンゾーがウチにいたときも、テレビの正月特番に風祭翔馬が出ているのを見て、リビングが微妙な空気になってしまったのだ。

それでも、翔馬はもういいのかな、とも思う。さすがにトップクラスの俳優になった翔馬を相手に、ケンゾーも対等なライバル意識や嫉妬心は持っていないだろう。

むしろ、大河が活躍する姿を見るほうがキツいのではないか。「そんなことないって」とケンゾーは笑いとばすだろうか。「いいじゃない、大河も立派になって。オレもうれしいよ」と、かつての弟分の活躍を素直に祝福するだろうか。ケンゾーならそうかもしれない。とにかく、素直でお人好しでのんきな性格なのだし。

だが、親としては、やはり複雑な思いになる。屈折してしまう。

すっかり大河に抜かれちゃったなあ、と——実際にはできるはずがなくても、ケンゾーの肩をポンと叩いて笑ってやれば、あいつも意外と楽になれるんじゃないかなあ、とも思うのだ。

『ネイチャレンジャー』のヒーローたちには、物語の展開でも、俳優の扱いでも、はっきりとした序列があった。

主演の三人はいずれもテレビ初レギュラーではあったが、出自が違う。ともにオーディションで抜擢されたケンゾーと大河に対して、芸能界を牛耳る大手事務所に所属する翔馬は、当時人気絶頂だったアイドルのバックで踊りながら、すでにネクスト・ブレイク候補として期待されていたのだ。

『ネイチャレンジャー』での役柄も、いわゆる「おいしいところ」はすべて翔馬がいただく。ストーリー展開だけではなく、カメラワークでもそれは明らかだった。

ケンゾーは、物語をかき回す役目を与えられることが多かった。炎龍斗――ホムホムがよけいな男気を発揮したせいで事件に巻き込まれたり、早とちりの正義感でせっかく捕まえた犯人をみすみす逃がしてしまったり、やる気が空回りして敵の組織に人質に取られ、仲間の戦いを難しくしてしまったり……というキャラクターだ。翔馬のようなわかりやすい見せ場は少なくても、物語には欠かせない大事な存在である。

そんな二人に対して、大河は、どうにも影が薄い。爽やかなイケメンではあっても、ストーリーの中でこれといった強い印象がなく、アクションシーン以外では、一人で登場する場面も決して多くはなかったのだ。

理由は、オンエアを見ていれば、シロウトの孝夫にもわかった。

大河はとにかく芝居がヘタだった。小劇場とはいえ舞台経験をそれなりに積んできたケンゾーとは違い、モデル養成所から来た大河は、役者としてはズブのシロウトだったのだ。

実年齢も、翔馬とケンゾーが同い年で、大河は一つ下だった。いわば三兄弟の末っ子になる大河がNGを連発すると、『ネイチャレンジャー』以外の仕事もある翔馬はどんどん機嫌が悪くなってしまい、ドラマの役柄同様、ケンゾーが陽気にふるまって撮影現場を盛り上げるのが常だったという。

天性の華がある翔馬を先頭に、ケンゾーが味のある二番手を固め、控え目でおとなしい大河が三番手——。

その序列は、十年という歳月が流れたいま、すっかり変わってしまった。アイドルから正統派二枚目スターへと脱皮した翔馬のトップの座は揺るぎなくとも、二番手と三番手がきれいに入れ替わったのだ。

大河は『ネイチャレンジャー』終了後もしばらくはチョイ役しか与えられなかったものの、若手を育てることに定評のある監督と組んだ低予算映画がクロウト筋の絶賛を浴びて、大河も一躍ブレイクした。その後は、若手演技派の代表格として、舞台や映画のオファーは引きも切らず、出演作ではことごとく賞を獲っている。

いまの大河は、『ネイチャレンジャー』時代のことをほとんど話さない。主演映画やドラマのPRでトーク番組やバラエティーに出演するときも経歴からはずされているし、トークの話題にも出てこない。封印された過去、いわゆる黒歴史の扱いになっているのだろう。

一方、翔馬は、インタビューなどで『ネイチャレンジャー』時代を懐かしそうに語る――ただし、若手時代の下積み話のネタとして。

もともと事務所が強引に進めた出演だった。本人は「特撮ヒーローなんて」と抵抗したものの、当時のマネジャーに「もっと売れてからワガママ言えよ」と一喝されたのだ。

「その言葉をバネにしてがんばりました」と、いまの翔馬は苦笑交じりに言う。「だからいまは『ネイチャレンジャー』には感謝しています。苦労知らずに見えるボクだって、昔はいろいろ悔しい思いもしてきたんですよ。意外でしたか？　あははっ」……。

大河が封印し、翔馬がネタにする『ネイチャレンジャー』時代が、ケンゾーにとっては、唯一と言っていい華やかな過去ということになる。

なぜブレイクできなかったのか。なにが足りなかったのか。なにが間違っていたのか。なにをすればよかったのか。なにをしてしまったのが失敗だったのか。

シロウトの孝夫には、わかるはずもない。

ただ、これがこうだからこうなった――という理屈の筋道が通るようなものではないんだろうな、ということだけは、なんとなくわかるのだ。

## 3

ステージでは歌が終わった。敵の城を攻め落とすストーリーはここから佳境に入るはずなのだが、何組かの親子連れが席を立った。さらに、物語再開の出端をくじくように、フードコートから「番号札107番、108番、109番をお持ちのお客さまー、お待たせしましたー」とアナウンスが響く。

やれやれ、と孝夫は空を見上げた。文字どおりの五月晴れだ。吹きわたる風も爽やかで、東京から高速道路で二時間以上かかったぶん、空気がうまい。

だが、そんな季節も長くは続かない。やがて、じめじめとした梅雨が訪れ、梅雨が明けると夏が来て、夏が終わると秋になって……四季が移り変わり、時が流れ、我が息子はまた一つ歳をとってしまう。

ため息をついて、ステージを見つめた。

息子に対して父親がかけるべき言葉は、励ましではなく、慰めでもなく、むしろ――。

声にならないつぶやきと、忍者Aの決め台詞とをかき消して、客席の後ろをジェットコースターがきりもみしながら駆け抜けていった。

城攻めは、クライマックスに差しかかった。

　忍者たちは三段に組まれた石垣から石垣へと飛び移り、煙幕を張って早変わりを決め、パンパンと火花を上げる鉄砲隊の攻撃をトンボを切ってかわしていく。

　だが、ちょうどそのタイミングで、お昼を食べ終えた人たちが次々と席を立ってしまう。遊園地で過ごす休日も、ここからがお楽しみのクライマックスなのだ。

「ちょっとなによ、あの人たち……途中で帰るんだったら、後ろの隅の席でいいじゃない。真ん中のいい場所に座らないでよね」

　美沙は憤然として言った。「あんな席から帰られちゃうと、やってるほうもガックリしちゃうわよ、ねえ」

「……まあな」

　真ん中の席にいたのは、幼い子どものいる四人家族が三組――ママ友同士で誘い合ったのだろうか。つごう十二人がいっぺんに抜けると、さすがにその一角ががらんとしてしまう。

「最後まで観る気がないんだったら、さっきの歌のときに帰ればよかったのよ」

「いや、でも、難しいかもな。子どもたち、けっこう盛り上がって、一緒に歌ってたしなあ」

「じゃあラストまでいるしかないじゃない。それが礼儀でしょ。ヤマ場で帰るなんて、失礼すぎない？」

　だよな、とうなずく一方で、こんなことも思う。

　お芝居そのものが面白ければ、彼らも席を立たなかったかもしれない。飽きた子どもたちが「早く行こうよ」とせがんでも、お芝居に見入る親が「もうちょっと」とねばったり、あるいはその逆だったり……。

孝夫は、あえて正直に、さっきから喉元で堰き止めていたことを口にした。

「動きが多すぎないか？　すぐにピョンピョン跳ねたり宙返りしたりするから、話をじっくり味わえなくて」

セットの石垣の裏に置いたトランポリンや着地用のマットレスに頼りどおしではないか。もっとじっくり、ストーリーや役者の芝居を味わわせてくれればいいのに。

「忍者は飛び跳ねるのが仕事でしょ。それに城を攻めるだけなんだから、ストーリーもなにもないし、三十分のうち十分以上は歌なんだから、そんなのを期待するほうがおかしいのよ」

「それは、まあ、そうだけど……」

「ケンちゃんだって、この仕事を自分の作品だと思われたら、かえって困るんじゃない？」

あくまでも日銭稼ぎの「営業」と割り切っていれば、観客にもよけいな期待をせずにすむのかもしれない。

そのほうがいいよな、と思う半面、いや、でもなあ、とも思う。どんな仕事だろうと、やっぱり仕事っていうものは……と続けたくもなる。

そんな孝夫に、美沙は「はい、もうその話はおしまい」と笑って言った。言葉だけでなく、通せんぼするように手のひらを孝夫の顔の前に掲げる。

「いいじゃない、若い子が動き回ってるのを見てると、それだけで元気になるわよ」

ほら、あそこ、と顎をしゃくった先——客席の中央最前列に、年配の女性客三人組が陣取っていた。

「あの人たち、さっきから、本気でケンちゃんたちのお芝居を観てくれてる」

孝夫も気づいていた。確かにあの三人は、まわりの客とは違う。昼食のついでではない。食べものはおろかドリンクすら口にせず、一心にステージ上の役者たちの動きを目で追っている。ケレン味のある場面では三人そろってどよめき、くすぐりの台詞にははずんだ笑い声で応え、大技を決めた役者を喝采と歓声で讃える。そこまで熱心になるほどの中身なのか……という本音の疑問さえ脇に置いておけば、まさに観客の鑑（かがみ）のような楽しみ方なのだ。

「去年の秋の公演のときも、あの人たち、いたような気がする」

いまと同じように、最前列でお芝居を観て——というより、応援をしていたらしい。

「いくつぐらいだと思う？　わたしたちより上よね」

「うん……七十とか、それくらいかな」

「劇団員のお母さんたちとか」

「だったらもっと若いだろ」

劇団のメンバーは、ケンゾー以外は皆二十代前半なのだ。母親も五十代あたりだろう。

「でも、おばあちゃんだともっと歳よね。じゃあ……親戚の伯母さんとか？」

「身内って決めつけるなよ」

苦笑した二人は、同時にハッと気づいて、真顔になった。

あの三人が、ケンゾーの言っていた追っかけセブンなのか——。

ショーが終わった。パラパラとまばらな拍手が贈られるなか、キャストとスタッフがステージに並んで、ハンド・イン・ハンドで挨拶をした。

ポロシャツにジーンズ姿で松葉杖をついたケンゾーは、挨拶の主役はキャストたちに譲って、端っこにいた。

ところが、そのケンゾーに、数少ない歓声が集中している。追っかけセブンがステージの端、つまりケンゾーのすぐ前に立って拍手喝采を贈っていた。声をかけるだけではない。一人が花束をケンゾーに渡す。そのタイミングに合わせて、もう一人がクラッカーを派手に鳴らす。さらに三人目が渡したのは〈本日の主役〉と書かれた、パーティーグッズのたすきだった。

ケンゾーははにかみながらも、手慣れた様子で〈本日の主役〉のたすきを肩に掛け、花束をあらためて胸に抱き直した。松葉杖のグリップから右手を離してカメラ目線で指ハートをつくり、たすきの〈本日の主役〉の文字が隠れないように、左手に抱く花束の位置を微調整するのも忘れない。

追っかけセブンは大はしゃぎで、スマホのカメラで連写しつつ「ホムちゃん、ステキッ」と歓声をあげ、さらに拍手喝采をする。いったいいくつ用意していたのか、クラッカーがまた惜しみなく何発も鳴らされ、「昭和」の香り漂う紙テープまで放られた。

ステージに並ぶキャストやスタッフも気を利かせて、ケンゾーに真ん中に来るよううながした。最初は遠慮していたケンゾーだったが、若い仲間たちに手を引かれ、お尻を押されて、照れくさそうに歩き出す。ステージ中央にいる忍者A、B、Cも、満面の笑みとうやうやしいしぐさで場所を空けて、主役を譲った。

これで客席が満員であれば感動のカーテンコールなのだが、現実は厳しい。ショーが終わり、ランチタイムも終わった客席は、閑散としている。居残った数少ない人たちも、食事やおしゃべりに夢中で、誰もステージのことなど気に留めていない。ケンゾーの周囲がにぎやかであればあるほど、その落差が際立って、見ているほうが居たたまれなくなる。

「――ねえ、そろそろ行く？」

美沙が小声で言った。「こんなにがら空きになっちゃうと、いくら後ろの席でも、目立ちすぎるでしょ」

「そうだな……」

遊園地に来たことは、ケンゾーには伝えていない。「よけいな気をつかわせちゃうから」と美沙が決めて、孝夫も賛成した。こういう場面を見てしまうと、やはり黙っておいて正解だったな、と嚙みしめる。

とにかく長居は無用。さっさと引きあげようと席を立った、その直後――。

「ね、ね、ちょっと、すみませーん、そこのお客さん、いま立ち上がったお客さん、ちょっといいですか？」

スピーカーからケンゾーの声が響きわたった。

不意を衝かれて、孝夫はつい振り向いてしまった。「だめよ、知らん顔してなきゃ」とあわてて言った美沙も、結果的には同じように顔をケンゾーにさらしてしまうことになった。

「うわっ、やっぱり……」

ケンゾーは、隣にいた忍者Ａのピンマイクを借りて、呼び止めたのだ。

「ね、なんでいるの？」

と、訊かれても——。

「今日、来るって言ってたっけ？」

孝夫と美沙はそろって首を横に振る。

「だよねー。うわ、マジ、びっくりしたーっ」

いいかげんにマイクを通すのはやめてほしい。こっちを見ているのはケンゾーだけではない。劇団の面々や追っかけセブンとも目が合って、さらには通りかかった人たちまで、なにごとかと立ち止まる。こうなってしまうと、もう人違いで押し切って歩き出すわけにはいかない。

ケンゾーもさすがにオノレののんきさに気づいて、ピンマイクを忍者Ａに返し、ちょっとそこで待ってて、と手振りで両親に伝えてから、カーテンコールをそそくさと終えた。追っかけセブンは尻切れトンボになってがっかりした様子だったが、ステージに一人残ったケンゾーが一言二言話すと、再び勢い込んでこっちを振り向いた。

三人とも驚いた顔をしていた。たんにびっくりしただけではなく、サプライズのプレゼントを受け取ったときのような感激交じりの驚き方だった。孝夫と美沙にそろって会釈する笑顔にも、初対面とは思えないような親しみがこもっている。

三人組はケンゾーとさらに言葉を交わすと、会場の前方から出て行った。最後に孝夫と美沙に会釈して、手を振った。じゃあ、あとでまた、という感じのしぐさと表情だった。

その理由は、ステージから客席に移ったケンゾーが教えてくれた。

「セブンの三人、ずーっとお母さんに会いたがってたんだ」

「わたしに？」

「そう。さっきいきなり会えたから、すごくびっくりして、感激して……」

あとでゆっくり会いたい、と言いだした。

「お母さんと、いろんなことを話したい、って」

追っかけセブンはイベント広場に隣り合うフードコートに向かった。空いている席を探してキープしておくから来てほしい、という。

「ケンちゃんも……来るのよね？」

「そんな暇ないって、いま仕事中なんだから。反省会したり次の舞台の準備をしたり、忙しいんだよ」

一瞬ひるんだ美沙に、ケンゾーは「だいじょうぶだって」と笑う。「三人とも、ずーっと心配してたんだよ、お母さんのこと」

「なにを？」

「介護ロスになって元気がないこと」

「ちょっと、やだ、勝手にしゃべらないでよ」

「だってオレだって心配だったし……こういうのって、やっぱり人生経験の豊富な人に訊いたほうがいいでしょ」

三人とも、美沙のロスはよくわかる、と言ってくれた。元気にしてあげるから任せなさい、と自信たっぷりでもあった。

「あの三人も、長い人生、いろいろあったみたいなんだ。家族のこととか仕事のこととかご近所付き合いのこととか……山あり谷ありで、それがとりあえず還暦あたりで一段落ついて、ふと気づいたら、ココロにぽっかりと穴が空いたような感じになってたんだって」

三人が自ら言うには――苦労ロス。

「何年も何年も、十年とか二十年とか、ずーっと思い悩むことがあったから、胸がふさがってるわけ。でも、長年やってると、それがあたりまえになっちゃって、苦労のタネがなくなって、もう胸が元に戻らなくて、ぽっかり穴が空いたままになって……」

美沙はその話を聞いて、大きくうなずいた。まだ顔合わせ前の追っかけセブンとの距離がグッと縮まったのが、孝夫にもわかった。

そんなときに、それぞれ『ネイチャレンジャー』にハマった。

「もともと知り合いだったんじゃないの？」

「全然無関係だったんだけど、『ネイチャレンジャー』のイベントに通ってるうちに顔見知りになって……」

イベントに通い詰める人たちのお目当ては、やはり圧倒的多数が風祭翔馬で、翔馬ファンが八割、残り二割を美原大河と炎龍斗が分け合うという感じだった。

「でも、逆に言えば、少数派同士は仲良くなるのも早いわけ」

三人は、その貴重な炎龍斗ファンとして知り合った。ホムホムの魅力を語り合い、それを誰よりもわかっているのは自分なんだと張り合い、翔馬メインで進むストーリー展開を嘆き合いながら、それぞれのココロの穴を埋めていったのだ。

「最初の頃は十何人のグループで、おそろいのホムホムTシャツをつくったりしてたんだけど、番組が終わって、時間がけっこうたつと……まあ、ほら、オレもブレイクできなかったし、追っかけの皆さんのほうもいろいろ忙しかったりして……」

結局残ったのは、グループ最年長の三人だけだったのだ。

話が重くて暗い方向に流れそうになったのを察して、孝夫は「じゃあ、ケンゾーのおかげで三人はロス抜けしたわけだな」と、ことさら明るく前向きに言った。「誰かの役に立つのは、いいことだ、うん」

説教臭いほめ方になってしまった。

ケンゾーはうなずいて、「『推し』はみんなそうみたいだよ」と言った。「ココロの穴を埋めようと思ったら、なんでもいいから『推し』をつくるんだって。それが一番手っ取り早くて、確実なんだって」

孝夫には、「推し」の力はまだピンと来ない。ただ、ココロにぽっかりと穴が空いた状態がロスだという譬(たと)えのほうは、なるほどなあ、と思う。がらんとした空き家の様子がいくつも浮かんだ。

「まあ、とにかく会ってみてよ。向こうも張り切ってるし、ほんと、お母さんのことを心配してくれてたのは絶対にマジなんだから」

「そうねえ……」

「あの三人に会うと、お母さん、絶対に元気になるよ。オレが保証する。独特のテンションだから最初はびっくりすると思うけど、しゃべってるうちに、どんどん元気もらえるから」

「独特って？」

「なんて言えばいいかなあ……」

ケンゾーは少し考えたあと、思いだし笑いを浮かべながら言った。

「三人とも、ほんとに人生いろいろあって、苦労してきたんだけど、それが一ミリも見えないの」

「苦労の跡を隠してるの？」

「っていうか、忘れちゃってるのかも、マジに」

「……よくわかんないけど、ずっとケンちゃんを応援してくれてるわけだし、せっかく席まで取ってくれてるんだったら、挨拶だけでもしてくるね」

もっとも、いまの話に孝夫は登場していない。おいおいおい、俺はどうすればいいんだ、と困惑した目をケンゾーに向けると、どうやらケンゾーもアタマの中から父親の存在がすっぽり抜け落ちていたようで——。

「お父さんの席も、取ってあると……思うけど」

なんとも頼りない話だったが、とにかく行ってみるしかない。

## 4

追っかけセブンは、歳の順に自己紹介した。

「七十五歳、六月生まれ、ふたご座O型の景子でーす」

「七十四歳、九月生まれ、おとめ座AB型の敦子でーす」

「七十三歳、十一月生まれ、さそり座A型の美代子でーす」

アイドルグループの挨拶である。ケンゾーの言う「独特のテンション」は、予想をはるかに超えていた。孝夫の本音では、「オトナとしては、星座や血液型の前に苗字を伝えるべきではないでしょうか」と言いたいのだが、フードコートの円卓で向き合う三人には、そんな常識をはねのける力強さがあった。

その力強さとともに、三人はさらに「ケイ、アッコ、ミヨ」のニックネームまで伝え、声をそろえて「合言葉、言います！」と続けた。

ケイさんが口火を切った。

「古希の『キ』は、希望の『キ』！」

アッコさんが続けた。

「喜寿の『キ』は、喜びの『キ』！」

ミヨさんが締めくくる。

「七十代の七は、人生のラッキーセブン！」

そして三人は、「イエーイ！」とメンバー同士でハイタッチを交わすのだ。

孝夫と美沙はすっかり気おされてしまい、肩をすぼめてお辞儀を返すしかなかった。

ケイさんは「ずっとお目にかかりたかったんです」と言った。アッコさんも、そうそうそう、とうなずいて、「ホムちゃんのご両親って、どんなにステキな人なんだろうって、いつか会えるのを楽しみにしてました」と続ける。そして、ミヨさんが「予想の百倍ステキ！」と声をはずませ、ケイさんとアッコさんが「イエーイ！」と応えて、三人でまたハイタッチを交わす。

「番号札、121番から135番までお持ちのお客さま、たいへんお待たせしました」

フードコートのアナウンスが聞こえた。

追っかけセブンはそろって立ち上がった。孝夫と美沙も腰を浮かせたが、「いいからいいから」「若い人は座ってなさい」「歩かせるのも年寄り孝行のうちっ」と制された。

そもそも注文じたい、三人が「まあまあまあ」「ゴチするから」「年寄りに任せなさいっ」と連れ立って売店に向かったので、なにを頼んだのかまったく知らない。番号札がやけに多いことがいささか心配ではあったのだが――その悪い予感は、五分もたたないうちに的中してしまった。

生ビールである。アメリカンドッグにフランクフルトに焼きそばにお好み焼き、枝豆にフライドポテトといったフードコートの定番スナックも、テーブル一杯に並べられた。遊園地で楽しむランチタイムというより、むしろお花見のノリに近い、プチ宴会の様相を呈してきた。

ビールのプラスチックカップは四つ。ウーロン茶のカップが一つ。追っかけセブンは当然のように、それぞれビールのカップを自分の手元に置いた。

さらに、互いに目を見交わして小さくうなずき合ったあと、ケイさんが四つめのビールを、迷いも遠慮もなく美沙の前に置く。

「帰りの車の運転、ダンナさん、よろしくっ」

「いえ……あの、帰りはわたしが運転しますから」

美沙はビールのカップを孝夫の手元に移そうとした。

するると、ミヨさんがきっぱりと言った。

「今日は女子会！」

「――え？」

続けてアッコさんが「五十過ぎたら婦人会だけど！」と真顔で言って、ケイさんが「でも老人会にはまだ早い！」と締めくくる。

その勢いのまま乾杯へとなだれこんだ。

美沙もつられてカップを手に取り、持ち上げる。しぐさも表情も、困惑しきっていた。

だが、ビールを一口飲むと、それでキモが据わったのか、カップをテーブルに置いて、ふう、と息をついたときの顔は落ち着きを取り戻していた。

もともと酒はイケるほうだ。さっきから怒濤の展開に翻弄されどおしだったぶん、よく冷えたビールの泡の刺激と苦みが染み入るのだろうか、すぐにまたカップを口に運び、ごく、ごく、ごく、と喉を鳴らして飲んでいく。

ジョッキで言えば「中」サイズのカップが、四分の一ほど空いた。ふだんのペースより速い。おいおい、頼むぞ、と孝夫が目配せすると、だいじょうぶ、と受け流された。

一方、追っかけセブンは、なかなかカップを口から離さない。半分近く……半分以上……三分の二も空けて、ようやくカップをテーブルに置き、気持ちよさそうに「ぷはーっ」「ううーっ」「ふーっ」と息をついて、三人でまたハイタッチを交わした。どうも、ひと区切りつくとハイタッチをするのが習わしのようだ。

「昼間ビール最高！」「青空ビール最高！」「ホムちゃんビール最高！」……最後のは意味不明だったが、とにかく、三人がビールをじつに美味そうに飲んでいるのはよくわかる。

「ねえ、ホムちゃんのお母さんだから、呼び方はホムママでいい？　で、お父さんのほうはホムパパ」

本人の返事を待たずに「いいね、それ」「けってーいっ」「最高！」と盛り上がった三人は、

「ホムママ、ホムパパ、よろしくーっ」とハイタッチを求めてきた。

しかたなく付き合った。追っかけセブンの三人とパンパンパン、そして夫婦で、パン——ハイタッチなど、結婚三十三年目にして初めてのことだった。

孝夫は急に照れくさくなって、もじもじしてしまった。美沙も同じだったのだろう、ハイタッチした右手をそのままビールのカップに伸ばして、一口飲んだ。

そんな二人に、追っかけセブンは言った。

「熟年夫婦はハイタッチ！」「接触一秒、愛情一生！」「肘肩伸ばせば、寿命も延びる！」

なんなのだ、まったく、この人たちは……。

「無理に手をつなごうとするからキツくなるの。五十過ぎたらタッチで充分、タッチで」「手つなぎはグー、タッチはパー、パーはグーより強いの」「相方がいなくなったら一人でタッチ、すなわち合掌、仏壇の前で拝んであげなさい」

意外と、言ってることが深いような……。

「仲が悪くなったらグータッチ！」「タイミングが合わずにすれ違うと、ボクシングに早変わり！」「ハイタッチでもビンタに早変わりだけどね！」

やはり、たいしたことないか……。

とにかく明るい。元気がいい。恥じらいには若干欠けるものの、窓を一杯に開けて風と陽射しを満喫するような大らかさで、いまを楽しんでいる。その楽しさが、爆ぜたポップコーンがフライパンから飛び出すみたいに三人の世界からあふれて、こっちにお裾分けしてくれる。

美沙の表情はしだいにリラックスしてきた。ビールもよく進んでいるが、ほろ酔い以上に三人の明るさに緊張や警戒心がほぐれていったのだろう。

カップの空き具合を見計らって、孝夫は「お代わり買ってきますよ」と声をかけた。「ビールを置いたら、ちょっと、そのへんをぶらっと歩いてきます」

追っかけセブンは、あっさり「そうね」「いいんじゃない？」「じゃあ、そういうことで」とうなずいた。引き留めるどころか、むしろ、孝夫が席を外すのを待っていた感じでもあった。

美沙も少し驚いただけで、「うん、わかった」と応えた。一人で残されてもだいじょうぶ——こちらも、そうなるのを待っていたように見える。

介護ロスの美沙に、追っかけセブンは人生の先輩として、なにを話すのか。孝夫だって知りたい。けれど、三人がビールの飲み手に美沙を指名して、「女子会」と銘打った意味を察せられないほど、鈍感でもない。

実際、お代わりのビール四杯を持って円卓に戻ると、美沙に言われた。

「さっきから、皆さん、あなたのことほめどおしなのよ。気配りができて、優しくて、って」

すると、ケイさんが言った。

「はい、ホムママ、ほめたあとにすることは？」

美沙は照れ笑いを浮かべて右手を挙げた。手のひらが孝夫に向いている。

ハイタッチ——。

すでに追っかけセブンの教えは始まっているのかもしれない。

フードコートを後にして、ケンゾーにＬＩＮＥで〈時間が空いたら、ちょっと会おう〉とメッセージを送ってみた。すぐに既読がつき、〈あと5分で出られるので、メリーゴーラウンドの前で〉と返事が来た。

メリーゴーラウンドは、ケンゾーたちのいるイベント広場からずいぶん距離がある。松葉杖での移動は大変なはずだし、次の舞台も一時間後に迫っている。そんなケンゾーが、なぜそこを指定したのか――。

「オレ、お父さんが話したいと思ってること、なんとなくわかるよ」

　会うなり、言った。

「三十ヅラさげて、こんな田舎の遊園地でなにやってるんだ、ってことだよね。そうでしょ？」

　笑って訊かれたので、かえってごまかすことができなくなった。

「まあ……そうだな」

「だよね、ふつう誰だってそう思うよね」

　さばさばとした口調と、微笑みを絶やさないところに、むしろ息子の寂しさと悔しさがにじんでいるような気がして、孝夫はメリーゴーラウンドに視線を逃がした。

　メリーゴーラウンドは、ちょうど運転が終わったばかりで、客が入れ替わっているところだった。いかにも地方都市の遊園地らしい古びた機種だったが、こどもの日で幼い子ども連れが多いこともあって、それなりに人気を集めている。だが、順番待ちの行列は「一回待ち」になるほど長くはなく、行列の客がみんな乗り込んでも、まだ空いている馬や馬車がある。

「お父さんがここの係員なら、どうする？」

　不意に訊かれた。ケンゾーもメリーゴーラウンドに目をやっていたことに、いま、気づいた。

「全部の馬や馬車に客が乗って、定員一杯になるまで動かさずに待つ？　それとも、空きがあっても、時間になったら動かしちゃう？」

「それは、まあ、馬に乗ってる人をずっと待たせるのもアレだから、時間になったらスタートだな」

「いまは、八割とか九割ぐらい埋まってるよね。だったら動かすね、うん、オレもそうする」

「だろ？」

「じゃあ、半分しか乗ってなかったら、どうする？　半分空っぽでも、動かしちゃう？」

妙にこだわるなあ、と訝しみつつ、「半分乗って、待ってるんだから、動かすよ」と答えた。

「まあ、お客さんが半分いれば、運転しても、めちゃくちゃ赤字にはならないよね」

メリーゴーラウンドが回りはじめた。『スケーターズ・ワルツ』のメロディーが安物のスピーカーから流れるなか、馬が上下しながら回る。いまの話のせいだろう、子どもたちが乗っている馬よりも、空いている馬のほうについ目がいってしまう。

「でも、もっと少なかったらどうする？　たとえば一人しかいなくて、その子が馬に乗って、動くのを待ってるの。そういうとき、お父さんだったらどうする？」

たった一人でも、時間になったら赤字覚悟でスタートボタンを押すか。新しい客が来るまで、一人きりの客を待たせてねばるか。それとも、馬にまたがってスタートをいまかいまかと待っている客に、「ごめんね、お客が一人だけだと運転できないんだ」と声をかけるか……。

孝夫は黙り込んだ。答えに窮したというより、ケンゾーがこの話にこだわる理由が――なんとなくわかったからこそ、口を開けなくなってしまった。

ケンゾーも、ふふっと笑って、「難しいよね」と言った。「だから、ここでお父さんと話したかったんだ」

どちらからともなく歩き出して、メリーゴーラウンドを囲む柵の前まで来た。スマホで我が子を撮影するお父さんやお母さんの邪魔にならない位置に並んで、ケンゾーは話を続けた。

「遊園地で営業の仕事をするたびに思うんだよね。観覧車でもジェットコースターでもなんでも、動かすだけでも経費がかかるから大変だよなあ、って」

去年の夏休み、今日とは別の遊園地で営業をしていた。客はそこそこ入っていたが、ほとんどはプールや屋内施設に集中して、屋外のアトラクションはどれも閑古鳥が鳴いていた。中でも観覧車は、ゴンドラが三十台以上もあるのに、客が乗っているのは一つだけ――。

「観覧車を回すのって、すごく経費がかかるよね。たった一組の客のために何万円かかるんだって感じで……でも、いったん止めたあとで客が来ちゃうと、そこからまたスイッチを入れて動かすほうが経費がかかるみたいで、だったらもう、本日はメンテナンスで観覧車の運転はありません、なんて最初から言ったほうがよかったりしてね」

苦笑したケンゾーは、その表情のまま、「オレたちも同じだよ」と言った。「儲けが出るほどの動員はできないのに、公演を楽しみにしてる人がゼロっていうわけじゃなくて……だから、なかなかやめられなくて……」

孝夫は黙ってうなずいた。今度の沈黙は、言いたいことをグッと呑み込んだものだった。

やめられないもなにも、メシを食っていけない時点でもうやめるしかないだろう――。

趣味で演劇をすると言うのなら、せめてコンビニのバイトよりは安定している本業を持ってくれないか――。

「なあ、ケンゾー……」

やはり、言わずにはいられない。親の務めだぞ、と自分を奮い立たせて続けた。

「さっきの三人だけど、ああいうファンがいることが、かえってマイナスになるんじゃないか？」

「……どういうこと？」

「だって、向こうはただの趣味っていうか、おばあちゃんが暇つぶしにやってるようなものだろ？　そんなのに付き合って人生を棒に振るようなことになるのって、やっぱりおかしいと思うけどなあ、お父さんは」

すると、ケンゾーは「ちょっとごめん」と気色ばんだ声で言った。顔もこわばっていた。

「お父さん、悪いけど、それ、けっこう間違ってる」

「……なにが？」

「暇つぶしって、違うから」

「いや、だって、いい歳をしてこんな田舎まで追いかけてくるんだぞ、暇だからだろ？　で、やることないから来てるんだろ？　そういうのを暇つぶしっていうんだ」

息子の甘さをぴしゃりと叱りつけたつもりだった。

だが、ケンゾーは「あのね、お父さん……」と、むしろ逆に聞き分けのない子どもを諭すように言う。「お父さんが思ってるのとは違うんだ、あの人たち」

どこが、とムキになって訊きかけたとき、ケンゾーのスマホに電話が着信した。

「ちょっとごめん」と電話に出たケンゾーは、先方と短くやり取りしたあと、「マジか！」と声を張り上げた。

緊急事態だった。

忍者A――主役を務める団員が、ふくらはぎの肉離れを起こしてしまった。つま先立ちもできないというから、かなりの重症だった。

ケンゾーは、松葉杖を気ぜわしく振り、一歩ごとに背中を上下させながら、イベント広場へ急ぐ。

息が荒い。「うぐぐっ」といううめき声も交じる。体重を受け止める左足だけでなく、宙に浮かせた右足にも、足首から膝下まで固めたギプスの重みと振動の負担がかかっているのだろうか。

「おい、だいじょうぶか」

孝夫が横から声をかけても、返事をしたり目を向けたりする余裕すらなく、ひたすら前へ前へと進む。

「あわてるな、危ないぞ」

案じるそばから、杖先を地面にうまくつきそこね、つんのめって転びそうになった。

「無理するな、ほんと、ケガするぞ」

「そんなこと言ってる場合じゃないんだって」

遊具を巡る通路は家族連れで混み合っていたが、ただならぬ勢いで迫ってくるケンゾーに誰もがぎょっとして道を空けた。映画の『十戒』のように人垣が左右に割れてできた隙間を、ケンゾーは脇目も振らずに通り抜ける。

「どうもすみません、ありがとうございます、お騒がせしました……」

息子に代わって左右に頭を下げながら、孝夫はケンゾーとは違う種類のもどかしさを感じていた。

ほんとうは挨拶などではなく、もっとしっかりと役に立ちたいのだ。力になってやりたい。助けてやりたい。ケンゾーがまだ幼い頃なら、おんぶもできたのだが。

イベント広場に着いた。劇団の連中がいるステージ裏まではあと少しだ。鬼気迫る形相だったケンゾーも、ようやく人心地ついた様子で、足を止めて息を整える。

そのタイミングを狙って、孝夫は声をかけた。

「なにかできることないか？　なんでも言ってくれよ」

「ないないない、だいじょうぶだから」

「遠慮するな」

「してないよ、そんなの」

「なにかあるだろ、せっかくここにいるんだから、なんでもいいんだぞ」

「なんでも、ってさあ……」

ケンゾーは、まいっちゃうなあ、と息をつき、嚙んで含めるようにゆっくり言った。

「お父さんがバク宙できるんだったら、遠慮せずに頼むけどね」

後ろ向きの宙返り――できるわけがない。

ケンゾーは「そういうこと」と松葉杖のグリップを握り直した。「だいじょうぶだから、心配しないで」

じゃあ、あとで、と歩き出す。最後の一言で、むしろケンゾーに励まされた。かえって気をつかわせてしまった。

よけいなことを言わなければよかった。

孝夫は苦い後悔とともに踵を返し、緊急事態発生を美沙に知らせるためにフードコートに向かった。

後悔はケンゾーの胸にもあった。父親よりもずっと苦く、深い。忍者Aのケガは、その原因をたどると、ケンゾー自身に行き着いてしまうのだ。

さっきの舞台が終わったあとの反省会で、ケンゾーはいくつもダメ出しをした。

「三日目の営業で疲れてると思うけど、泣いても笑っても残り二回なんだ。最後ぐらいはしっかり締めよう！」

ハッパをかけても反応は鈍い。そんなこと言われてもなあ……というぼやきが、聞こえなくても伝わった。

溜まっているのは肉体的な疲労だけではない。ビジネスホテル暮らしのストレスもあるし、昼間の野外ステージなので、がら空きの客席の醒めきった様子を目の当たりにしなくてはならないのもツラい。

キャストを代表して、忍者Aが言った。

「やっぱりホムさん、ちょっとだけでも出てもらえませんか？　客席の盛り上がりが違うんですから」

「無理無理、松葉杖ついてる忍者なんて出せないだろ」

今回は作と演出に徹している。園内の案内板や遊園地のウェブサイトでも、いつもの謳い文句〈『ガイア遊撃隊ネイチャレンジャー』で大人気・炎龍斗率いる忍者ミュージカル劇団『手裏剣スナイパーズ』〉から、ケンゾーにまつわるフレーズすべてを削除した。

「じゃあ歌のコーナーだけでもどうですか」

「だめだって。いまさら構成を変えられないし、松葉杖だと振り付けだってなにもできないんだから」

頑なに断るのには、ケガ以外にも理由があった。

いつまでも劇団の謳い文句に〈炎龍斗率いる〉を冠していてはいけない。今回の骨折を奇貨として、若手に成長してもらわないと――。

「アクションの切れをもっと出してくれ。特にラストの側転三連発からのバク宙クロス、速さも高さも全然足りてないし、タイミングもそろってなかったぞ」

忍者A、B、Cの三人が空中でクロスするところが最大の見せ場なのだ。ここさえビシッと決まってくれれば、なんとか忍者ミュージカルとしての格好がつく。

「オレがチェックするから、さっそくやってみよう」

稽古用のマットレスに移動しかけたとき、ＬＩＮＥに孝夫からのメッセージが着信した。会わないか、と誘われた。用件の見当はつく。どうせ芝居をいつまで続けるかの話になるのだろう。稽古を中座することに迷いはあったが、ここでしっかりと自分の考えを伝えておきたい。

忍者たちにバク宙クロスを一度やらせて、気になった点を指摘したあと、「ちょっと出かけるから、続きは自分たちでやってくれ」と言って、その場を離れた。

疲れてるんだから、無理せずに、確認だけでいいんだぞ——と言っておくつもりだったが、つい、忘れた。

忍者たちはその後も稽古を重ね、バク宙の着地にしくじった忍者Ａがふくらはぎを傷めてしまったのだ。

残り二回の舞台には立てない。ケンゾーが尋ねる前に、看護師の資格を持つスタッフが両手でバツ印をつくった。

最後まで立ち会っておくべきだった。そうすれば、着地のときのバランスが少しずつ崩れていることに気づいて、修正もできたし、「よし、あとは体を休めたほうがいい」と切り上げることもできたはずだった。

だが、後悔している暇はない。次の舞台——午後二時の開演までは、あと四十分足らず。

忍者Ａの役を忍者Ｂに、忍者Ｂの役を忍者Ｃに、それぞれスライドさせた。足りなくなった忍者Ｃの役には「その他」のリーダー格を抜擢し、「その他」には大道具のスタッフを加えた。

玉突きのキャスティング変更をしても、忍者Ａの抜けた穴は、やはり大きい。新たな忍者Ｃは台詞や段取りを覚えるのが精一杯で、アクションを磨く余裕などなかった。ラストの側転三連発からのバク宙も、残り二人とのタイミングがまったく合わない。

それでも、とにかく時間がない。迷ったあげく、構成や演出には手を付けないことにした。

ひどい舞台になってしまうのは覚悟のうえ——。

しかたないんだ、と自分を無理やり納得させた。

どうせ公演ではなく営業だし、どうせ残り二回で終わりだし、どうせ誰も本気で観ていないんだし……。

## 5

「わたしは観ない」

美沙はきっぱりと言った。午後二時に開演する本日三回目の舞台を——観ない。追っかけセブンも「賛成！」「同感！」「ホムママの言うとおり！」と美沙の味方についた。

時間は三十分ほどさかのぼる。

女子会で盛り上がっていた四人に、孝夫が『手裏剣スナイパーズ』の緊急事態を伝えたときのこと——。

さすがに四人とも驚いたし、主役不在の舞台がどうなるのか心配もしていたが、そこから先は、孝夫の予想とは違う展開になってしまった。

「どうする？　ケンゾーのところに行ってみるか？」

美沙はすぐさまかぶりを振った。「役に立つわけでもないんだから、邪魔になるだけでしょ」

――母と子の絆なのか、さっきのケンゾーと似たような発想をする。

追っかけセブンも含み笑いでこっちを見ている。美沙に向けるまなざしには、いいぞいいぞ、というエールが溶けているようだったし、逆に孝夫に対しては、ダメだこりゃ、と見限っているようでもあった。

「……じゃあ、とにかく二時からしっかり観てやろう」

すると、美沙が「わたしは観ない」と言いだして、追っかけセブンも賛成したのだった。

「皆さんも観ないんですか？」

「観ない観ない。そんなの観てどうするのよ」「前に出るだけが推しじゃないの、引くのも推しのうちっ！」「たまには観てほしくないときだってあるわよ、それを察してあげなきゃ」

追っかけセブンは、急場しのぎの舞台になってしまうケンゾーの無念や悔しさ、忸怩(じくじ)たる思いを推し量って、あえて客席には向かわないことを選んだのだ。

美沙はすっかり感激して「ありがとうございます！」と三人に深々と頭を下げたが、納得のいかない孝夫は「ほんとに観なくていいのか？」と美沙に念を押した。

「俺は、しっかり観て応援してやるのが、親ゴコロだと思うんだけど」

客席ががら空きで、誰も本気で芝居を観ていないからこそ、せめて親だけでも奮闘に報いてやりたい。だいじょうぶ、しっかり観てるぞ、がんばれ、と励ましたい。さらには追っかけセブンに対しても、こういうときに客席で支えるのが真のファンではないか、とも思うのだ。

だが、美沙は「ごめん」と返した。「悪いけど、わたしの考えは正反対だから」

観ないのが親ゴコロ、応援しないのがケンゾーの奮闘に報いること――。

「急に主役がいなくなったら、うまくいくわけないよね。あの子、それをわたしたちには見せたくないと思う。この程度かって思われるの、やっぱり嫌でしょ」

「いや、でも、うまくいかないときも含めて現実なんだから、そこから目を逸らすのは逃げてるのと同じだろ」

「だから親ゴコロって言ったでしょ。わたしは、ケンちゃんが観てほしくないものは観ないであげたい。あの子が自信を持って、胸を張れるお芝居だけを観てあげたい。だって、そうしないと……」

少し間を空けたあと、ためらいを振り切って続けた。

「うまくいってないところを目にすると、やっぱり、親としては、もう、そろそろ……って言いたくなるから」

孝夫はため息を呑み込んだ。同意はしない。納得もできない。じゃあ言ってやれよ、そのほうが長い目で見たらケンゾーのためだろ、と諭したい気持ちもある。

一方、追っかけセブンは、円卓の上をてきぱきと片づけながら言った。

「わたしたちはホムホムのためにできることをやるからね」「次の次、ラストの舞台で勝負だから、ホムホムもウチらも」「ホムパパとホムママも付き合って」

なにを――？

「ラストの舞台って四時からでしょ？」「だいじょうぶ、余裕で間に合う」「よし、行こう！」

どこに――？

椅子から立ち上がって「イエーイ！」とハイタッチを交わした三人は、『手裏剣スナイパーズ』の忍者たちよりはるかに息の合ったタイミングで声をそろえた。

「ホムパパ、運転しなさい！」

そしていま、追っかけセブンと美沙と孝夫がいる場所は、高速道路のインターチェンジそばにあるショッピングモール――雑貨の量販店で、推し活の必須アイテム・キングブレードを、どっさり買い込んでいるのだった。

追っかけセブンは、ケンゾーの心理や行動をこんなふうに読んでいた。

午後二時からの舞台は、とんでもなく不出来なものになってしまうはずだ。そこまでは孝夫にも予想がつくのだが、三人は「でも――」と続けるのだ。

「それで終わるようなホムホムじゃないから」「ここからが勝負よ」「昔から、ヒーローの戦いは逆転勝利って決まってるでしょ！」

舞台が終わるのは午後二時半で、四時から最後の舞台が始まる。その間の一時間半でケンゾーは必ず勝負をかけてくる、と追っかけセブンは信じている。キャストを再検討し、構成や演出を練り直して、前回とは見違えるような舞台をつくりあげるはずだ、と期待している。

それを客席から盛り上げるべく、キングブレードを何十本とオトナ買いした。コンサートでおなじみのペンライトである。略称はキンブレで、単色のものからボタン一つで何十色も切り替えられるものまであるという。

むろん、追っかけセブンは自分のキンブレは持参している。新たに買い込んだのは、たまたま客席に居合わせた皆さんに配るためのものだった。

「いや、でも……ほんとうに勝負しますかねえ」

孝夫は首をひねる。「応援してくださるのはうれしいんですが、ここまでしてもらって、結局なにも変わってないということになったら、かえって申し訳なくて……」

すると、三人はいっせいに口を開いた。

「ホムホムを信じなさい！」「ホムちゃんは絶対に、出来の悪い舞台をそのままにはしない！」「いますごく悔しがって、やっぱりぎりぎりまでベストを尽くそう、って思い直してるから！」

ひるんだところに、追い討ちの声が襲いかかる。

「ホムホムは無敵のヒーローじゃないの！　けっこうミスも多くて足手まとい！　でも、絶対にくじけないの！」「逆転勝ちするってことは、前半が弱いの！」「でも、後悔や失敗をバネにできるヒーローなの！」

三人はさらに、相撲で言うなら突っ張りを連発する押し相撲のように――。

「炎の化身が不完全燃焼のまま終わるわけない！」「そう、あの負けず嫌いの頑固者が、しょうがないからあきらめるなんてこと、絶対にできない！」「燃え尽きるまで戦い抜くのが、炎龍斗でしょ！」

しかし、それはあくまでも『ネイチャレンジャー』の設定なのだ。本人は違うんですよ、と親として言いたい。ウチの息子は子どもの頃から負けず嫌いとは正反対の、勝ちをどんどん譲ってしまうお人好しで、頑固どころかなにごとも決めるのが遅い優柔不断なヤツで……そもそも、あいつは炎龍斗じゃなくて水原研造……。

「最後はホムホムもステージに立つんじゃないかな。アクションはできなくても、同じステージにいるだけで、若手の支えになるんだし」「わたしもそう思う。舞台袖から見守るのもいいけど、ステージの上で教えてあげること、まだまだたくさんあるのよ」「今度のことで逆に、もっともっと現役でがんばる気になるんじゃない？」

三人は顔を見合わせて、パッと花が咲くように笑った。「ホムホム、生涯現役！」「永久不滅！」「カードのポイントじゃなくて！」と快哉を叫び、ハイタッチを交わして、連れ立ってレジに向かう。

その背中を、孝夫は呆然と見送るしかなかった。

ふと、あきれ顔でこっちを見る美沙の視線を感じた。

だよな、わかるわかる、と孝夫は苦笑して言った。

「あの三人、よくやってくれるよ。親としては感謝するしかないんだけど、ちょっとアレだよな、あいつのこと美化しすぎっていうか、誤解してるんじゃないか？」

すると、美沙の表情が微妙に変わった。あきれ顔から、あきらめ顔へ――まなざしは孝夫に向いたままだった。

「……どうした？」

「わかってないのは、あなたのほうじゃないの？」

「はあ？」

「あの人たち、ケンちゃんのことをすごくよくわかってくれてる」

「でも、負けず嫌いとか頑固者って、さすがに――」

「意外と負けず嫌いよ、あの子」

ぴしゃりと言って、「ああ見えて頑固なところもあるしね」と付け加える。

「いや、だから、『意外と』とか『ああ見えて』が付いてるうちは、やっぱり――」

「そこを見つけるのが親なんじゃないの？」

表情には、微妙な寂しさまで交じってきた。

「一目でわかるんだったら赤の他人に任せればいいでしょ。でも、わかりにくいけど、ここがいいところなんだ、って……親が見つけてあげなきゃ、誰が見つけるのよ」

でしょ？　と訊かれると、黙ってうなずくしかない。

「ケンちゃん、あの人たちがいて幸せだと思う」

熱烈なファンだから、ではなく――。

「ケンちゃんのことを信じてくれてるのがうれしい」

そして、孝夫に言った。

「あなたは、あの子のことをたくさん心配してくれるけど、あんまり信じてあげてないのよねえーっ」

最後に語尾を伸ばしておどける。それがせめてもの優しさや思いやりだとわかるから、今度もまた、孝夫は黙ってうなずくしかなかった。

追っかけセブンの読みは、みごとに当たった。

そして美沙が言うとおり、ケンゾーは意外と負けず嫌いで、ああ見えて頑固だった。

午後四時から始まった最後の舞台は、構成も演出も変わった。忍者Aの不在を玉突き方式で安易に埋めるのではなく、城攻めの主役をBとCの二人に絞って、それぞれの見せ場が盛り上がるようにストーリーを組み替えた。

なにより大きな変更ポイントは――。

「このままじゃ東京に帰れないぞ！」

午後二時からの舞台のあと、ケンゾーは、役者と裏方合わせて三十名ほどのメンバーを前に吠えたのだ。

「だってそうだろう？　ひどかったよな、みんなもわかってるよな。いまの舞台、サイテーだったよな」

誰も反論はしない。できない。急場しのぎで取り繕った歌や芝居のひどさは、誰よりも本人たちが知っている。

「楽日だ。いまのがラス前だ。ここまでやってきて、初日の一発目よりも、ひどい出来だったよな……」

怒りや悔しさや悲しさが入り交じった昂ぶりが、声ばかりか、肩まで震わせる。メンバーは厳しいダメ出しを覚悟して、うつむいた。

だが、ケンゾーが口にしたのは——。

「悪かった！」

頭も下げた。松葉杖の支えがなければ前のめりに倒れ込んでしまいそうなほど、勢いよく、深々と。

「オレ、いまのステージを投げてた。あきらめてた。どうせ営業だし、誰も本気で観てるわけじゃないし」

だからこそ——。

「今日はウチの親も来てた。いつもの追っかけセブンもいる。正直言って、見せたくなかった。オレにもプライドがある。みっともないところを親には見せたくないし、ずっと推してくれてるセブンには、やっぱり、自分なりに最高のステージを見せたいから」

結果的に、その願いは叶った。舞台袖から客席を見ると、両親の姿はなかった。追っかけセブンもいない。

「こっちの事情を親父から聞いたんだと思う。だから、おふくろも追っかけセブンも来なかったんだ」

最初はホッとした。気づかいに感謝しつつ、これでいくらミスをしても平気だな、と開き直ることもできた。

「でも……追っかけセブン、いないけど、いるんだ」

不在の存在感——と言えばいいのか。

「マボロシの声が、ずーっと聞こえるんだ。なんでわたしたちがここにいないのか考えなさい、わたしたちが観に行かなかった意味を嚙みしめなさい……」

そして思い知らされた。いまの舞台は、夢の抜け殻のようにからっぽだった。

「だから、謝りたいんだ。からっぽの芝居をみんなにやらせてしまった。本気で観てるわけじゃなくても、お客さんにからっぽの舞台を見せてしまったんだよな」

それがいま、悔しくて、悲しくて、腹立たしくて、申し訳なくてしかたない。

「正式な公演じゃないし、新聞やネットでレビューされる仕事でもない。連休最後の日の夕方だから、お客さんなんてほとんどいないよな。でも、オレ、最後の最後はベストを尽くして、いまできる最高の舞台を見せたい。みんなも自分の精一杯を見せてくれ！」

メンバーの表情も変わった。何人かが声をあげて応え、無言の相槌も、明らかに力強さが増した。

開演まで、あと一時間と少ししかない。構成や演出の手直しにも限界はあるし、セットの作り替えも難しいだろう。それでも、やるしかない。誰かの評価を得られるわけではなくても、塗り残しのようにぽっかりと空いてしまったところがあるのなら、やはり、そのままにはしておけない。

キャストは稽古前のストレッチに取りかかり、スタッフはそれぞれの持ち場に向かう。

ケンゾーは小道具担当のチーフを呼び戻した。

「オレも最後は出るぞ。芝居に出て、歌も歌う」

そう言って、松葉杖を二本ともチーフに差し出した。

「両方、改造してくれ」

松葉杖として使えなくてもいい、と付け加えた。

ケンゾーは城攻めの采配を振るう武将として、ステージに轟く和太鼓の音とともに登場した。客席の最前列で待ちわびていた追っかけセブンは、歓声をあげて、両手に持ったキングブレードを振る。鮮やかに発光する色はオレンジ――『ネイチャレンジャー』時代から、それが炎龍斗のメンバーカラーだった。

何列か後ろに立つ孝夫と美沙も、追っかけセブンをお手本にキンブレを振った。美沙は『ネイチャレンジャー』のコンサートで何度か振ったことがあったが、孝夫は振るのも見るのも初めてだった。追っかけセブンに渡されたときには、思わず「工事現場で誘導員さんが振ってるアレみたいなものですか?」と言って、三人をずっこけさせてしまった。

ケンゾーの松葉杖は一本だけ。しかも、小道具チーフの職人技によって鉄砲に姿を変えていた。その鉄砲を城に向けて構える。杖を失った状態で、ギプスを衣装で隠した右足も地面に着けて、左足だけで体を支えているのを客席には悟られないようにして……撃った。引き鉄を引いて銃身が反動で持ち上がる芝居と、効果音の銃声が、みごとにそろった。

右足に体重がかかったのか、一瞬だけ——両親と追っかけセブン以外には気づかれないほどの刹那、顔がゆがんだ。だが、倒れない。体も揺れない。

「ホムホムッ！」「ホムちゃんっ！」「がんばれっ！」

追っかけセブンが絶叫する。それでも、右斜め上二回、左斜め上二回を繰り返すキンブレの動きは一糸乱れぬままだった。

和太鼓の音がいっそう大きくなり、ステージの主役は草むらから跳び出した忍者Bと忍者Cに変わった。

二人の忍者の動きは、午後二時の舞台はもとより、孝夫や美沙が観た正午の舞台よりも、はるかにダイナミックだった。劇場とは違って、昼間の屋外ステージでは、ケンゾーの退場の様子を暗闇で隠すことができない。それを少しでも違和感なくこなせるよう、二人の忍者は大きなアクションを見せることで、客席の視線を引きつけているのだ——たとえ、がらんとした客席であっても。

「……なんか、うれしいね」

感に堪えない様子で、美沙が言った。

「うん、みんながんばってるな」と孝夫もうなずいた。

そんな二人に、追っかけセブンが振り向いて「手が止まってるよ！」と笑顔のツッコミを入れた。

ラストの歌のコーナーにも、ケンゾーは登場した。もう一本の松葉杖は、金ラメの塗装をされ、キラキラモールを、まるでモップの房のように目一杯に貼り付けられたスタンドマイクに姿を変えていた。

アニメの主題歌メドレーを歌う若手たちのバックで、ロックアーティストさながらのマイクパフォーマンスをしてステージを大いに盛り上げる。

ただし、ケンゾー自身は歌わない。いつもの舞台なら必ずソロパートがあるのに、「その他」のバックコーラスに交じるのがせいぜいで、ひたすら盛り上げ役に徹している。

なぜ歌わないんだろう、と孝夫は訝しんでいた。もしかして歌詞を覚えていないのだろうか……。

だが、ステージ上のケンゾーの様子をずっと目で追っていると、わかった。

歌わないのではない。歌えないのだ。松葉杖を振り回すたびに体の支えを失い、左足に負担がかかり、右足にも痛みが走って、それでも笑顔を絶やすわけにはいかない。城攻めの場面と同じように、ほんの一瞬だけの苦しい表情が何度も浮かぶ。孝夫にはわかる。親だからわかる。それが、いま——息子の苦闘を脇に置いて、父親として、むしょうにうれしかった。

がんばれ。キンブレを振りながらエールを贈った。お父さんにはこの世界のことは全然わからないけど――わからないなりに、将来が暗澹としていることだけは察しがつくけど、とにかく、がんばれ。

「ほら、ホムパパ、またマラカスになってるよ！」「シェイクじゃないの！　粉末ジュースの世代はこれだからねえ！」「ま、わたしたちの粉末は脱脂粉乳だけど！」

追っかけセブンに叱られた。キンブレの振り方が、どうも、まっとうなものとは微妙に違うらしい。

なかなか難しい。奥が深い。そして、追っかけセブンが客席に居合わせた三十人ほどの皆さんのもとを回って、「どーぞどーぞ、遠慮なく」と配ったキンブレがほとんど使われていないのが悔しい。

それでも、一緒に振ってくれる人が五、六人いる。追っかけセブンは「あとでＬＩＮＥ交換しましょう！」と大いに喜んでいる。キンブレを受け取りながら「貰い得」で逃げてしまった連中のことなど振り返りもしない。さっきも、貰ったキンブレをそそくさとバッグに入れて帰ろうとする家族連れに、美沙がムッとして声をかけようとしたら、追っかけセブンに止められたのだ。

「嫌なヤツがいる。それって大チャンス！」「嫌なヤツのせいでココロに穴が空くでしょ、それが埋まったときの気持ち良さ、サウナで言うなら『整う』ってこと！」「前に進めなくても、穴を埋めるのが、還暦過ぎたら大事よ、大事！」

それを思いだしながら、孝夫はキンブレを、ちょっと大きく振った。すぐさま「高さは肩まで！」「後ろの人のことも考えなさい！」「誰もいないけどね！」と追っかけセブンに叱られた。

「……すみません」

肩をすぼめて謝っても、うれしい。楽しい。ステージは歌のコーナーのラストナンバーになった。ケンゾーも若手を引き立たせながら、うれしそうに、楽しそうにマイクパフォーマンスを続ける。

これでいいのか。正直、よくわからない。ずっと長い目で見て振り返ったら、この日に引導を渡したほうがケンゾーは幸せな人生を歩めた、と悔やむかもしれない。

でも、いいよな、と孝夫はキンブレを振る手を止めて、美沙に目をやった。美沙もすぐに孝夫の視線に気づき、二本のブレードを左手で両方持って、右手を空けた。

あ、なるほど、そういうことか、と孝夫も同じように右手を空ける。これでまるっきりの勘違いだったら、なんともカッコ悪いのだが――。

右手と右手が、頭上でパチンッと鳴った。

夫婦のハイタッチが、みごとに決まった。

# 第五章　もがりの家

## 1

約束は午後三時だった。横浜にある美沙の実家までは一時間ほどで行ける。

だが、孝夫と美沙は正午過ぎにウチを出た。

もともと「ちょっと早めに行きたいんだけど」と美沙に言われていた。

早く着いても、兄の健太郎さんが玄関の鍵を取り換えているので、家の中には入れない。

「でも、なにかヘンなことをしてるんだったら、外から見るだけでもわかるかもしれないでしょ。あと、勝手に工事されたときも証拠になるし」

家の外観をさまざまな角度から撮影することにしていた。「こういうときは、とにかくたくさん写真に撮っておいたほうがいいから」とアドバイスしたのは孝夫だったが、スマホにつける望遠レンズや死角になる場所を撮影するためのマジックアームまで、通販サイトで用意するとは思わなかった。

本気なのだ。美沙は兄妹で対決する覚悟を決めていた。健太郎さんの思惑から実家を守り抜くために——問題は、その「思惑」に見当がつかないところなのだが。

ゆうべのうちに、美沙は帰宅後のぐったりした疲れを見越して、ケンゾーに言った。

「明日は母の日なんだから、晩ごはんつくってくれる？　『お手伝い券』をプレゼントしたつもりで、よろしくね」

午後一時過ぎに家を出ることにして、早々にベッドに入った美沙だったが、緊張と不安で寝付かれないのだろう、夜中に何度も寝室を出て、キッチンで水を飲んでいた。

さらに今朝になって、「悪いんだけど、もうちょっと早められない？」と言いだした。

「ご近所に挨拶もしたいし、兄さんと義姉さんが最近ウチに出入りしてないか、怪しい人が一緒にいなかったか、いろいろ訊いてみたくて」

確かにご近所の情報はバカにできない。実家の処分をめぐる健太郎さんと美沙との諍いは、孝夫が簡単に口を出せるものではないが、「怪しい人」については、黙って見過ごすわけにはいかない——こっちのほうは、正体に見当がついているからこそ。

話は三日前、大型連休明けの五月六日にさかのぼる。

出社した孝夫を迎えたマッチは、トウの立った就活生のようなパンツスーツ姿だった。

「その格好で現場に出るのか？」

今日のマッチは、三軒の空き家巡回に同行取材することになっている。力仕事は予定になかったが、さすがにスーツでは汚れてしまう。それは彼女にもわかっているはずなのだが。

「違うんです。もう取材はおしまいです」

「――え？」

「お世話になった水原さんに、最後にご挨拶だけしようと思って」

「――は？」

「昨日、柳沢さんと相談して決めたんです。きりもいいから取材は連休まで、ってことで」

柳沢も自分の席から「そうなんだ」と言った。「ミズちゃんはずっと休んでたし、わざわざ連絡するような話でもないしな」

マッチは「びっくりさせてすみません」と、少しだけ決まり悪そうな顔になって、「でも――」と続けた。

「カウントダウンとかするより、サプライズのほうが、オトナのお別れって感じしませんか？」

啞然としていた孝夫は、気を取り直すと、しないしない、と苦笑した。

「少しは取材の役に立ったら、俺もうれしいよ」

「そんな、とんでもないです」

「そうか？」

「はい、もう、すごーく役に立ちました」

オトナなら「少しは」よりも「役に立った」のほうを失礼だと思ってほしかった。

「でも、ほんと、水原さんにはいろんなことを教えてもらいました。ほぼほぼ一ヶ月、たくさん取材できて、いい……勉強ができました」

ありがとうございましたっ、と頭を深々と下げる。

だが、その前に孝夫は聞き逃さなかった。「勉強」の前に一瞬「ネタ」と言いかけていたのだ。最敬礼もそれをごまかすためのものだったようだ。

あきれる。けれど、不思議と、失礼の数々を咎める気にはならない。まあ、そこが彼女らしいか、と許せる程度には、マッチとのコンビに慣れていた。悪くない相棒だったかもな、とも思う。

「じゃ、どーも、さよーならっ」

あっけらかんと、子どもが遊び場からひきあげるような調子でオフィスを後にした。そういうところも、ほんとうに、まったくもって彼女らしいのだが……これ以上の感傷にひたっているわけにはいかない。

柳沢の席に向かった。

「彼女となにかあったのか」

単刀直入に訊いた。「おまえ、怒ってるだろ、さっきから」

「……バレてたか」

「あたりまえだ」

人懐っこい顔立ちと明るくてひょうきんな性格、そしてシブさとは無縁の甲高い声のおかげで、たいがいの人には「いつもゴキゲンな部長」として通っている柳沢だが、三十年以上の付き合いになる孝夫には、そんな柳沢がわずかに覗かせる不機嫌さが読み取れる。

「連休中に、なにか大きな失敗でもしたのか?」

「いや、そんなのじゃないんだけど……」

迷い顔になって、長く伸ばしたため息の尻尾に乗せるように、ぼそっと言った。

「あいつ、連休のしょっぱなに石神井晃と会ったんだ。雑誌だかネットだかの仕事でインタビューしたらしい」

「石神井晃」を耳にした瞬間、孝夫は眉をひそめた。その反応に、やっぱりそうなるか、と柳沢は話を続ける。

「まあ、彼女がライターとしてどんな仕事をしようと、こっちが口出しできる筋合いはないんだけどな」

孝夫はしかめっつらのまま「いや、でも、ウチに密着取材してるわけだから」と返した。「守秘義務はどうなんだ?」

「取材のオファーを受けるときに一筆取ってるから、そこはだいじょうぶ、心配要らない。ただ、問題は──」

石神井がマッチを気に入った。空き家についてしっかり勉強してきたことに大いに感心して、「いままで何百回とインタビューされたけど、こんなに熱心なライターさんは初めてだ」とまで絶賛していたという。

「おい、ちょっと待ってくれよ。勉強って、それ、そのまま自分の手柄にしたんだ」
「ミズちゃんや俺が教えてやったことを、あいつ、そのまま自分の手柄にしたんだ」

守秘義務を逆手に取られてしまった。

「だってー、タマエスで取材してること言えないじゃないですかー、しょーがなかったんですーっ……ってな」

柳沢は甘ったれた声色をつかい、体までくねらせたが、ジョークに紛らすのはそこまでだった。

真顔に戻り、声のトーンも沈めて、続けた。

「連休の後半に、石神井が彼女に連絡してきて、あいつの会社にヘッドハンティングしたんだ」

あなたは優秀なライターだからこそ、ライターなんかで終わってはもったいない。ウチでもっと面白い仕事をいろいろやってみないか――。

「なんだ？　その理屈。ライターをバカにしてるだろ」

孝夫は憤然とした。柳沢も「いかにも石神井だよな、世の中のことを上下や損得でしか見ないんだ」と吐き捨てるように言った。

「それで……あいつは乗ったのか、その話に」

現役のライターとしては怒っていい。怒るべきだ。怒らなくても、ケンもホロロに断ってほしい。

だが、柳沢は肩をすくめて言った。

「面白そうだから乗ったふりをする、ってさ」

しばらくインターンでオフィスに通わせてほしい、と願い出た。石神井は「中途入社前の研修期間みたいなものだな」と了承してくれたが、マッチの狙いは違う。

「石神井はいろいろ悪い噂も多い奴だから、会社の中に潜り込んで、探ってみるらしい。いいネタが見つかれば最高だし、ネタを見つける前に仕事が面白くなれば、そのまま入社すればいいし、って……」

「なんなんだよ、それ。ウチのこと、記事で書くんじゃなかったのか？」

「俺にもよくわからんよ、あいつの考えることは」

柳沢は、昨日マッチから話を聞かされた。

「休日出勤したら、いきなり言われたよ。タマエスではたっぷり取材をさせてもらったので、密着はもうおしまいにしまーす、ありがとうございましたー、って」

経緯を聞いてあきれる柳沢に、悪びれるどころか得意そうにレクチャーまでしたらしい。

いいですか、柳沢さん、これからの時代は「虎穴に入らずんば二鳥を得ず」でやっていかないと――。

「『虎穴に入らずんば虎児を得ず』と『一石二鳥』をハイブリッドするんだぜ、もう、たまんないよ」

がっくりと肩を落とす柳沢に付き合って、孝夫も脱力した苦笑いを浮かべながら、連休前までマッチが使っていたデスクに目をやった。

騒々しいだけで仕事の役には立たなかったが、いなくなってしまうと、それが不意打ちだっただけに、いまになって寂しさがじわじわと湧いてきた。

あいつは結局、ホムホムには会えずじまいだったんだな……。

話がややこしくならずにすんだ。安堵しながらも、会ったら喜んだだろうな、会わせてやればよかったかな、と少しだけ思った。


自席に戻ろうとしたら、柳沢に呼び止められた。

「そういえば、ミズちゃん、奥さんの実家はその後どうなった?」

「まだ目立った動きはないけど、玄関の鍵を取り換えたっていうから、今度の日曜日に受け取りに行く」

「そうか……でも、奥さんの兄貴はともかく、石神井がからんでるんなら、一筋縄じゃいかないだろ」

「それは覚悟してる。ろくでもない提案をしてるんだったら、俺も黙ってないから」

「……うん、そうそう、その気合だよ、うん。空き家のプロなんだから、がんばれよ。がんばって奥さんを助けてやらなきゃ」

「なんだ?　いきなり」

「いやいや、あははっ、ファイトーッ、いっぱーつ」

柳沢は拳を突き上げて笑い、孝夫も、なんなんだよ、と笑い返して、また歩きだした。

柳沢は、喉元で食い止めていた言葉を、ゆっくりと呑み込んだ。

ミズちゃん、おまえの奥さんの実家、石神井が『もがりの家』にするみたいだぞ――。

マッチが最大の守秘義務を守ってくれていたことを、孝夫はまだ知らない。

## 2

先手を打たれた。

実家のカーポートには車が二台駐まっていた。さらに門の前には、リフォーム業者のワゴン車も。

「停まらないで」

車のスピードをゆるめた孝夫に、美沙はこわばった顔で言った。

「ウチの前、このまま通り過ぎて」

二つ先のブロックを曲がって、大通りに出たところで車を停めた。これでは、写真を撮るどころかご近所を回って話を聞くこともできない。

「まいっちゃったなあ、まだ一時半過ぎでしょ？　なんでそんなに早く来ちゃうのよ。で、なんで工事の人までいるわけ？」

訊かれても困る。「作業をしてる感じじゃなかったから、下見かもなあ」と答えるのが精一杯だった。

「下見って、なんの」

「……さあ」

「他人事みたいに言わないでよ。不動産のことなんだから、わからない？」

「無理だよ、そんなの」

さすがに美沙も八つ当たりだと気づいて、「ごめん……」と息をついた。

「兄さん、今日は合鍵を渡すだけじゃなくて、相談もあるって言ってたけど……その前に、なんで工事の人が入ってるわけ？　これ、ふつうは逆よね？　わたしに相談してから動くのがスジでしょ？　おかしくない？」

いったん落ち着いても、話すうちに声がどんどん強くなる。

だが、スジを言いだせば、こちらが負ける。実家は土地も建物も健太郎さんの名義になっている。なにをしようと健太郎さんの自由で、今日の「相談」も、実質的には一方的な「通告」になるはずだ。

「あと、カーポートの車だけど」

来たか。孝夫は美沙に悟られないよう、そっぽを向いて顔をしかめた。

「一台は兄さんのだけど、隣の車、誰の？」

返事はしなかった——答えを知っているからこそ。

「ああいうゴツい車って、戦争とか冒険の映画によく出てくるよね。砂漠とか、岩だらけの山道を走るの」

車はどちらもドイツ製の高級車だった。健太郎さんの車はセダンで、もう一台はオフロード仕様のビークル。

「石神井晃の車だよ、あれ」

「そうなの？」

「テレビや雑誌でよく紹介されてる」

「なんで東京でそんなのに乗ってるの？」

当然の疑問だった。もともと軍用車両を民生化したモデルだけあって、どんなにタフな悪路でも力強く駆ける走行性能と耐久性を持っている。だが、それらは東京の道路では無用の長物だし、車体がゴツいぶん狭い道での取り回しも難しいし、燃費もかさむ。

テレビの人物ドキュメンタリー番組で愛車が紹介されたときも、レポーターは美沙と同じ質問をした。

すると石神井は、待ってましたと言わんばかりに、胸を張って答えたのだ。

自分の中の野性を忘れたくないんです。この車で、「いま」という名の、時代の荒野を駆け抜けたくて――。

孝夫からその台詞を聞かされた美沙は、ぽかんと口を開け、しばらく間を置いたあと、言った。

「ねえ、石神井晃って、有名だけど……バカなの？」

「かもな」

顔を見合わせると、美沙はプッと噴き出した。「時代の荒野って……」と繰り返すと、ツボにはまってしまったのか、腹を抱えて笑った。

「なんなの、ほんと、なに考えてんのよお……あー、おなか痛い」

笑いすぎて目尻に溜まった涙を指で拭う。気持ちが紛れてくれて助かった。腹を立てたまま実家に向かったら、話はますます面倒になってしまうだろう。

「でも、忙しいのよね、あの人。わざわざ横浜の端っこのほうまで来るような時間あるの？」

それは孝夫も気になっていた。空き家のリノベーションは、確かに石神井がいま最も力を入れているビジネスだが、官庁や自治体の依頼で地域再生に取り組むプロジェクトならともかく、この一軒の仕事にそこまでの重みがあるとは思えない。

ということは、リノベーションの規模ではなく中身が、石神井にとって重要な意味を持つのか。スタッフに任せるのではなく、自ら現地に足を運ぶに価する、あるいは足を運ばなければならないほど難しいリノベーションだというのか。

「ねえ、あなたは、どんな話になると思う？」

「いや、それは……」

訊かれても困るのだ、ほんとうに。答えられるのは、この一言しかない。

「どっちにしても、ろくな話じゃない、とは思う」

「……だよね」

「車を停めててもアレだから、ちょっと動くか」

「そうね、悪いけど、適当に近所を回ってくれる？　その間に、わたしもアタマを冷やすから」

「うん……そのほうがいい」

静かなエンジン音とともに、車が発進する。省エネの意識というよりエコカー減税に惹かれて、五年前にガソリン車からハイブリッドのステーションワゴンに買い換えた。石神井晃の愛車のように「『いま』という名の、時代の荒野」とやらを駆け抜けるには不向きでも、燃費はいいし、小回りは利くし、車内の静粛性もたいしたものなのだ。

それでいいじゃないか、免許を取って四十年、無事故無違反のゴールド免許をナメるなよ……と、石神井ではない、もっと大きな、誰とは決められない存在に啖呵(たんか)を切りたくなった。

ドライブは、思い出巡りの小さな旅になった。バスで通っていた高校を訪ね、中学校にも回った。美沙は懐かしい懐かしいと言いどおしで、四年生のときに転入した小学校の校門前では車を降りて、スマホで自撮りまでした。

高校受験のときにお世話になった進学塾も探した。当時のビルは建て替えられていて、新しいビルは丸ごと老人介護施設になっていたが、美沙はさばさばした様子で「でも、来てよかった」と言った。「この町はやっぱりわたしの地元……生まれたわけじゃなくても、ずっと育ってきたふるさとなんだ、って実感できたから」

両親の介護に追われていた頃は、実家に足しげく通ってはいても、近所を散歩したりドライブしたりという余裕はなかった。

「いま思ったけど、『ウチの近所』っていう言い方は、ウチがないと成立しないのよね。子どもの頃は我が家が世界の中心なんだから、その我が家がなくなったら、思い出の座標の原点が消えちゃうわけ」

だから、と続けた。

「たとえ空き家になっても、自分のウチがこの町にあるっていうのが、ふるさととのつながりを支えてくれるのかもね」

なるほど、と孝夫はうなずいた。都会に暮らす人たちが、ふるさとに残した空き家をなかなか処分できずにいるのも、買い手がつかないからという理由だけではないのかもしれない。

ならば、自由に泊まれるゲストハウスがふるさとにあれば——たとえば、実家を処分した証明書が無料パスとして使えれば、空き家が長年放置されている問題にも、少しは光が見えてくるかも……。

「兄さんに言わせれば、思い出でメシが食えるか、で終わっちゃうんだろうけどね」

確かに、徹底した合理主義者の健太郎さんなら、そんな話は一顧だにしないだろう。

「ついでに、そんな湿っぽいことを言ってるからおまえはだめなんだ、って説教されたりして」

これもわかる。自他ともに認めるエリートの健太郎さんは、妹だろうと、妹の夫だろうと、すぐに上から抑えつけるようにモノを言う。ケンゾーが大学受験をなげうって芸能界入りしたときも、さんざんけなされた。ましてや、いまのケンゾーについては……言わずもがな。

「あーあ、兄さん一人でも気が重いのに、石神井晃までいるんだったら、もう、勝ち目ない気がしてきた」

だいじょうぶだ、俺がいるじゃないか——と言えないところが、我ながら不甲斐ない。

「最初からこういう展開がわかってたら、助っ人を頼めばよかったね」

「いや、ケンゾーはアレだろ」

むしろ逆効果になるぞ、と口に出さずに付け加えた。

「違う違う」

「じゃあ、誰だ？」

「追っかけセブン、とか」

思わず苦笑した。美沙はこどもの日に知り合った追っかけセブンとすっかり意気投合して、SNSでつながっている。だが、いくらなんでも、実家の処分だの、兄妹の対決だの……。

「身内の恥を晒（さら）してどうするんだよ」

あきれて言うと、「あー、そう来る、そう来ますか、あなたは」と大仰に返された。「身内の恥とかなんとか、なにつまんないこと言ってるのよ」

「……いや、だって……そんな……」

「兄さんの言いそうなことを言わないでくれる？　なんかねえ、あなたって、ときどき兄さんと似てるのよ」

風向きが急に悪くなったので、あわてて「次、どこに行く？」とカーナビの地図を指でスクロールした。

すると、画面の隅にある施設がふと目に入って、息が詰まりそうになった。

まさか――。

表示されたのは、火葬場のある斎場だった。

美沙のリクエストに応えて、桜並木の続く川沿いの道をドライブした。河原の景色を懐かしむ美沙に、孝夫は上の空で相槌を打ちながら、カーナビの地図をちらちらと見た。最初は地図の隅にあった斎場が、少しずつ真ん中に寄ってきた。偶然にも斎場の方に向かっているのだ。電柱の広告にも葬祭会社や石材店のものが増えてきた。

地図によると、実家と斎場との距離は七、八キロといったところだろうか。

これは、充分にありうる――。

『もがりの家』の話は、孝夫も聞いている。墓地埋葬法のグレーゾーンを衝いたやり方に、柳沢ともども憤慨もしていた。石神井の仕掛けは業界になにかと賛否両論を巻き起こすことが多いのだが、今回は人の生き死にをビジネスにしているだけに、よけい腹立たしい。

だが、現実問題として社会のニーズはあるだろうな、というのは認める。派手な宣伝は控えていても、すでに首都圏だけで十軒近い『もがりの家』があって、稼働率もかなりのものだという。

そう考えると、美沙の実家は、確かに『もがりの家』にうってつけの立地条件だった。石神井が自ら現地に足を運ぶのも、近隣住民との摩擦を避けるために万全を期していると考えると納得がいく。さらに、健太郎さんの性格なら、我が家を遺体の安置所にすることにも抵抗はなく、むしろ逆に「それのどこが気になるんだ?」と、きょとんとして訊き返すかもしれない。

「じゃあ、そろそろ戻ろうか」

美沙は孝夫に声をかけて、「懐かしい場所を回って元気もチャージできたし」と笑った。ただし、もしも健太郎さんの話が『もがりの家』のことだったら、チャージした元気も一瞬で消えうせてしまうだろう。

「……次の交差点で曲がるよ」

孝夫はぎごちなく笑い返してウインカーを出した。

結局、実家に着いたのは、当初の約束どおりの午後三時になった。リフォーム業者は引きあげていたが、カーポートの車二台はそのままだった。

「こっちが車で来るのをわかってて、兄さんの車はともかく、石神井なんちゃらの車までカーポートに入れるかなあ。外でしょ、路上でしょ、ふつう」

車を降りる前から、美沙は臨戦態勢――というか、喧嘩腰だった。

チャイムを鳴らさずに門扉を開けたのも、ここは自分の実家なんだから、お客さんとは違うんだから、というアピールだろうか。

これで玄関のドアが施錠されていたら、ちょっとまずいぞ、確実に揉めるぞ……という孝夫の心配をよそに、ドアノブはすんなりと回った。

「ただいまーっ」

おじゃまします、と言わないところに意地が覗く。

すると、家の中から、健太郎さんのよく通るバリトンの声が返ってきた。

「ああ、いらっしゃい」

お帰り、とは言わない。

顔合わせの前からバチバチと火花が散っている。

孝夫は早くも気おされてうつむいた。玄関の三和土（たたき）には、靴が三足並んでいた。革のウォーキングシューズと、派手な色遣いのスニーカー、そしてレディースのローファーだった。

誰が一緒なのだろう。健太郎さんの妻の香代子さんだろうか。いや、リボンのついたデザインは、もっと若い人向けのような……。

リビングから、パンツスーツの女性が出てきた。

「お待ちしておりました。こちらへどうぞ」

愛想良く笑って孝夫と美沙を出迎えたのは、マッチだった。

3

なんで、きみが、ここに――。

動揺が大きすぎて、声も出ないまま、マッチの案内でリビングに通された。石神井晃は立ち上がって孝夫と美沙を迎えたが、健太郎さんはどっかりと座ったソファーから腰を浮かそうとするそぶりすら見せずにお茶を啜り、部屋に入ってきた二人を一瞥（いちべつ）しただけで、また湯呑みを口に運ぶ。

「本日は、妹さまご夫妻にまでご足労いただいて、申し訳ありません」

石神井は愛想笑いを浮かべて名刺を差し出した。細かい情報をQRコードにまとめたデザインは、いかにも「いま」ふうのお洒落なものだった。縦書き明朝体、会社のロゴが型押しで入ったタマエスの名刺とは、なんというか、目指すものが違うのだろう。

うっすらとクリーム色がかった名刺の紙も、思いっきり「いま」――バナナの茎からとった繊維でつくったものらしい。こちらが訊いてもいないのに教えてくれた。

「バナナはアフリカのザンビアでオーガニック栽培されたもので、もちろん現地の人たちにもしっかりと報酬が渡るようにしてあります。実も甘くて美味いし、いままでは捨てるしかなかった茎も、日本の和紙の技術を組み合わせると、こんな紙になるんです。オーガニックで、フェアトレードで、ＳＤＧｓ……ご存じのとおり、持続可能な開発目標、その十七の目標すべてにつながるわけです。地球にも人にも優しいんですよ」

したり顔で言う。「ご存じのとおり」の一言がなんともイヤミだし、あんな燃費の悪そうなゴツい車を乗り回しながら「地球に優しい」もあるまい。だが、マッチ登場の動揺からまだ立ち直れない孝夫は「はあ、なるほど……」と気勢の上がらない相槌を打つしかなかった。

「ああ、それと、ウチのオフィスの新人スタッフです」

石神井は脇に控えるマッチを紹介した。「まだ見習いなんですが、現場で早く仕事を覚えさせたくて連れて来ました。議事録といいますか、書記役をやらせますので、よろしくお願いします」

マッチは肩をすぼめ、緊張しきって声もろくに出せずに挨拶をした。孝夫の目には嘘くさいお芝居でも、マッチとは初対面の美沙は、あっさり引っかかって、だからこそ——。

「スタッフさんも来るなんて、聞いてませんけど」

マッチがダイニングテーブルに移ったあと、小声で石神井に抗議した。

「あと、さっきウチの前を通ったんですけど、業者さんも来てたみたいですね」

「はい、ええ、そうです」

「そういうのを無断でやられると、正直言って、気分がよくないです」

「いえ、無断というわけではなくて」

石神井の言葉を引き取って、健太郎さんが「俺が話を聞いてる」と言った。よく通るバリトンの声には、その響きだけで有無を言わせない迫力がある。

「そうなんです、一ノ瀬さまからはお許しをいただいているので、妹さまご夫妻にも、どうか、ひとつ」

「……まあ、いいですけど」

とりあえず引き下がったものの、今度はお茶でひと揉めしてしまった。ソファーセットのテーブルには、健太郎さんが飲んでいるお茶の急須がある。ポットもある。ところが、石神井に「お茶をお出しして」と言われたマッチがキッチンから持ってきたのは、石神井が飲んでいるのと同じペットボトルのお茶だったのだ。

「ねえ、兄さん、わたしも急須のお茶を飲ませてほしいんだけど」

「薬草茶なんだ」

「……兄さん、そんなの飲んでたっけ」

「最近、血糖値が高くてな。薬と同じだ。苦くて臭くて、慣れてないと飲めたものじゃない」

実際にお茶を一口啜って軽く顔をしかめる。湯呑みをテーブルに戻し、「こんなもの、お客さんに飲ませるわけにはいかんだろう」と笑う。

行きがけの駄賃のように「お客さん」と言って、兄妹の立ち位置の違いを念押しする。「ねえ、孝夫さん」とこっちをうなずかせる小技も忘れない。

若い頃からそうだった。傲慢で押しが強く、相手をすぐに値踏みする。性別、年齢、学歴、勤め先、肩書、収入、上背、腕っぷし……たいがいの相手には負けないし、こいつは相手にならんな、と決めつけたら露骨に見下してくる。

「上から目線」だの「ドヤ顔」だの「マウント」だの、昔はなかった言葉をこの何年かで見聞きするたびに、美沙と二人で「まさに兄さんのことだよね」「だよなあ」と苦笑し合っていたものだった。

「あのね、兄さん。わたしも血糖値高めなの。ちょっと飲んでみようかな」

美沙のほうも若い頃から変わらない。すぐに張り合ってしまう。負けず嫌いでもあるし、なにより、健太郎さんのことを「あの人、平気で嘘をつくところがあるから」と、疑ってかかる。

「いいでしょ？　苦くても平気、健康第一だもん。じゃあ取ってくるね、いつもの、わたしの、湯呑み」

キッチンに向かった美沙は、食器棚の前で「あれ?」と声をあげて、あわててソファーに戻ってきた。

「ねえ、わたしの湯呑みは? お父さんやお母さんが昔使ってた湯呑みは?」

健太郎さんは落ち着き払った声で「紙コップ、買ってあるだろ。それを使ってくれ」と言った。

「……どういうこと?」

「先月から台所を片づけてるんだ。湯呑みも処分した」

「勝手に?」

「だって、この家は俺の名義になってるんだし、いつだったか、おまえにも言っただろ、ガラクタはこっちで処分しちゃうぞ、って」

孝夫に向き直って、「孝夫さんも一緒にいたよな、そのとき」と言う。流れ弾が当たった。確かに一緒にいた。話も聞いた。うなずくしかない。

だが、美沙はそれでかえって怒りに火が点いた。

「ちょっと待ってよ、みんなの食器がガラクタになるわけ? 違うでしょ」

「だから俺は自分の湯呑みを残した。こっちに来たときにはお茶を飲むからな」

「じゃあ、みんなのも残してくれればいいじゃない。思い出が詰まってるのよ」

健太郎さんは大げさにため息をつき、ものわかりの悪さにあきれはてた様子で、ゆっくりと言った。

「そんなに大切なんだったら、なんで持ち出さなかったんだ？　おふくろが亡くなったあと、俺は言ったぞ。必要な物があれば持って行け、って」

「それは――」

「懐かしいとか思い出だとか、そんなことを言いだしたら、家の中の物をなにも処分できなくなるだろ」

確かにスジは通っている。美沙もそっぽを向くだけで、反論はできなかった。

「いま使ってなければガラクタだし、大切な物のリストに入らなかったら、結局は大切じゃないということだ。そうやって、どこかで線を引くしかないんだ」

美沙は黙って席を立ち、キッチンから紙コップを持ってきた。

「じゃあ、これでいいから、お茶飲ませて」

「苦いって言っただろ。冗談抜きで臭いし苦いんだ」

「いいから淹れてよ。これでフツーの煎茶だったら、笑っちゃうけどね」

健太郎さんは、やれやれ、と急須にポットのお湯を足して、軽く揺する。

紙コップにお茶を注ぎ、湯気がたちのぼると、孝夫は思わず息を止めた。確かにひどく青臭い。

美沙もひるんだ顔になったが、「ふうん、まあ、こんなもんでしょ」と強がって一口啜り、その直後――激しくむせ返った。

健太郎さんは平然と自分のお茶を啜って言った。

「苦いだろ？　慣れなきゃキツいんだ、ほんとうに」

咳き込む美沙に、「おまえもそろそろ還暦だろ？　血糖値、気をつけろよ」と笑う。「このお茶っ葉、よかったら今度送ってやるから」

序盤戦から、いや、まだ話し合いのゴングも鳴らないうちに、ダウンを喫してしまったようなものだった。

孝夫のスマホにＬＩＮＥのメッセージが届いた。

〈奥さんとお兄さん、怖くないですか？〉

マッチから――。

ガタガタ、ブルブル、と恐怖に身震いするスタンプも添えていた。

ダイニングに目をやった。テーブルでノートパソコンに向かっていたマッチは、ポーカーフェイスで二通目のメッセージを送ってきた。

〈骨肉の争いですね！　肉骨茶（バクテー）はマレーシアのスープですけどｗｗｗ〉

ダウンを喫したところに、観客席から物を投げ込まれた気がした。

〈でも、がんばってください！〉

ほっといてくれ――。

ようやく本題に入ると、健太郎さんは説明を石神井晃に任せて、「ちょっと俺は近所を散歩してくる」と言った。「話が終わった頃に戻ってくるよ」

「逃げないでよ」

「戻ってくるって言っただろ。くわしいことは全部、石神井さんから聞いてくれればいい」

「じゃあ黙って座ってればいいじゃない」

「血糖値を下げるには、外を歩くのが一番なんだよ」

あははっ、と笑って部屋を出て行く健太郎さんを、感心した顔で見送ったマッチは、すぐさま孝夫にメッセージをよこした。

〈なんか、お兄さんってＮＨＫの大河ドラマに出てきそうな大物の悪役ですね〉

だよな、とため息交じりにうなずいた。

4

石神井晃は、話を始めるにあたって、さっきの名刺の話に立ち戻った。

「バナナペーパーで名刺をつくったのは、エコだからという理由だけじゃないんです。バナナペーパーこそが私の仕事の象徴だと思ったからです。私個人というより、これからの社会は、あらゆる面でサステナビリティ、すなわち持続可能性が問われることになります。私は、生意気なことを言わせてもらえば、そのお手伝いをすることが自分の使命だとも思っているんです」

すらすらと淀みなく話す。そのなめらかさに胡散臭さを感じつつ、孝夫は探りを入れてみた。

「空き家の再生も、持続可能性の一つなんでしょうか」

「そのとおりっ」

いきなり声を張り上げて、パーンッと手を叩き、孝夫を指差して、そう、そう、そうなんです、と指を振る。

「まさにおっしゃるとおり、空き家を再生することで、街が持続可能なものになるんです。いやあ、妹さまのご主人さま、鋭いっ。目から鼻に抜けるとは、このことですよ、ほんとに。おかげで説明が五万ページぐらい先に進んじゃいました」

なんと調子のいい男なのか。啞然とするしかなかったが、しかし、言っていることは間違いではない。超少子高齢社会、大都市圏への人口集中が進む社会では、持続することの叶わない街は増える一方になる。

「推計では、二〇四〇年までに消滅する可能性のある自治体は、全国で八百九十六……これ、自治体のほぼ半分です。恐ろしい数字です。しかも、それはローカルの農村だけの話ではありません。横浜の、こーんなに風格あるセレブな高級住宅街だって、将来はゴーストタウンになってしまうかもしれないんです」

つまらないおべっかを孝夫は失笑で受け流したが、健太郎さんとのやり取りで不機嫌きわまりない美沙は、「バカにしないでください」と怒りだした。

石神井も咳払いをして、話を先に進めた。

「街は、人がいなくなれば、死にます」

孝夫は黙ってうなずいた。

「住む人がいなくなったあとには、空き家が残ります。セミの抜け殻のようなものです。どんなにきれいな空き家が何軒もあっても、そこに人がいなければ街にはなりません」

　孝夫はまた黙ってうなずく。空き家のメンテナンスという自分の仕事を否定された気もしたが、言っていることは間違ってはいない。

「逆に言えば、人がいれば、街になるんです」

「ええ……」

「そのときの『人』というのは、『住む人』だけじゃないんです。都心のオフィス街は『働く人』で街が成り立っているし、繁華街は『楽しむ人』がつくる街だし、観光地は『遠くから来る人』の街です」

　言葉はどこまでもなめらかに連なっていく。

「空き家に再び『住む人』を戻すのも、もちろん大事なことです。生活や暮らしという動きがあるのは、一番理想的な、街の持続するかたちですから。でも、現実を見てみると、それだけではもう空き家の増えるペースに追いつけません。『住む人』が現れるのを待っていても、大多数の空き家はいつまでたっても空き家のままだし、抜け殻だらけの街は、よみがえってはくれません。だからこそ――」

　ここであえて間を置き、孝夫と美沙を順に見て、だいじょうぶですね、話についてきてますね、と目で尋ねてから続ける。

「私は、空き家と『人』とのマッチングを常に考えています。この空き家にはどんな『人』が出入りすればいいだろう、この空き家はどんな『人』に必要とされるだろう、この空き家からどんな需要を掘り起こせば、新しい出会いがあるだろう……」

石神井はマッチに声をかけて、ノートパソコンをソファーまで持って来させた。

「こちらのお宅のマッチングについてご提案する前に、いくつか実例をご紹介いたします。そのほうがイメージしやすいと思いますので」

ノートパソコンの画面に、さまざまな空き家が表示されていく。

「この家は、ごくふつうの築四十年の空き家です。ただ、場所がいい。南アルプスの麓で、登山口に近いんです。ここを拠点にすれば、金曜日の仕事を終えてからここに来て、一晩ゆっくり休めます。次の日の登山も夜明け頃から動けますから、行動範囲がうんと広がるんです」

かさばる登山道具も置いておける。下山したら風呂にも入れるし、もう一泊して宴会をしてもいい。首都圏の登山サークルがいくつか合同で年間賃貸契約をしている。メンバーで頭割りにすれば、民宿に二、三泊する程度の出費ですむ。ユーザーは元がすぐに取れるし、オーナーにとっても、空き家のメンテナンス費用をまかなうのはもちろん、けっこうな額の小遣い稼ぎにもなるのだ。

「同じパターンで、海に近い空き家は釣り好きの拠点になるし、スキー場の近くはスキーヤーの前線基地になります。『人』と空き家を趣味でつなぐのは、王道と言ってもいいでしょう」

石神井はさらに、本をぱらぱらめくるように画像を切り替えながら、マッチングの例を挙げていった。

箱根の山腹に建つ古い山荘が、正月の箱根駅伝の山登りのコースを眼下に眺められるというので、熱心な駅伝ファンに買い取られた。築五十年を超えた廃屋寸前の空き家も、家具や家電を昭和レトロでそろえると人気の民泊施設になった。古い洋館や農家の屋敷には、その世界観に憧れる常連のレンタル客がついているし、住宅メーカーの建売物件でも、マンション暮らしの人にとっては日曜大工を心置きなく楽しめる工房になる……。

「まあ、そうやって考えていけば、まだまだ空き家には可能性があるわけです」

石神井はパソコンのトラックパッドから手を離し、あらためて孝夫と美沙を見た。

さあ来たぞ、いよいよだ、と孝夫は気を引き締めた。隣の美沙も、孝夫以上に警戒して、一言たりとも聞き漏らすまいと身構えている——はずなのだが……。

「あの、どうかしましたか？」

石神井が美沙に言った。「私の話、聞こえてます？」

美沙はハッと顔を上げ、「あ……すみません、だいじょうぶです」と応えた。考えごとでもしていたのか、声がうわずっている。「はい、ちゃんと聞いてます」と座り直すしぐさもぎごちない。

「私、なにしろマシンガントークなもので、リスナーさんを疲れさせちゃうんですよね。話の密度が濃いんです。五分の話に五年分の内容が詰まってますから」

面白くもなんともない。だが、美沙の反応はほとんどなかった。長年連れ添った夫婦なのだ、つまらない冗談にムッとした気配ぐらいは伝わるはずなのだが、もしかして——いまの話も聞いていなかったのか？

石神井は話を本題に戻した。

「私、こちらの一ノ瀬さま邸には、趣味ではなく、感情で『人』とつなぐことを考えております」

「……感情？」

「ええ。あるいは、思い、と呼んでもいいでしょうか」

嫌な予感がした。

「具体的に申し上げると、『悲しむ人』と一ノ瀬さま邸をおつなぎしたい、というご提案です」

やはり――。

孝夫は咳払いして、「ちょっといいですか」と石神井に言った。美沙が受けるはずのショックを少しでも和らげるために、段階を踏んでおきたい。

「教えてください。悲しむときにもいろいろあると思うんですが……どういう悲しみなんですか？」

「大切な人と別れる悲しみです」

「それは、つまり……」

「家族を亡くした人のために、こちらのお宅をご紹介したいと考えています」

「……遺族が泊まる、ということですか？」

この先なのだ、一番のポイントは。石神井も質問の意図を察したのだろう、ふう、と息をつき、苦笑いを浮かべて、言った。

「ご遺族だけではありません。お泊まりになるのは、ご遺体も一緒です」

孝夫は奥歯を嚙みしめた。

美沙もワンテンポ遅れて息を吞んだ。身を前に乗り出して、「ねえ、ちょっと……」とうめくように言ったきり、絶句してしまった。

「じつは、私どもが最近力を入れている空き家のリノベーションがありまして――」

ノートパソコンのスリープを解除した石神井に先んじて、孝夫は「『もがりの家』ですよね」と言った。

「ご存じでしたか」

「ええ……」

「じゃあ話が早くてありがたいです。そうです、おっしゃるとおり、こちらのお宅は『もがりの家』としてリノベーションさせていただきます」

既成事実として言い切った。孝夫が言葉を返す間も与えずに「もちろん」と続けた。「一ノ瀬さまにはご承諾をいただいております」

すでに外堀は埋められている。今日はやはり「相談」ではなく「通告」にすぎなかったのだろう。

ダイニングから、マッチがこちらを見ていた。目が合うと逃げるようにうつむいた。表情をしっかりとは確かめられなかったが、いつもの無邪気すぎるヤジ馬根性ではなかったことだけは、感じ取れた。

石神井は取って付けたように言った。

「当然の話ですが、法律的な問題はクリアしていますし、近隣にお住まいの皆さまへの配慮も、もちろん誠意を尽くして万全を期しています。ですから、妹さまご夫妻におかれましても、どうぞご安心ください」

うなずかずに「なるほど」とひらべったい声で応えるのが、孝夫のせめてもの意地だった。

一方、絶句したままだった美沙は、うつむきかげんにようやく口を開いた。

「あの……さっきから、なに言ってるのか、全然わからないんですけど……」

文句をつけているのではなかった。本気で、途方に暮れた声をしていた。

「いや、ですから、いまご説明したとおり――」

「すみません、わからないんです、ちょっといま、頭がパニックになってて……すみません」

それを聞いて、石神井はむしろ安堵した様子で、「お察しします」と慇懃に言った。「なにしろ突然のことですから、いまは整理がつかないのもあたりまえです」

そうじゃない――。

孝夫にはわかる。『もがりの家』の話だけなら、キレることはあっても、こんな弱音は吐かないはずだ。なにかある。『もがりの家』以外にもショックを受けたことがあって、それでいま、混乱しているのだ。だが、いったいなににショックを受けたのか……。

玄関のドアが開いた。健太郎さんが帰ってきた。「ただいまあ」のバリトンは、勝ち鬨をあげているかのように、いつにも増して朗々と響いた。

「石神井さん、説明は終わりましたか」

「はい、滞りなく」

「それはよかった」

健太郎さんは満足そうにうなずき、「まあ、そういうわけだ」と美沙に声をかけた。「来月には リフォームに入るから、必要な物がまだあるんだったら、それまでに持ち出しておいてくれ」

新しくつくった合鍵をテーブルに置く。「工事がすんだらまた取り換えるけどな」――次の合 鍵は、もう渡すつもりはなさそうだった。

美沙は黙っていた。これはキレるぞ、と孝夫は案じた。理屈では勝てないにしても、イヤミの 一つや二つはぶつけずにいられないはずだ……と思っていたが、実際に口にしたのは、むしろ白 旗を掲げる言葉だった。

「兄さん、悪いけど、ちょっといま冷静に考えられないから、また日を改めて連絡させてもらう。 いい？」

やはり、さっきからおかしい。

健太郎さんは「ああ、どうぞ」と軽く応えて、「ただし、結論は変わらんぞ」と、太い釘を 深々と刺した。

美沙は「また電話かメールする」とだけ言って、テーブルの鍵をバッグに入れた。声も、横顔 も、鍵に手を伸ばすしぐさも、すべてが途方に暮れていた。

「じゃあ、用事もすんだから、帰るね」

誰とも目を合わさずに言って、そそくさと帰り支度をする。その様子を見ていると、孝夫は子どもの頃のケンゾーのことをふと思いだした。忘れ物や落とし物をしたことに自分では気づいていて、しかし親には打ち明けられずにいるときのケンゾーが、よくそんな不自然なふるまいをしていたのだった。

「なにかあったのか？」

車に乗り込んでエンジンをかけると、すぐに美沙に訊いた。「さっき、話の途中からヘンだったたろ」

「うん……」

打ち消すわけでも認めるわけでもない、微妙な抑揚の声だった。孝夫もそれ以上踏み込んで訊くのはやめた。話したければ話せばいいし、嫌なら黙っていればいい――連れ合いの思っていることをなんでも知りたかった若い頃とは、こういうところが違うのだ。

車が走りだす。実家の付近は信号のない交差点ばかりなので、ほどなく住宅街を抜けて大通りに出た。視界が広くなったところで、ようやく美沙が口を開いた。

「兄さんが決めたら、もう……ひっくり返せないよね」

やはり、あきらめているのか。

「クールな人だけど、まさか遺体の安置所にしちゃうとは……お父さんやお母さん、どう思うんだろう」

「健太郎さんは、そんなの気にしてないかもな」

「だよね。死んだ人がなにも思うわけないだろ、なんてね。法事や墓参りもバカらしいと思ってるんだから」

　徹底した合理主義者なのだ。

　だからこそ――孝夫は言った。

「実家を『もがりの家』にしたときのデメリットが大きかったり、『もがりの家』以外の使い途があって、そっちのほうがプラスだとわかったら、意外とあっさり切り替えるかもな」

「デメリット、かあ……」

「近所の反対とかは、ありうると思う」

「ああ、でも、兄さんは全然平気だろうね。シモジモのご近所の評判なんて、どうでもいいから」

　それより、と美沙はもう一つの可能性に期待を寄せた。

「ウチの家、ほかにもっといい使い途があればいいのよね」

　そこが難しいのだ。広さも間取りも立地も、特長がなさすぎる。むしろ駅からの距離や途中の坂道の多さなど、査定でマイナスがつく点のほうが多い。そのマイナスポイントの一つでもあった火葬場との距離の近さが、逆に大きなプラスに転じるのだから、『もがりの家』のアイデアはやはりたいしたものだと認めざるをえない。

「ねえ、なにかないの？」

「うん……」

「あなただって空き家の仕事やってるんだから」

「そんなこと言われたって、難しいよ」

「すごい使い方をしてる空き家だってあるのに」

「――え？」

あーあ、と声に出してため息をついた美沙は、やっと、さっきから様子がヘンだった理由を教えてくれた。

「石神井晃が、パソコンでいろんな物件の実例を見せてくれたじゃない？」

その中に、見つけてしまった。

「洋館の画像があったの覚えてない？」

「ああ……あった」

「あの洋館、わたし、知ってるの」

あーあ、まいっちゃったなあ、とまた声に出してため息をつく。裏切られちゃったなあ、と続ける。

孝夫にも、それでわかった。

『みちるの館』――マダム・みちるが開く優雅なお茶会の会場は、彼女の自宅ではなく、レンタルの空き家だったのだ。

# 第六章　マダムの正体

## 1

美沙は帰宅後も呆然としていた。衝撃が強すぎて、困惑や動揺を超えてしまったのだろう。夕食前に風呂に入っても気分転換ができず、表情は沈んだままだった。

夕食は、昨日のリクエストどおり、ケンゾーが担当した。

「デパ地下で買ってきてもいいけど、せっかくの母の日なんだし、どうせ疲れて帰ってくるでしょ？　劇団の合宿でも大好評の特製スタミナディナーにするよ」

出がけにそれを聞いたとき、孝夫の胸には悪い予感がよぎったのだ。

ミュージカルに青春を捧げる若き劇団員の疲れと、折り合いの悪い身内と付き合わなくてはならないアラ還の疲れとは、違う。若者の疲れは吹き飛ばせばいい。しかし、アラ還の疲れは、飛ばない。こびりついている。それがあいつには――。

やはり、わかっていなかった。

食卓に鍋ごと置かれたのは、湯気まで唐辛子で赤く染まっていそうなチゲだった。豚ロースとタマネギとキャベツとニラの間に見え隠れしているニンニクのスライスは五枚、六枚、七枚……たくさん。箸休めに「ガーッと掻き混ぜて食べて」と出されたのは、納豆とオクラとめかぶと卵黄と山芋のせん切り。さらに、ツナとかつおぶしと青じそを載せたご飯は、マヨネーズが網目模様でかかったマヨめしである。

これは「攻め」の献立だ。違う、違うぞ、ケンゾー、と諭したい。攻めなくていい。癒やしてくれ。心身の疲れがこれ以上深いところまで染み込まないよう、鍋なら湯豆腐、箸休めにはホウレンソウの白和え、ご飯にはマヨではなく柴漬けの酸味を添えて、「守り」に徹してほしかった。

あんのじょう、美沙の箸はほとんど進まない。母の日に飲むのを楽しみにしていた上等のワインも、「今夜はお酒を飲むと頭痛がしそうだから」と栓を開けなかった。

ケンゾーもさすがに「ちょっとガッツリ系すぎたかなあ」と反省していたが、孝夫は「だいじょうぶだいじょうぶ」と励まして、チゲの熱さと辛さをハイボールでなだめつつ、美沙のぶんもがんばって食べた。

息子を責めるのは酷というものだろう。この歳になると、スタミナのつく飯を食うにもスタミナが要る――それは、この歳になって初めてわかることなのだ。

とにかく、美沙は食事中も元気を取り戻せなかった。ケンゾーが「母の日だし、愚痴ならなんでも聞くよーっ」と冗談めかして声をかけても、「健太郎伯父さん、あいかわらずゴーマンだったわよ」としか言わない。『もがりの家』と『みちるの館』のことは、まだ愚痴にできるほどの整理すらついていないのだろう。

美沙が早々に寝室に向かうと、それを待ちかねていたように、「横浜でなにかあったの？」とケンゾーに訊かれた。

孝夫は冷蔵庫から新しいハイボールを出し、ケンゾーにも一本勧めて、リビングのソファーで向き合った。

『もがりの家』のことは後回しだ。ケンゾーに話したからといって、状況がどうなるわけでもない。だが、『みちるの館』は――。

レンタル空き家の話を伝えると、ケンゾーもさすがに「マジ？」と声をあげた。「あのおばあちゃん、マダムでもなんでもなかったわけ？」

まいったなあ、信じられないなあ、と首をひねる。

「お茶会に行ったときのこと、もう一回教えてくれ」

「うん……まあ、このまえ話したとおりだけど……」

ケンゾーはあらためて記憶をたどり直したが、とりたてて不審な点は出てこなかった。むしろ、思いだせばだすほど、マダムがあの洋館に馴染んでいたという印象が強まる。

「オレだっていちおう芝居をやってるし、演出もしてるから、そういうのはわかるつもりなんだけど、間借りしてる感じは全然なかったよ」

ヘタな役者は、役や舞台の設定に負けて、呑まれてしまう。微妙な手探り感がにじんで、借り物のように遠慮がちになってしまうのだという。

「でも、あの人とあの家、ほんとうにしっくり来てたんだ。完全に自分のものにしてるというか、自分もあの家の一部になってるみたいな感じだったから……やっぱり、お母さんの勘違いじゃない？」

「うん……」

「パソコンで見たのも、一瞬だったんでしょ？　レトロモダンの洋館って、だいたい雰囲気が似てるから、間違えたような気がするけど」

孝夫は、なるほど、とうなずいた。そうであってほしい、とも思う。

「まあ、でも、自分で確かめるんじゃない？　お母さんの性格だと」

「今度のお茶会で？」

「でも、金曜日でしょ、そこまで待ちきれないかも。ほら、お母さん、せっかちだし」

「いやあ、どうかなあ」

孝夫の予想は逆だった。「とりあえず今度のお茶会は休んで、もうちょっと落ち着いて、調べられるものは自分で調べてから、また顔を出すんじゃないかな」

だが、ケンゾーは首を横に振って、「お母さんって、意外と守りに弱いよ」と言った。「時間がたって考えがどんどん悪い方向に行っちゃうのに、耐えきれないんじゃない？」――明日にでも行ってみたりして、と真顔で付け加えた。

一夜明けても、美沙はまだショックから抜け切れていなかった。『もがりの家』よりも、いまはむしろ『みちるの館』のほうで頭が一杯になっている。

朝食のときに相談された。

「ねえ、あなたはどう思う？　金曜日のこと」

『みちるの館』のお茶会は、大型連休を挟んで三週間ぶりになる。おとといまではそれをとても楽しみにしていて、「だいじょうぶかなあ、みちるさんの話についていけるかなあ」と心配しながらもワクワクしていたのだ。

だが、いま、美沙は途方に暮れて「休んだほうがいいかなあ」とうなだれる。

「このままだと、みちるさんの顔をまともに見られないし、心に引っかかりがあるのが態度に出たりすると困るし……しばらく間を空けたほうがいいような気がするんだけど」

孝夫は、だよな、とうなずいた。やはり予想通りだった。

「無理しなくていいだろ。仕事でも習いごとでもないんだし、急に都合が悪くなったり体調をくずしたりって、誰だってあることだから」

「うん……」

「もうちょっと落ち着いてからのほうがいいって」

そうよねえ、と応えながらも、美沙は首を横に振って打ち消した。

「でも、やっぱり、逆かも」

「――え？」

「だって、待ってる間にいろんなことを考えると、よけい会いづらくなるでしょ。だったら逆に、早いうちに会ったほうがいいよね」

一人で何日も鬱々としているより、もっと早く――。

「それこそ、今日でもいいし」

相談するというより、口に出すことで自分の決意を確認したのだろう。今度はもう、声や表情に迷いはなかった。

「あとでみちるさんに電話してみる」

今週はもっと早い曜日のお茶会に入れてもらえないか――。

「今日でもいいって言われたら、出かけるけど、いいよね？」

ケンゾーの予想のほうが正しかった。こういうところが、血のつながった「母と息子」の強みというか、赤の他人の「夫と妻」との差なのかもしれない。

孝夫はいささか落ち込みかけながらも「ああ、もちろん」とうなずいて続けた。「俺は勘違いだと思うけどな」

「うん……わたしも、そう思ってる」

「パソコンでチラッと見ただけなんだから」

「そうそう、ほんとそう、こっちは老眼だしね」

美沙が笑顔になったのでホッとして、会社に出かけた。

しかし、その安堵は通勤途中で打ち砕かれた。

ＬＩＮＥに美沙からのメッセージが入った。

〈みちるさんに日程変更を断られました〉

しょんぼりしたクマのスタンプ――のんきな一手間を加えていることが逆に、ショックの深さを伝える。

〈キツめでした……〉

少し遅れて、スタンプも届いた。アニメのキャラが、てへへっ、と決まり悪そうに笑っていた。

孝夫は出社してすぐ、石神井晃のオフィスにいるマッチにメッセージを送った。

〈電話で話せるタイミングで連絡ください〉

既読がついたのは、昼過ぎ――空き家の巡回メンテナンス中で、リビングの雨戸を開けて風を入れているところだった。

ほどなく電話がかかってきた。こちらは音声通話のつもりだったのだが、マッチは当然のごとくビデオ通話を選んできた。

しかたなく、リビングの床に座り込んで応答した。

「どーもですっ！」

手に持ったスマホの画面一杯に、猫の耳と鼻とヒゲを付けたマッチの顔が映し出された。

「近い近い、デカすぎるって」

思わず背を反らし、腕を伸ばしてスマホを遠ざけたが、こっちの距離が広がっても関係ないのだ。むしろマッチに「水原さんの顔、遠すぎます。遠慮しないで、もっと寄ってくださいよ」と笑われた——と、その笑顔が、いかにも仕事のできそうな女性秘書のアバターに変わる。

「……なに遊んでるんだ」

「ウチのボスの教えでーす。仕事は子どもが夢中になって遊ぶようにやってみろ、遊びはとことんマジに手抜きなしで楽しめ、って」

「で、いまは、そのボスは近くにいないんだよな?」

「いませんいません、いるわけないです。だってここ、トイレの個室ですから」

ドキッとしてしまった。音声通話なら一瞬の沈黙だけですむのだが、ビデオ通話だとごまかしきれない。

「やだあ、ヘンな想像しないでくださいよ」

どんな顔をしていたんだ、いまの俺は……。

「水原さんが電話してくれっていうから、そのために個室に入ったんですよ。で、なんですか?」

「うん……」

本題を切り出そうとしたら、マッチは勝手に先回りして「昨日のことですか?」と言った。

「わたしも『もがりの家』にはびっくりしたんですけど、ボスは帰りの車の中でもすごく気合が入ってて、絶対にこの話をまとめてみせるって言ってたから、ひっくり返すのは、正直、キツいかも、って」

「いや、それじゃなくて」

「え？『もがりの家』に賛成だったんですか？」

「じゃなくて――それより、きみの顔、ゾンビになってるけど……そういうボケ、やめてもらっていいかな」

なんとか本題を伝えた。

昨日、石神井晃がレンタル空き家の例で紹介したレトロモダンの洋館について知りたい――。

「外観の画像と、できれば内観も。あと、住所がわかれば、それも教えてほしいんだ」

「水原さん、レンタルするんですか？」

「うん……まあ、そうだな……」

さすがに、資料を無断でマッチに持ち出させるわけにはいかない。

「問い合わせがあったということで、データを公開してるかどうか、ボスに訊いてみてほしいんだ」

「それはできますけど、なにかあったんですか？」

エフェクトなしでも、目が好奇心でランランとしてきたのがわかる。

「いや、べつに……なんでもない」

いけない。顔をそむけてしまった。だからビデオ通話は嫌だったのだ。

「ワケあり？　ワケあり？　ワケありですか？」

近い、近い、顔がデカすぎる。

「この案件、ボスに頼んで担当させてもらいますっ！」

画面に映るマッチの頭上でくす玉が割られ、紙吹雪が派手に舞い落ちた。

## 2

同じ頃、美沙は車の助手席にケンゾーを乗せて、病院に向かっていた。

右の向こうずねの骨折が順調に回復していれば、今日にもギプスが外せる。ケンゾーは「だいじょうぶ、バスで行くから」と断ったのだが、美沙は「いいからいいから」と譲らない。

「帰りに『みちるの館』に寄るから、付き合いなさい」

単刀直入、真っ向勝負のストレートで言った。「ゆうべお父さんから聞いてるでしょ」――ケンゾーがごまかす間もなく、続けた。

「今朝、ケンちゃんがまだ寝てるときにみちるさんに電話してみたの」

今週のお茶会の予定を尋ねた。まずは金曜日以外にも開くかどうか、から。

すると、マダムは「どういうことなのかしら？」と逆に訊いてきた。「他の曜日のお茶会にもご興味がおありということ？」

美沙としては、お茶会があるかどうかを先に知りたかったのだが、しかたなく「ええ……」と認めた。

「金曜日のお茶会が、お気に召さないのかしら？」

あわてて「いえ、そんなことは全然、まったく」と打ち消したが、このままでは用件が伝えられない。思いきって、「今週は曜日を変えてもらえるとありがたいんですが」と言った。

マダムは一瞬の沈黙のあと、あらあら、と子どものいたずらを見つけたような声で笑って、「ご都合が悪いのなら、来週いらっしゃればいいわよ」と言った。

日延べでは意味がない。「別の曜日のお茶会にもおじゃましてみたいと思って……」と食い下がると、マダムは「それはどうかしら」と、今度は誤りをやんわりとたしなめるように言った。

「わたくしはわたくしなりに考えて、よかれと思って、水原さんを金曜日にお誘いしているの。金曜日は水原さんの日、水原さんは金曜日のお客さま……それがお気に召さないのなら、わたくし、困ってしまいます」

穏やかでおっとりした声でも、響きは意外と強い。凛としている。

「ケンちゃんも一度会ってるから、なんとなくわかるでしょ？　押しつけてくるわけじゃないんだけど、はねのけられないの、みちるさんの声って」

「……だね」

「もう、こっちとしてはギブアップするしかないわけ」

美沙が恐縮しつつ平謝りすると、マダムもすぐに機嫌を直し「では、金曜日に」と言った。

「たくさんおしゃべりをして、時を満たしていきましょうね」

だが、電話を切ったあとも、美沙の胸にはもやもやしたものが残ってしまった。曜日の変更ができない理由は、ほんとうにマダムの言っていたとおりなのか、それとも別の、もっと複雑で、明かすことのできない事情があるのだろうか……。

カレンダーをふと見ると、今日がケンゾーの通院日だと知った。

「それで、起きてくるのを待ってたの」

「いまの話とオレが、どうつながるわけ？」

「病院に車で連れて行ってあげて、帰りに『みちるの館』の様子を見てみる」

「オレの病院……全然関係なくない？」

「あんたの用事のついでに、っていうのがいいの。お母さん一人で『みちるの館』まで行って、みちるさんにばったり会ったらカッコ悪いでしょ」

もしもほんとうにマダムに出くわしたら——。

「ケンちゃんが『みちるの館』をもう一度見たがっていたから、という理由にするからね。いい？」

「そんな、めちゃくちゃな……」

あきれはてた。だが、一人では行きたくないという美沙の気持ちも、わからないではなかった。なにより、今日の診察でギプスを外したら、アパートに戻るつもりだった。それはつまり、水原家の一人息子が『手裏剣スナイパーズ』を主宰する炎龍斗に戻ることでもある。秋の公演と、その前の夏休みの営業に向けて、そろそろ新作の準備に取りかかりたい。目の前の生活を考えると、コンビニのバイトのシフトもどんどん詰めていかなければ。

骨折してから一ヶ月余り。こんなに長く両親と一つ屋根の下で過ごすのは、今後はもう、ないかもしれない。

親孝行のつもりで付き合うか、と覚悟を決めた。

もっとも、その覚悟は、あっさり肩透かしを食ってしまった。

「まだ無理だな」

医師はレントゲン写真を見るなり言った。

「最近、右足に負担をかけなかった？」

こどもの日のステージだろうか。

「連休前はいい感じでくっついてたんだけど、またちょっとヒビが入ってるんだよなあ」

やはり、無理をしたのがよくなかった。いや、あの完全燃焼に悔いはない。

松葉杖をついて診察室から出ると、美沙に「ギプス、そのままなの？」と訊かれた。

「うん……悪いけど、もうしばらくウチにいる……」

「いい、いい、全然かまわない」

むしろ美沙は上機嫌になった。「まあ、わたしは洗濯物やごはんが増えて迷惑だけど」と憎まれ口をたたいて、「お父さんは喜ぶんじゃない？」――こういうときはいつも孝夫がダシにされてしまうのだ。

病院の帰り道、『みちるの館』の前を通って、最徐行した車から館の様子を窺った。門扉は閉ざされ、通りから見える範囲では、窓もすべてカーテンが下りている。今日はお茶会は開かれていないのだろうか。

『みちるの館』は、瀟洒ではあっても威風堂々の豪邸というわけではない。どんなにスピードを緩めてもほんの数秒で通り過ぎてしまう。

ハンドルを握る美沙は「どう？」と助手席のケンゾーに訊いた。「ちゃんと見てくれた？」

「うん、とりあえず見たけど……」

「とりあえずじゃだめよ、しっかり見て」

「見たよ、見た」

「念のために、もう一回通ってみるからね」

ご近所をグルッと回ってから、再び『みちるの館』の前を通ったが、やはり人が出入りしている様子はなかった。ただ、建物は庭の小径の先なので、車から確かめるには限界がある。

美沙は館の二つ先のブロックで車を停めた。「どうする？　もう一回——」と言いかけたのを、ケンゾーは「怪しすぎるって」と制した。

「じゃあ、ケンちゃん、ちょっと歩いて見てきてよ。窓は閉まってても、中から音楽や話し声が聞こえるかもしれないし」

「オレが？」

「だって、お母さんは何度もお茶会に来てるから、ご近所にも顔を知られてるかもしれないでしょ。あんたならだいじょうぶ、館の前を歩いてても誰も気にしない」

「そんな……」

オレ、いちおう芸能人なんだけど、と言いたい気持ちをグッとこらえた。言えばよけいにツラくなる。

「みちるさんの秘密がわかるまで、明日から毎日通ってみるから、ケンちゃんも付き合って。どうせまだバイトに戻れないから、時間あるでしょ？　食費分ぐらいは親の役に立ってもバチは当たらないわよ」

ケンゾーはうなだれて「わかったよ……」と言った。バイトだの食費だのという言葉を母親につかわせてしまう三十一歳の我が身が、しみじみと、情けない。

親孝行をしようと一度決めたのだから、これも乗りかかった舟だ、と自分に言い聞かせて車を降りた。

『ネイチャレンジャー』の頃をふと思いだす。あのドラマでも、身の軽さでは戦隊随一のホムホムは、本部の指令で敵のアジトに斥候(せっこう)として忍び込むことが多かった。もっとも、そのあとは、深入りしすぎて敵に捕まってしまい、翔馬に救い出してもらう、というのがお約束の展開だったのだが。

車で待つ美沙と、松葉杖をついて『みちるの館』へ向かうケンゾー、二人のスマホで同時にメッセージの着信音が鳴った。

孝夫からだった。

〈レンタル洋館の画像、添付します。どうですか？〉

スマホに表示されたのは、下見板張りの薄いブルーとペディメント付きの窓枠の白が印象的な洋館――それは、紛れもなく『みちるの館』だった。

画像を送ったあと、孝夫はコンビニの駐車場に駐めた車の中でコーヒーを啜った。

美沙はすぐに〈当たりです〉と返事をよこし、ケンゾーも、がっくりと肩を落とすスタンプで応えた。

ほんとうは訊くまでもなかった。

マッチが〈取り急ぎ公開しているデータです〉とリンクを貼ってくれた物件のデータには、外観だけでなく室内や庭の写真もあった。

中央に大きな円卓とグランドピアノが置かれ、壁際にソファーやラウンジチェアが配された広間のたたずまいは、美沙から聞いていたのと同じだし、門から玄関までの小径も美沙の話どおりレンガ敷きだった。美沙は「バラのアーチまであるのよ」と『みちるの館』の初夏を楽しみにしていたのだが、庭の写真は、まさに、つるバラの花が咲き誇っているものだったのだ。

データには物件の住所もある。東京都世田谷区――我が家と同じだった。我が家から『みちるの館』までは、車で二十分ほど。町の名前までは出ていなくても、世田谷区内なら、その条件と重なり合う。

さらに、コーヒーを飲み干して、次の現場に向かうためにカーナビの設定をしていたら、マッチからメッセージが来た。
〈予約状況を確認してみたら、レギュラーで毎週木曜日の夕方以降と金曜日の終日に予約が入っていますが、それ以外なら、５月はまだたくさん空きがあります！〉

ここまでそろうと、もはや間違いないだろう。金曜日がお茶会で、木曜日の夕方からはその準備をしている、ということなのか。他の曜日にもお茶会を開いているというのは嘘で、だからこそ曜日を変えてほしいという美沙の頼みを断ったのか……。

歩きだしてほどなく、ケンゾーは後悔した。

松葉杖は目立つ。ギプスも目立つ。さほど人通りの多くない住宅街をこんないでたちで歩くというのは、「ボクのこと覚えててくださいね」と触れ回っているようなものではないか。

一ブロック進んだ。『みちるの館』は次のブロックの、手前から四軒目。通りからは建物の側面が見える。白く塗られた窓枠や上部のペディメントは車内から見ていたときも印象的だったが、その上に窓庇まで付いていることに気づいた。ほんとうに凝っている建物だ。建築にはまったくくわしくないし、大正ロマンや昭和モダンに思い入れもないが、好きな人にとってはたまらないだろうなあ、というのはわかる。

何年か前、江戸川乱歩原作のドラマにチョイ役で出たときのことを思いだした。スタジオで組んだ洋館のセットの中で、ヒロインの悲鳴にパッと振り向く客Ａ・Ｂ・ＣのうちＢを演じたのだ。台詞は「おい、どうした！」のひと言だけで、しかもオンエアのときには編集でカットされてしまった。

たとえ台詞なし、役名なしの仕事でも、セットではなくほんものの洋館でロケができればよかったのになあ、と少ししんみりした——そのときだった。

『みちるの館』から、外の通りに誰か出てきた。

おばあさんだった。

大きなショルダーバッグを提げていた。ブラウスにカーディガン、パンツ、ズック靴……なんの飾り気も華やぎもない。色づかいは茶色系と灰色系だし、腰回りに余裕がありすぎるパンツは、ウエストが総ゴムなのだろう。

服装だけでなく、ちらりと見ただけの顔にも、化粧っ気はなかった。キツい言い方をするなら、なんともみすぼらしい風貌で、こっちに背を向けて歩く足取りも、いかにもくたびれていた。

だが、ケンゾーにはわかる。痩せても枯れても、十年以上も役者としてやってきたのだ。どんなに地味ないでたちで、髪も整えていないスッピンの顔でも、一瞬で補正して——マジかよ、と声をあげそうになった。

館から出てきたのは、マダム・みちるだったのだ。

## 3

〈みちるさんが出てきたので、追いかけます〉——美沙にメッセージを送って、ケンゾーは尾行を開始した。

マダム・みちるはゆっくりと歩く。おかげで松葉杖でも付かず離れずの距離を保つことができたが、やがて訝しさを感じるようになった。最初は街並みを眺めながらのんびり歩いているのだと思っていたが、どうも様子が違う。足取りに軽やかさがない。肩が落ちて、背中も曲がって、とぼとぼと歩く姿は、お茶会のときよりもずっと老け込んで見える。

なにより優雅さがない。あの日の貴婦人然とした姿が嘘のように、くたびれて、所帯じみていて……この言葉をつかってもいいのなら、ずいぶんとみすぼらしい。少なくとも、これではもう、「マダム」とは呼べない。

一台の車が後ろから来て、するするとケンゾーを追い越した。車の型と色で察しがつき、ナンバープレートの数字で確定した。美沙の車だ。車はみちるさんも追い越した。さすがにスピードを不自然に落とすことはなかったが、追い越したあとすぐ急加速して、最初の角を、いかにもあわてたハンドルさばきで曲がった。ルームミラーでみちるさんを見て動揺したのだろうか。

だが、当のみちるさんは、そもそも車に追い越されたことも気に止めていなかった。うつむいたまま、よっこらしょ、よっこらしょ、ああしんどい、という声が聞こえそうな足取りで歩いていたのだ。

ほどなくケンゾーのスマホにメッセージが届いた。

〈みちるさん、別人みたいだけど本人。でもなんで?〉

そんなの知らないよ、と放っておくと、すぐに第二信が来た。

〈しっかり調べて！〉

みちるさんは、最寄りの桜ヶ丘駅に向かっていた。駅に近づくにつれて人通りが増えてきて、松葉杖をついていても住宅街ほどには目立たなくなった。

ただし、今度は別の心配も出てくる。オーラ消せよ、と自分に命じた。芸能人ならではの目ヂカラは出すんじゃないぞ、いまのオレは一般ピープル、人混みに紛れろ紛れろ……。

きれいに紛れた。まったく騒がれなかった。通りを行き交う誰からも「ひょっとして炎龍斗さんですか？」と声はかけられなかったし、すれ違ったあとで二度見されることもなかった。

複雑な思いでとりあえず安堵していたら、みちるさんは高架になった駅舎に入った。

メッセージでは間に合わない。改札を抜けたみちるさんが下りホームに向かったのを確かめて、急いで美沙に電話をかけた。

「電車に乗るみたいだけど、どうする？」

「あんたも乗って。中途半端なところでやめてどうするの。ぎりぎりまで追いかけてよ」

「バレたら？」

「バレないようにすればいいのっ」

「そんなぁ……」

しかたなく後を追った。

桜ヶ丘は急行や快速の停車駅だったが、みちるさんは急行を一本見送って、次に来た各駅停車に乗った。ケンゾーも同じ車輌に乗り込んだ。車内はそこそこ混み合っていたので、吊革につかまる乗客を目隠しにして、みちるさんが下車するまで、なんとか、このまま――。

いかなかった。

電車が走りだすとほどなく、みちるさんとケンゾーの真ん中あたりに座っていたおばさんに「お兄さん、松葉杖なんだからこっちに座って」と席を譲られたのだ。

付近の乗客の注目を集めてしまった。みちるさんもこっちを見ているかもしれない。確かめる勇気がなく、おばさんにあえて深々とおじぎをしてお礼を言ったあとは、そのまま、うつむいた顔を上げずに席に座った。

ところが、親切なおばさんは、おしゃべり好きなおばさんでもあった。

「お兄さん、芸能人の誰かに似てるって言われない？」

なぜ、よりによって、こんなタイミングで。

「ちょっと名前が出てこないんだけど、いたのよ、若いのが、けっこう昔……もう消えちゃったけど」

勘弁してください、いろんな意味で。

みちるさんは、次の千歳台駅で下車した。ケンゾーもタイミングをぎりぎりまで遅らせて、電車を降りる。

すると、みちるさんはホームの途中で足を止め、後ろを振り向いた。狙いすました不意打ちだったのだろう、反応が遅れたケンゾーと、正面から目が合った。

「水原さんの息子さんよね、あなた」

凜とした響きの声は、確かにマダム・みちるだった。

「……母がいつもお世話になっております」

覚悟を決めた。へたにごまかすと墓穴を掘るだけだ。

「ねえ、あなた、わたしに話しかけられても、全然びっくりしてないんだけど」

覚悟を決めるのが早すぎた。

「桜ヶ丘駅から乗ってきたんじゃない？　ホームでちらっと見た気がするんだけど」

やはり気づかれていたのか。

「ねえ――」

みちるさんは探るように訊いた。「わたしと同じ電車だったのは、偶然なの？」

言葉に詰まったケンゾーに、さらに訊く。

「ここで降りたのは？　千歳台に用事があるの？」

ケンゾーは沈黙を続けた。それが答えになる。

「どこから？　どこから、わたしのあとをつけてたの？」

「……お茶会の、あの洋館からです」

みちるさんは天を仰いで、ため息をついた。

「でも、なんであんなところにいたの？　水原さんのウチって、近所じゃないわよね」

「僕の病院、けっこう近いんです。で、病院の帰りにお茶会のことを思いだして、みちるさんの家があったのって、このへんだったよなあ……って歩いてたんです」

「松葉杖をついてるのに、わざわざ？」

またもや失敗した。

「リハビリです、お医者さんからがんばって歩きなさいって言われたんです」

「でも、リハビリって、ふつうはギプスを外してからよね」

失敗に失敗を重ねた。

「えーと、あの、いや……ちょっと変わった医者で、松葉杖で歩く練習をさせるんです。そうしないとギプスを外してから苦労するっていう主義で……」

自分でもワケがわからなくなった。『ネイチャレンジャー』の頃から、アドリブのトークが大の苦手だった。

「で、歩いていたら、みちるさんを見つけちゃって、興味を惹かれて、つい、ふらふらと……」

これではストーカーではないか。

みちるさんもあきれ顔になった。微妙な憐れみが交じった表情でもあった。

「とりあえず改札を出ましょうよ。立ち話だと足もしんどいでしょう？　ウチに来て、ゆっくり話しましょう」

「いいんですか？」

みちるさんは苦笑して、自分の服装を指差した。

「こんな年寄り臭い格好を見られちゃったんだから、もう、いまさら気取ってもしかたないわよ」

さばさばとしていた。開き直ったのか。あきらめたのか。歩きながらケンゾーを振り向いて「あーあ、見られちゃった」と笑う。微妙な憐れみは消えない。それは、ケンゾーにではなく、自分自身に向けたものだったのかもしれない。

千歳台は、駅前商店街が有名な街だった。電車は各駅停車しか停まらないものの、わざわざ総菜を買うために訪れる人も少なくない。電車賃を払ってもお得な激安商店街なのだ。

「まだ時間が早いからこの程度だけど、夕方になると毎日すごいんだから」

「この程度」でも、充分すぎるほどのにぎやかさだった。歩行者と自転車とベビーカーとお年寄りの押すカートがてんでんばらばらの動きで行き交って、松葉杖のケンゾーは何度も前をふさがれて立ち往生してしまった。

「ごめんなさいね。でも、商店街を抜けていくのが一番早いから」

みちるさんは、すいすいと人混みを縫って進む。桜ヶ丘の街を歩いていたときより、足取りはずっと軽い。

「桜ヶ丘と千歳台って、一駅とは思えないほど、がらっと雰囲気が変わるでしょ。桜ヶ丘はセレブの街だけど、こっちは庶民」

こっち——身内感たっぷりの言い方だった。

「ごちゃごちゃして落ち着かないけど、下町っぽい活気があって暮らしやすいのよ」

「……千歳台、地元なんですか？」

「生まれも育ちも、おばあちゃんになってからも、ずーっと千歳台」

そう言って、「ちょうどいいタイミングで訊いてもらえた」と、通りの先のほうを指差した。

「あそこに居酒屋があるでしょ、焼鳥のチェーン店」

「ええ……」

「あの店、昔は魚屋さんだったの。創業は大正時代で、関東大震災のすぐあとだから、続いてたら、もうじき百周年になってたのよ」

その魚屋さんが――。

「わたしの実家。おじいさんがお店を始めて、お父さんは商店街の役員をずーっとやってた」

自慢するように鼻をつんと上げ、かつての店構えを思い浮かべているのか、微笑み交じりに目を細めて、「わたしの代で畳んじゃったんだけど……」と寂しそうにため息をついた。

商店街をしばらく歩き、にぎわいが少し落ち着いた頃、脇道に逸れた。

碁盤目状の街路に一戸建てがゆったり配された桜ヶ丘と違って、区画整理されていない千歳台の街並みは住宅や店舗や小さな工場が入り交じって、雑然としている。

「一方通行や行き止まりだらけだから、カーナビのなかった頃は、タクシーの運転手さん泣かせだったの」

そんな千歳台を、みちるさんは何度も角を曲がりながら、すたすたと歩く。

知的で優雅にふるまうお茶会のみちるさんがいて、疲れた足取りで桜ヶ丘を歩くみちるさんがいて、千歳台の雑踏を軽やかに往くみちるさんがいる。

まるで三人の「みちるさん」という役を、彼女一人で演じているようなものだった。その中のホンモノは、いったいどれなのか……。

## 4

「——ここよ」

みちるさんが足を止めたのは、三階建ての住宅の前だった。玄関は一階だけでなく、外階段を上った二階にもある。

「二世帯住宅ですか？」

「そう。築三十年近いのよ。バブルの頃ほどじゃなくても、まだ土地も高かったから、実家を建て替えて二世帯にしたの」

でもね、とあきれたように続ける。

「もともと一軒分の敷地しかないところに建ててるわけだから、建蔽率も容積率も、もう、ぎりぎり」

確かに建物はほとんど直方体だった。間取りや延床面積を優先して、効率的に土地を利用した結果、デザインの美しさはあきらめるしかなかったのだろう。

この家を建てたとき、一階にはみちるさんの両親が暮らし、二階と三階がみちるさんの家族の住まいだった。夫婦と息子と娘の四人家族で、お兄ちゃんは中学生、妹は小学生で、にぎやかに暮らしていた。

「でも、全員そろってたのは最初の五、六年だけだったの。子どもたちがウチを出て、父が亡くなって、母も亡くなって、三年前にはダンナまで亡くなって……」

いまは、この家には、みちるさん一人きり――。

「部屋が余っちゃって」

苦笑して、見せたいものがあるから、とケンゾーを二階に案内した。

「二階のキッチンは、いまはお菓子づくり専用」

調理台に並ぶキッチンエイドのスタンドミキサーや大理石のペストリーボードを、「けっこう本格的でしょ？」と得意げに見せる。

「あと、食器棚も一つ増やしたの」

そこには、アンティークなティーセットがいくつも並んでいた。

「あの……この食器って……」

ケンゾーの言葉を、みちるさんは満面の笑みで受け止めて、うなずいた。

「お茶会に出すお菓子や食器を考えるのが、ほんとに楽しいの」

打ち明けた――ということに最初は気づかなかったほど、自然に、さらりと、タネ明かしをした。

さらに、以前は夫婦の寝室だったという和室の壁には本棚が造り付けられ、ガーデニングやアフタヌーンティー、インテリアやファッションや手芸などライフスタイル全般の書籍や雑誌、映像ソフトが並んでいた。

そっち方面にはまったく疎いケンゾーでさえ名前を知っているカリスマ——マーサ・スチュワートやターシャ・テューダーの本とＤＶＤもあった。みちるさんは「見る人が見たら、シロウトだってわかっちゃう」と恥ずかしがっていたが、ケンゾーは素直に感心した。初心者向けだろうとなんだろうと、勉強をしていることは確かなのだ。

ヨーロッパの歴史や文化についての本もある。全十何巻という叢書（そうしょ）に交じって、『おもしろ雑学フランス貴族』や『恥をかかないテーブルマナーＱ＆Ａ』といった文庫本もあるところが、むしろ好ましい。そうか、こういうところでウンチクを仕込んでいたのか。ケンゾーの頰も自然とゆるんだ。

子どもたちが使っていた三階にも案内された。

息子さんの部屋は、いまは——。

「いい歳をしてみっともないんだけど、子どもの頃や若い頃に好きだったものは、やっぱり最後まで好きなの」

部屋の三方の壁を埋め尽くす「好きだったもの」は、一九六〇年代から七〇年代にかけての少女マンガのコミックスや宝塚歌劇団の写真集だった。

「やっぱり、少女マンガは瞳に星がキラキラ輝いてなくちゃね。見せ場の大ゴマには、バラが咲いてないとだめなの。キーワードはロマンよ、ロマン」

ここにある本の大半は、夫を見送って一人暮らしになってからまとめ買いしたものだった。

「電子書籍だと場所を取らないって子どもや孫は言うんだけど、やっぱり、紙の本でページをめくらないとね」

ああ、わかる、とケンゾーはうなずいた。美沙も昔の少女マンガが大好きで、五十歳を過ぎてから全巻セットで買い直したコミックスを、懐かしそうに、うれしそうに読んでいる。電子書籍ではなく紙の本にこだわるところも、みちるさんと同じだった。

「あと……この部屋は、ほんと、若い人に見せるのは恥ずかしいんだけど」

娘さんの部屋に案内された。「びっくりしないでね」と、みちるさんがドアを開けた瞬間、ケンゾーはたじろいだ。前もって言われてなければ、驚いて声をあげてしまったかもしれない。

部屋がまるごとクローゼットになっていて、色とりどりのドレスやブラウスやワンピースが、何十着と掛かっている。大きな姿見もあるし、ハリウッドミラー付きのメイクアップコーナーも設（しつら）えられていた。

「お茶会の前の日は、もう、ここに入ったら、一時間や二時間はあっという間にたっちゃうから」

つまり、この家の二階と三階は、『みちるの館』の楽屋裏、バックヤードだったのだ。

一階に移って、麦茶を飲みながら話を続けた。

祖父母と両親と夫の位牌が並ぶ仏壇の上には、魚屋のモノクロ写真が飾ってあった。昭和三十年代から四十年代にかけて――『サザエさん』や『三丁目の夕日』の頃の写真だ。

屋号は『うをみつ』という。「うを」とは魚の意味で、「みつ」は「満つ」、すなわち、満ちる。

「魚がいっぱいありますよ、っていうこと。あとは満ち潮の意味もあったみたい」

それは、みちるさんの名前の由来でもある。

「わたしは、お母さんの体が弱かったから、一人娘だったの。『うをみつ』の跡継ぎとして、婿養子をもらって店を継ぐことが子どもの頃から刷り込まれてたわけ」

子どもの頃のみちるさんは、それが嫌で嫌でしかたなかった。

「昔はお店の二階がウチだったから、魚のにおいと一緒に育ったようなものなの」

両親と祖父母は、ひたすら働きづめだった。ほとんど年中無休で、朝早く、というより夜中のうちから築地に仕入れに出かけ、暗くなっても店は閉められない。しわがれ声で客を呼び込み、出刃包丁で魚をさばきつづけ、店にはいつも生臭さが立ちこめていた。

「若い人にはわからないと思うけど、スーパーマーケットの鮮魚売り場とは違うの。ラップなんてなかったから、ぜんぶ剝き出しで、ハエも追い払わなきゃいけないし、店先の土埃だって入ってくるし……夏場なんて、朝のうちはよくても、夕方にはもう、ちょっと危ないにおいがしてくるのよ。そういう生々しさっていうか、貧しさっていうか……それが嫌だったの」

学校でも、魚臭い、といじめられた。実際、髪の毛にも服にも魚の生臭さが染みついている気がして、無意識のうちに一日に何度も鼻をヒクヒクさせていた。

「その反動で、お姫さまに憧れたの。ニッポンの昔話のお姫さまじゃなくて、ヨーロッパの、王女さまの世界。昔の少女マンガはそういう話が定番だったから」

現実の生活でも、電車で一駅隣の桜ヶ丘に、ずっと憧れていた。自転車に乗って桜ヶ丘を巡り、風格のあるお屋敷や瀟洒な洋館を見つけては、いいなあ、いいなあ、と飽きもせず眺めていたのだ。

祖父の始めた『うをみつ』は、父親の代で千歳台の商店街に欠かせない人気店となり、店の二階だった自宅も別に構えることができた。それがいまの、この――無理やりつくった二世帯住宅だった。

だが、店が繁盛することは、みちるさんにとっては幸せだったのかどうか。

「こう見えても勉強はよくできたのよ。中学校の先生にも普通科の高校に進んで大学に行くように勧められたし、西洋史に興味があったんだけど、あの頃は女の子に大学なんて……っていう時代だし、とにかくこっちは魚屋さんの跡継ぎなんだから」

商業高校で簿記の資格を取り、店の手伝いをしながら経理を勉強した。結婚も、婿養子に入ってもらうのを条件にお見合いを続け、五人目でようやく話がまとまった。

「ダンナはいい人だったわよ。熱く燃え上がる恋愛をしたわけじゃなかったけど、間違いなく、いい人に巡り会えたと思ってる」

二人で一緒に、『うをみつ』を切り盛りしてきた。

「おばあちゃんやお母さんほどじゃないけど、わたしだってがんばったのよ。冬場なんて、ずーっとあかぎれで、どんなにクリームを塗っても手がカサカサで……親も介護して、ちゃんと最後まで面倒を見て、送った」

介護の話のところで、みちるさんは胸を張り、遠くを見るまなざしになった。細かいことは言わなくても、きっとずいぶん苦労してきたんだろうな、とケンゾーにもわかる。美沙も、両親の介護の話を誰かにするときには、決まって背筋を伸ばし、そういうまなざしになるのだ。

三代続いた『うをみつ』に、四代目はいなかった。子どもたちは跡を継がないと言ったし、夫やみちるさんにも無理強いするつもりはなかった。

「もう、個人経営の魚屋さんは限界なのよ。子どもに継がせてもしんどい思いをさせるだけだから、重荷を背負わせないのも親の務めだろう、って」

夫婦で相談して、店を畳んだ。

「まとまったお金も入ったし、あとは悠々自適でのんびりしましょう、って言ってた矢先にダンナが亡くなったのは……ほんとに、いまでも、つらい」

夫を亡くしたあと、みちるさんはしばらく家に閉じこもってしまった。いまにして思えば「ロス」で抑うつ状態に陥っていたのだろう。

子どもたちにも心配されたので、散歩を日課にした。歩く距離を少しずつ延ばして、桜ヶ丘まで出かけるようになって――『みちるの館』を見つけたのだ。

「一瞬で、ああ、ここだ、と思ったの。初めて見たんじゃなくて、再会した感じ。子どもの頃に自転車で桜ヶ丘に来て、門の前でずーっと飽きずに眺めてた洋館……」

実際に同じ建物だったかどうかはわからない。ただ、この建物は、長年思い描いていた憧れの洋館そのものだった。庭もそう。頭の中で「こんな庭って素敵だな」と想像していたものが、そっくりそのまま、ここにある。

「ロス」から抜けた。と同時に、子ども時代の洋館やガーデニングへの憧れが再燃した。

「こんなこと言うとアレだけど、お金はあるの。時間もあるの。身軽だし、気をつかう相手はいないし、なんでもできるの」

だが、本や映像ソフトを買いそろえても、建蔽率ぎりぎりの我が家ではガーデニングなど楽しめるはずもない。奮発して買ったティーセットも、我が家のダイニングではどうにも気分が出ない。

悶々とした思いを胸に、くだんの洋館に足しげく出かけた。中に入ることはできなくても、外から建物や庭を眺めているだけで楽しかった。

そんなある日、建物の中でなにか作業をしている気配がしたので、思いきってチャイムを押してみた。

「魚屋さんのおかみさんを長年やってきたおかげで、そういうところは物怖じしないからね」

中にいたのは、メンテナンス業者だった。ちょうど月に一度の清掃日だったのだ。

「業者さんに話を聞いて、ここが空き家で、レンタルもしてるってわかって……でも、最初は自分が借りるなんて考えられなかったから、代わりに、業者さんに売り込んだの。わたしも働かせてもらえませんか、って」

給料は安くてかまわない、と最初に言った。ただ、この洋館の専任にしてほしい。庭の小まめな手入れが必要な時季にはボランティアで通ってもいいから、どうか、お願いします……。

その熱意が実って採用してもらった。立場は一回ごとのスポット契約だったが、誰よりもしっかり働いた。担当日以外にも、約束どおり庭の手入れに無償で出かけた。ほどなく契約は半年単位に切り替わり、更新もつづけて、いまに至る——今日も庭の雑草が気になって、朝から一人で草むしりをしていた。仕事を終えてひきあげるときに、ケンゾーに姿を見られてしまったのだ。

「最初は建物の中に入れるだけでうれしくて、掃除を口実にして、隅から隅までじっくり見て回れるから、それだけで満足してたの。でも、人間ってやっぱり、欲が出てきちゃうのね」

作業服姿で掃除機をかけたり拭き掃除をしたりしていても、頭の中では洋館の主として優雅にふるまう自分を思い浮かべてしまう。現実にはモップを担ぎ、薬剤の入ったバケツを提げていても、吹き抜けの階段の踊り場にたたずむときには、ほんの一瞬、客を迎えるマダムになっている。ベルベット張りのフレンチカブリオールレッグの椅子に、座りたくて座りたくて……もちろん掃除のスタッフが座るわけにはいかなくて……。

「じゃあ、もう、いっそレンタルのお客さんになればいいじゃない、っていうこと」

息子さんや娘さんに相談すると、「お母さんの好きにすればいいよ」「誰に迷惑をかけるわけでもないんだから」と言ってくれた。子どもたちも、みちるさんが洋館のおかげで「ロス」抜けしたことはよく知っているし、一人暮らしの母親が生き甲斐を持ってくれるのは、やはりありがたい話なのだ。

かくして、みちるさんは週に一日限定で洋館の主になった。最初は一人でアフタヌーンティーや読書を楽しみ、丹精した庭を眺めるだけで満足していたが、やがて小道具や服装にも凝りたくなり、話し相手が欲しくなった。

再び子どもたちに相談すると、さすがにあきれられたものの、娘さんがこんなことを言いだした。「友だちのお姉さんが、このまえからペットロスで落ち込んでるの。お茶会で話を聞いてあげてよ」――「ロス」抜けの先輩としてのアドバイスを求められたのだ。

それが大きな転機になった。

娘さんの紹介でお茶会に来たペットロスの女性は、みちるさんと一緒にアフタヌーンティーを楽しみ、庭の小径を散策しているうちに、すっかり元気になったのだ。

なにを話したのか、みちるさん自身は覚えていない。

「たいした話をしたわけじゃないの。でも、すごく癒やされた、って。こっちがびっくりするぐらい感謝されて……今度は親の介護で疲れてる知り合いを誘ってもいいですか、って言われて……」

知り合いが知り合いを呼び、新たな客が、さらにまた新しい客を紹介する。一度ではすまず、二度三度と通ってくる人も出てきた。

そうやって、マダム・みちるが誕生したのだった。

「最初は、ちゃんと説明してたの。このお屋敷はレンタルで、わたしはもともと魚屋のおかみさんで……って。みんなもそれをわかってて、お茶会ごっこみたいな感じで付き合ってくれてたんだと思うの」

ところが、紹介の輪が広がっていくと、そのあたりが曖昧になってしまい、みちるさんを洋館の主だと信じ込んでいる人が増えてきた。みちるさんのほうも、つい事情を言いそびれてしまう。いや、いつからか、意識的にそれを黙っているようになってしまった。

「少しずつ、自分でもその気になっちゃうの。なんだかほんとうに、あの家で毎日暮らしてるんじゃないか、って……もしも認知症になったら、危ないわよ」

自嘲するように笑って、続ける。

「だましてるつもりはないんだけど、だましてるのよね、やっぱり」

「いや、でも、それは――」

ケンゾーは身を乗り出して言った。詐欺をはたらいたわけではない。金儲けに利用しているわけでもない。お茶会の参加費は無料――みちるさんが持ち出しで開いている集まりなのだから。

「ううん、いいの、だましてるのは確かだから」

だます、という言葉を自ら口にしたことで、胸のつかえが取れたのか、みちるさんは急にすっきりした顔になって、「あんがい、気が楽になるものね」と言った。「わたしだって、知らん顔をしてお茶会を開くのは、けっこう後ろめたかったのよ」

「いままで、誰にも――」

「あなたが初めて」

だって尾行されたのも初めてだし、と笑う。

「こんな形でばれちゃうとは思わなかったけど、いつまでも嘘は続かないってことよね」

指を二本立てて、ふーう、と息をつく。

「二年ちょっとやっていけたんだから、もう充分に楽しませてもらった」

終わりにするつもりなのか。マダム・みちるのお茶会に幕を引く、というのか。

「お母さんから、けさ電話がかかってきて、お茶会の曜日を変えてほしいって言われたんだけど……お母さんも、もう、なにか怪しいと思ってたんでしょう？　だから、あなたに洋館まで行かせて、たまたまわたしが出てきたから、あなたが後をつけてきた。そうでしょう？」

「……はい」

「お母さんによろしく言っておいて。嘘をついて、だましちゃってごめんなさい、って」

両手を合わせて謝った。申し訳なさそうに、寂しそうに、微笑んでいる。

「でもね、お茶会でたくさんおしゃべりして、お母さんに教えてあげたいろんなこと、それはほんとうだから」

わかります、とケンゾーはうなずいた。一人でこつこつ勉強してきたのだ。好きなものに囲まれて、好きなものを追いかけて、子どもの頃に果たせなかった夢をようやく叶えたのだ。

「オレ……今日のこと、なにも言いません。おふくろには適当に、うまく、ごまかします。だから、お茶会はやめないでください。おふくろもずっと楽しみにしてきたんだし、これからも続けてください」

みちるさんは微笑んだまま、かぶりを振った。

「もう、マダムの魔法は解けたのよ。正体を知ったあとは、お母さんだって楽しめるはずないじゃない」

「いや、でも、正体っていっても……おふくろは魚屋さんのことは知らないわけだから、まだなんとか――」

口にしたあと、はっと気づいた。背中が瞬時にこわばり、そこを冷たいものが滑り落ちる。思いが先走ったあまり、ひどいことを言ってしまった。

あの、えーと、だから、その、じゃなくて……と、あせればあせるほど言葉が出てこない。

そんなケンゾーに、みちるさんは静かに言った。

「魚屋さんの仕事、大変だったし、子どもの頃は嫌いだったけど、でも、好きだった。子どもには継がせたくなかったけど、千歳台の商店街で何十年もお店を構えて、みんなに買い物をしてもらったこと、けっこう誇りに思ってる」

微笑みは消えない。ほんの一瞬だけ寂しさがまさったものの、いまは懐かしさのほうが多い笑顔になっている。

謝りかけたケンゾーは、あえて口をつぐんだ。なにも言わなくていい。みちるさんにはわかっているはずだし、もしも言葉にするなら、それは「すみません」ではなく、むしろ「ありがとうございます」のほうがふさわしいような気もする。

「でも……お姫さま、なりたかったのよねえ……」

みちるさんは『うをみつ』の写真を見上げて、微笑みをさらに深めた。

「きれいなお洋服を着て、ピアノやバイオリンを弾いて、花の飾ってある大きなテーブルでケーキを食べたかったのよねえ……」

深くなりすぎた笑顔は、泣き顔にも近づいてしまう。

ケンゾーもみちるさんから『うをみつ』の写真に目を移した。モノクロの写真に、みちるさんは写っていない。けれど、西洋のお姫さまに憧れる幼い女の子の姿が——会ったことなどないのに、確かに目に浮かんだ。

## 5

迷って、ためらいながらも、みちるさんに言われたとおり、ケンゾーはすべてを包み隠さず——みちるさんの正体から、お茶会をもうやめるということまで、美沙に伝えた。

美沙は当然ショックを受けていたが、怒ったり恨んだりすることはなかった。逆に「なんで気づいちゃったんだろう」と自分を責める。「わたしがよけいなことしなかったら、みちるさんのお茶会、これからも続いてたのに」

詮ない話とはわかっていても、後悔のタネは尽きない。

石神井晃に洋館の画像を見せられたとき、もっとぼうっとしていれば、はなからなにも起きなかった。

「あと、ケンちゃんに家の前を歩かせたのも、わたしだし」

タイミングがほんの少しでもずれていれば、洋館から出てきたみちるさんを見かけることはなかった。

そんな「もしも」をさかのぼっていけば、『もがりの家』に行き着いてしまう。石神井が関わらなければ『もがりの家』の話は出てこなかったし、空き家のリノベーションの実例を見せられることもなかっただろう。そして、さらにさかのぼれば――。

「ほんと、兄さんがからんで楽しかったこと、子どもの頃から一度もないんだから。あんたのことだってそうだったじゃない、何回イヤミを言われたか数えきれないぐらい」

ケンゾーも、だよね、とうなずいた。芸能界入りして以来、いや、それ以前に演劇に夢中になって大学受験に失敗してしまった頃から、健太郎さんにはいつも露骨にあきれられ、見下されてきた。『ネイチャレンジャー』の頃でさえ「たかが子ども番組だろ？」と面と向かって言われていたほどだから、その後についてはもう、思いださないようにしている。

「とにかく……悪いことしちゃったなあ、みちるさんに」

美沙はしょんぼりと肩を落とす。「探偵気取りで、よけいなことしなきゃよかった」と自分を責めて、悔やんで、嘆く。

「みちるさんに怒ってないの？」

「全然、そんなの怒る理由がないじゃない」

「でも……嘘をつかれてたわけでしょ？　悪気はないし、べつに被害があったわけでもないんだけど、結果的には、みんなをだましてたことに――」

「違うから」

ぴしゃりとさえぎられた。「嘘とか、だますとか、その言い方、違うからね」

「だって……みちるさん、自分でそう言ってたけど」

「自分で言うのはいいの、でも、聞いたほうは違うでしょ。そんなのすぐに打ち消さなきゃだめじゃない、なにやってんの」

なにごとにつけ息子に甘い美沙が、珍しく強い口調で言った。

さらに口調を強め――悔しそうに、続ける。

「他の人ならともかく、ケンちゃん、あんたがやってる仕事ってなんなの？」

「……いちおう、俳優だけど」

「『いちおう』は要らないっ、『だけど』も付けないっ」

「……俳優」

「しかも、ただの俳優じゃないでしょ、ヒーローだったのよ？　正義の味方だったのよ？　子どもたちの憧れのヒーローの炎龍斗で、でも正体は水原研造で……じゃあ、子どもたちに嘘をついてたの？　子どもたちをだましてたわけ？」

首を横に振った。ぶるんぶるん、と音が立ちそうなほど大きなしぐさになった。

それでようやく美沙も満足そうに「でしょ？」と笑った。「それと同じじゃない、みちるさんだって」

お芝居をした。

優雅で教養あふれる貴婦人を演じた。

あのお茶会は、魚屋のおかみさんだったみちるさんが演じる「マダム・みちる」による、エンターテイメントの舞台だった。

「そう考えればいいじゃない。嘘をついたとか、だましたとか……そこまで責任負うことないんだから……」

みちるさんがお茶会をやめてしまうことが、悔しくて、悲しくて、しかたない。

「子どもの頃の憧れを、おばあちゃんになって、子育ても介護も看取りも終わって、やっと叶えることができた、って……わたしは、ちっとも恥ずかしいことじゃないと思うけどなあ……ケンちゃん、お母さんの言ってること、間違ってる？　ねえ、間違ってる……？」

ケンゾーはうつむいて、首を横に振るだけだった。


その夜、帰宅した孝夫は、リビングに顔を出すなり美沙に言った。

「みちるさん、洋館の予約を全部キャンセルしたみたいだけど……なにかあったのか？」

帰りの電車に乗っていると、マッチがメッセージで教えてくれたのだ。

追い討ちをかけるように、日付が変わる少し前に、健太郎さんから美沙にメールが届いた。

来月――六月の後半には、業者を入れて、いまある家財道具を全部処分する。必要なものがあったらその前に取りに来いという、いつもながらの一方的な通告だった。あと一ヶ月と少しで、ついに『もがりの家』へのリノベーションが動きだしてしまうのだ。

もともと季節の変わり目に体調をくずすことの多い美沙は、すっかり意気消沈して、メンタルが原因で免疫が下がったのか、火曜日から風邪をひいてしまった。

孝夫とケンゾーは、美沙を案じているからこそ、手出しも口出しもできない。しないほうがいい。経験が教えてくれる。

両親の介護と高校教師の仕事の両立で疲労困憊だった頃、美沙は不機嫌や憂鬱が服を着て歩いているようなものだった。

孝夫とケンゾーは、腫れ物に触るように……というか、触ることすらできずに、恐る恐る見守るしかなかった。励ましの言葉をかけても、返事をするどころか、それを聞くことすら億劫だという。機嫌の悪いときには「口先なら要らないから」と撥ねつけられる。ならば行動で示そう、と家事を引き受けても、手順が違っていたり、仕上げが雑なせいで二度手間になってしまったりと、なかなか美沙の気に入るようにはできない。

ケンゾーが実家に顔を出すと、一晩二晩は美沙の機嫌もよくなるが、長くは続かない。三日目からは、「リビングでごろごろしないで」「洗濯物を増やさないで」と文句が増えて、一週間目には、「もう邪魔になるだけだからアパートに帰ってよ」と言われてしまうありさまだった。

やむなく早期退職をした直後は、特にひどかった。よほど無念がつのっていたのだろう、孝夫のやることなすことがいちいち気に障って、顔も見たくないし声も聞きたくない、とまで言いだした。食事も寝室も別々の時期がしばらくつづいて、家庭内別居とはこういうことか、これが熟年離婚への第一歩なのか……と、孝夫は暗澹たる思いに包まれていたものだった。

そんな介護の日々が終わり、やっと自分の時間を取り戻したのに、今度は「ロス」に襲われてしまう。重荷を降ろしてせいせいしたはずなのに、それが消えたあとの喪失感に耐えられなくなるのだから、人のココロというのは、ほんとうに複雑で、繊細で、難しい。

とにかく、あの介護の日々の経験によって、美沙がほんとうにキツそうなときには受け身に徹するのが一番だ、と孝夫もケンゾーも学んだのだ。

呼ばれたらすぐに応え、頼まれたらなんでもやる。ただし、こちらからは、よけいなことはしない、言わない、訊かない。

「でも、元気の出るメシぐらいはつくらせてよ」

木曜日の夕食にケンゾーがつくったのは、『手裏剣スナイパーズ』の合宿では定番だというスタミナ料理——手羽先にニンニクとショウガをたっぷり利かせた参鶏湯（サムゲタン）風のスープだった。

前回のチゲとマヨめしに比べると多少は「攻め」要素が薄らいだものの、「ちょい足ししてみたよ」と加えたコンビーフはよけいだったし、「味変（あじへん）してみる?」とラー油を足したのはもっとよけいだった。

美沙は「魔女のスープじゃないんだから……」と早々に箸を置き、寝室に戻ってしまった。

食卓に残された孝夫とケンゾーは、ぼそぼそと低い声で言葉を交わす。

「だから言っただろ、なにもしないほうがいいんだ」

「でも、お母さんが落ち込んでるのって、オレにも関係ないわけじゃないし……オレがもうちょっと、みちるさんとうまく話してたら、こんなことにはならなかったと思うんだよね」

ケンゾーなりに責任を感じている。

そして孝夫もまた、もっとうまいやり方があったかもしれない、と悔やんでいる。

「俺だって、バカ正直に洋館がレンタルだって教えることもなかったし、みちるさんのキャンセルのこと、あのタイミングで言うのは失敗だったな」

「ごめん……それ、オレがお父さんに先にＬＩＮＥを送っとけばよかったんだよね」

「いやいやいや、おまえじゃないよ。たどっていったら、石神井晃とか健太郎さんが、やっぱり一番悪いんだよ」

親父と息子で謝り合って、かばい合っていてもしかたない。

孝夫は気を取り直して、「このスープ、締めはどうするんだ？　これだったら、うどんあたりか？」と訊いた。

「じゃなくて、チーズリゾットにするの」

「はあ？」

「嘘だろってほどチーズを山盛りにして、ニンニクもベタベタに鍋の内側に塗りたくると、めっちゃ美味いんだよ」

話を聞いただけで、胃もたれしてしまった。

「なあ、ケンゾー」

「なに？」

「お父さんもお母さんも、もう、いい歳だからな、還暦だからな、そこ忘れないでくれよな……」

メシは「守り」でいいんだぞ、と続けた声は、ケンゾーがスープを丼からじかに啜る音に紛れてしまった。

## 6

金曜日の夕方、ケンゾーはネットカフェの個室にこもって、シナリオを書いていた。『手裏剣スナイパーズ』の秋公演のための新作である。

秋公演を成功――いや、それ以前に成立させるためには、夏休みにせっせと営業仕事をこなして、公演の制作費を稼がなくてはいけない。劇団の営業担当は、今日も遊園地やショッピングセンターの仕事を求めてイベント会社を回っているだろう。

こんなときに松葉杖をついているオノレの不甲斐なさを責めつつ、若い団員たちのためにも、せめて新作で「おおっ！」と言わせるものを……と意気込んで午後イチからこもっているのだが、原稿はほとんど進まなかった。気分転換のつもりのマンガ本も、気がつくと十冊以上も個室に持ち込んでしまっていた。

ノートパソコンに向かっていても、美沙のことが気になってしかたない。

いつもならお茶会に出かけている日なのだ。出がけにリビングを覗くと、ソファーに横になってテレビを観ていた。だが、あの様子ではストーリーはほとんど頭に入っていないだろう。枕や掛け布団も持ってきていたから、テレビをつけっぱなしにして寝入っているかもしれない。うたた寝で風邪をこじらせるのが心配になって、仕事は切り上げることにした。ぬるくなったコーヒーを飲み干し、机に広げた資料を片づけていたら、スマホに電話が着信した。

アドレス帳に登録していない番号からだった。

警戒しつつ電話に出たら、「突然申し訳ありません」と若い男の声がした。「ワタクシ、ジンボと申します。古本屋街でおなじみ、神保町のジンボです」

「……はあ」

「ワタクシ、ケンゾーさまに一度お目にかかっております。先月になりますが、『みちるの館』のお茶会で」

「──は？」

「覚えていらっしゃるといいのですが」

あの日のお茶会で男性の客はケンゾーだけだった。しかし、もう一人、男性は確かにいた。白シャツに黒のカマーベストというういでたちで、客人のアテンドや茶菓の給仕をしていたのだった。

「ひょっとして、執事の人ですか？」

「ご記憶にとどめていただき、まことに光栄に存じます」

ジンボはうやうやしく応え、「そちらの番号は、みちるさまからうかがいました」と続けた。

「みちるさまは勝手に番号を伝えることに抵抗がおありだったのですが、事情が事情ですので、なにとぞご容赦ください」

事情――?

「今日のお茶会、キャンセルだったんですよね」

ケンゾーが訊くと、ジンボは「ええ……」と声を少し落として応えた。「じつは、そのことで少々ご相談がございまして」

相談――?

「ケンゾーさま、突然のお電話でほんとうに恐縮なのですが、行き帰りも含めて二、三時間ほどお時間を頂戴できませんでしょうか」

「いまから?」

「……恐れ入りますが、できれば」

渋谷まで来てほしい、と言われた。

「失礼は重々承知していますが、ワタクシ、ちょうど仕事に入ってしまいますので、そこでお目にかかりたく存じます」

ジンボの仕事先は、渋谷にある『バタフライ・パレス』という執事カフェだった。

「先日の相方ともども、そちらでお待ちしております」

コンビを組んでいた女性執事――カエデも、『バタフライ・パレス』の同僚なのだという。

執事カフェとは、メイドカフェの裏返しと言えばいいか、女性客を「お嬢さま」や「奥さま」に見立てて、執事に扮したイケメンのキャストが、来店時には「お帰りなさいませ」、予約時間終了前には「そろそろ乗馬のお時間でございます」と、うやうやしく接待する店だ。

最近では、モーニングコートやカマーベストに憧れてコスプレ感覚で働く女性キャストも少なくない。カエデもそのクチなのだろう。

なるほどなあ、とケンゾーは渋谷に向かう電車に揺られ、迷宮のような渋谷駅を松葉杖をついて進んだ。

みちるさんは、お茶会を開くとき、執事カフェのキャストをわざわざ雇っていたのか。そこまでして夢の世界にひたりたかったのか。

正直あきれる。痛々しさも感じる。それでも、みちるさんのこだわりや情熱や執念に対して……素直に「まいりましたっ」と頭を下げたい気持ちも、確かにある。

ただし、『みちるの館』で会ったジンボとカエデは、ともに見た目で勝負というタイプではなかった。二人とも小太りで、味のある顔立ちをしていても、その「味」は執事カフェの客が求める方向性とは、だいぶ——和食の一番だしと中華の甜麺醤（テンメンジャン）ほどに違う。

だからこそ逆に、お茶会のときにはホンモノならではのリアリティを感じていたのだが……あの二人、カフェのキャストで通用するのか……？

していなかった。

重厚な扉の脇に立つドアマンに、ジンボの名前を告げると、愛想笑いを瞬時に消されて、無言で裏口に通された。

ジンボとカエデが働いているのは、絢爛豪華なメインフロアではなく、その奥の厨房――カエデはフルーツパフェの盛り付けをしているところで、ジンボはポテトを揚げている最中だった。

「ケンゾーさん、すみません、当日予約のお客さんが立て込んでるんで、仕事をしながら、ってことで」

フライヤーの油切りをしながらジンボが言った。カエデも仕上がったパフェをウェイターに渡すと、すぐに次の仕事にかかって、「ごめんなさーい、よろしくお願いしまーす」と続ける。

「厨房、オレとカエデの二人しかいないんで、やたらと忙しいんスよ。でも、その代わり、誰かに話を聞かれる心配はないんで……ここで、いいっスよね？」

「うん……」

「テキトーにつまみ食いしてもOKっスよ。小腹空いたら、遠慮なくどーぞ」

言葉遣いに執事のうやうやしさはない。このヤンキー風味が「素」なのだろう。

「オレも、なにか手伝おうか？」

つい親切ゴコロを出して言うと、遠慮なく「そっスか？　じゃあ、皿洗いよろしくっ」と笑う。

カエデが流し台の前に椅子を置いてくれたのが、松葉杖をつくケンゾーへのせめてもの気づかい――いや、ふつうは「お気持ちだけでけっこうです」と止めるか。

「じゃあ、ざっくりしゃべっちゃいますね」

「うん……よろしく」

カエデは、もともと執事キャスト志望でこの店に入ってきた。ところが、さっぱり成績が上がらない。キャストは指名制なので、ひいきにしてくれる客がつかないと店も困る。結局、キャスト失格の烙印を捺されて、厨房に回されたのだ。

「でも、カエデはやっぱり執事に憧れてるんスよ。おまえには無理だってフロアマネジャーに言われても、いつかまたカマーベストを着るのを夢見て、だから裏方になっても店を辞めなかったんス」

一方、ジンボは調理担当として入店した。だが、厨房からフロアの様子を見ているうちに、だんだん自分でもやってみたくなった。執事の所作や言い回しを独学で覚え、まともには取り合ってもらえなくても、ことあるごとにフロアマネジャーに「シフトが回らないときは声をかけてくださいよ」と言っていたのだ。

そんな二人に、意外なところから執事になるチャンスが訪れた。

「おとしの春先だったかなあ、イチゲンのお客さんが帰りぎわにフロアマネジャーに手紙を渡したんスよ。週に一度、執事のアルバイトを頼みたい、って」

それが、みちるさんだった。

「なんか、店の連中は面白がって、カエデとオレに『おまえらでいいよ、行ってこい』って……」

明らかに手抜き、というか、バカにしたやり方だった。二人と会ったみちるさんもすぐに店のキャストのレベルではないとわかったはずだ。

「でも、みちるさん、なんにも言わずに、カエデとオレを迎え入れてくれて……自分の秘密も最初に打ち明けてくれて……」

洋館のあるじではなく、元・魚屋のおかみさんだということを、二人には正直に告げていたのだ。

「だからね」――それまで黙っていたカエデが、口を挟んだ。「わたしたち、三人そろってお芝居をしてきたわけ」

確かにそのとおりだった。貴婦人になりすましたみちるさんが主演俳優なら、それを支える二人は助演俳優ということになる。そして、お茶会の客人たちは、気づかないうちにエキストラになっていたのか……。

「笑っちゃうでしょ？　そもそも執事カフェのキャストが執事のニセモノなのに、わたしとジンボくんは、ニセモノのさらにニセモノなんだから」

きゃははっ、とカエデは笑った。なははっ、とジンボも笑った。だが、ケンゾーは笑えない。面白いかどうかを超えて、むしょうにせつない。

二人もすぐに真顔に戻り、笑い声の余韻をそれぞれため息で消して、続けた。

「楽しかったんスよ、すごく」とジンボが言う。

「週に一度、せいぜい三時間ほどでも、大切な魔法の時間だったの」とカエデが言う。

「最初のうちはオレもカエデも失敗だらけだったんスよ。でも、みちるさん、絶対に見捨てなくて」

「あらあら、まあまあ、なんて笑うだけなのよね」

「でも、優雅に怖いんス」

「そうそう、優しいんだけど威厳があるのよね」

「オレとカエデ、マジに必死こいて勉強したんスよ、執事の礼儀とか、動き方とか」

「マダムがいるから、わたしたちがお客さんに説明するような場面はないと思うんだけど、万が一に備えて、お茶とかケーキとか、食器のこととか、もしも質問されてもしっかり説明できるように、がんばって覚えていったんです」

「はっきり言って、オレら、ウチの店の先輩より、ずーっとましっスよ」

「そう、見た目が悪いだけ」

「だよな……って、言わせんな！」

　真の執事は、ノリツッコミをしてはいけない。それでも、ジンボ&カエデの掛け合いは、いかにも息が合っていて、聞いていても心地よい。その阿吽(あうん)の呼吸を育んでくれたのは、やはり、みちるさんであり、マダム・みちるのお茶会でもあったのだろう。

　ジンボはやっと仕事の手を休めて、ケンゾーに言った。

「ケンゾーさんも役者さんだから、わかるでしょ？　オレらの……オレと、カエデと、みちるさんの気持ち」

ケンゾーが黙ってうなずくと、話はそこから本題に入った。

みちるさんが今日のお茶会をはじめ、六月末までの予約をすべてキャンセルしたことを知らされて、ジンボ&カエデはショックを受けたし、思い直してください、と何度も訴えた。

「みちるさんの気持ちはわかるんスよ、オレらにも。正体がばれたあとは、いままでと同じようにマダムをやるのってキツいじゃないスか」

「だよな……」

「でも、オレもカエデも思うんスけど……マダム、やめてもいいじゃないっスか。今度からは、みちるさんのままでやればいいと思いません？　だって、みちるさんが勉強してきた教養はそのまま使えばいいわけだし、マダムをやめちゃえば、魚屋さんの話もできるんスよ」

みちるさんは、当然ながら魚のプロである。ジンボ&カエデを回転ずしに連れて行ってごちそうするときにも、ネタにまつわるいろいろなウンチクを——業界のナイショ話も含めて教えてくれるらしい。

「あと、千歳台の商店街の昔ばなし、めっちゃ面白いんスよ。昭和の頃とか、『男はつらいよ』の寅さんみたいなのがフツーに商店街を歩いてて、もう、爆笑だし……赤痢患者が出たときに商店街の端から端まで消毒されたとか、そういう話も、今度からはできるじゃないスか」

あははっ、とケンゾーは笑って応えた。話を聞いたことはなくても、それがすこぶる面白いだろうというのは見当がつく。庶民派の商店街で三代にわたって繁盛してきた鮮魚店であれば、話のタネには事欠かないだろう。洋館でのお茶会には場違いでも、千歳台のみちるさん宅で麦茶を啜りながら聞いたらさぞ楽しそうだし、なんなら麦のお茶ではなく麦のお酒でも悪くないし……

そもそも、「場」に負けちゃだめだよな、大切なのは「人」じゃないかよ、とも思うのだ。

「だから、オレ、カエデと相談して、もう一回、オレの名前で予約を取り直そうと思ったんスよ。みちるさんの気が変わってもいいように」

それを受けて、カエデも言った。

「せめてクリスマスまではやってほしいんです。みちるさんのジンジャークッキー、ほんとうにおいしいんですから」

「そうそうそう、なんか、昔は魚屋さんで手作りの総菜を売ってたときもあって、みちるさんのつくるサバの味噌煮が一番人気で、そのときにショウガ使いのプロになった、って」

聖夜を彩るお菓子が、たちまち生臭くなってしまったのだが——それでも、ケンゾーもみちるさんのジンジャークッキーを食べてみたくなった。

「で、予約、取り直したわけ？」

ケンゾーが訊くと、ジンボ&カエデは同時に顔を曇らせて、曖昧にうなずいた。

今日の午後イチに、ウェブサイトから予約を入れた。

五月には、あと二回、金曜日がある。それはどちらもだいじょうぶだった。

ところが——。

「ついでに来月の予約も入れとこうと思って、カレンダーのページを六月に切り換えたんスよ。

したら……全部、一日から三十日まで、だめでした」

「予約されてた？」

「じゃなくて――」

カレンダーのマークは、予約ＯＫの日は「○」で、予約済みの日は「×」。そして、予約を最初から受け付けていない日は「／」だった。

六月はすべて「／」――驚いて七月を確かめると、こちらもすべて「／」だった。

「八月と九月も同じで……十月から先は、もう、カレンダーが最初からないんスよ」

まさか、とケンゾーは息を呑んだ。ジンボとカエデも、その「まさか」を認めるように、そろってため息をついた。

システムの不具合かと思ったジンボは、レンタルの窓口を務めるオフィスに電話で問い合わせてみた。

すると、返ってきた答えは――。

「あの家、新しい買い手がついて取り壊されることになった、って……」

ジンボは悔しそうに言って、カエデはいつの間にか涙ぐんでいた。

ジンボがみちるさんにすぐさま報告をすると、思いのほかさばさばとした反応だったという。いつかこの日が来るだろう、という覚悟はできていた。桜ヶ丘のような高級住宅街で、築百年近い空き家がいつまでも残っていられるはずがない。

未練や無念を隠せないジンボ&カエデを慰めるように、「これでよかった、やっぱり潮時だったのよ」と言う。確かに、このタイミングでの取り壊しは、むしろ踏ん切りをつけるにはよかったのかもしれない。

「オレらも、こうなったらしかたないと思うんスよ。そこはもう、あきらめるしかないし」

「だよな……」

「でも、だったらよけい、お茶会を最後にやってほしいじゃないスか。みちるさんに、『みちるの館』とお別れしてもらいたいじゃないスか。こんな形で、このまま終わるのって……」

ジンボの目も見る間に赤く潤んできて、「オレ、嫌っスよ、マジ、嫌なんスよ、そんなの」と続ける声には早くも嗚咽が交じった。

感極まったジンボに代わって、カエデが話を引き取る。

「五月のうちに、絶対にみちるさんにお茶会を開いてもらいます。ジンボくんとわたしが必死に、土下座してお願いすれば、聞いてくれると思うんです」

「うん……そうだな」

話を合わせてうなずきながらも、ケンゾーは思う。みちるさんは二人に土下座などさせないだろう。そんなものは「マダム・みちる」の美学に反するはずだし、「素」に戻れば、商店街で長年ノレンを守ってきた魚屋のおかみさんなのだ。若い二人の真剣な思いをしっかりと受け止めて意気に感じてくれるに違いない。

「でも、問題はお茶会のお客さんなんです。いままでのお客さんの前でマダムを演じるのは、やっぱりメンタル的に、もうキツいと思うんですよね。だから、ガラッと総取っ替えしちゃいたいな、って」

「――誰と？」

「そこをケンゾーさんに相談したかったんです」

ここで再びジンボが、ハナを啜りながら「そうなんス、オレら、シニアの知り合いとかあんまりいないいんで」と話に加わった。

最後のお茶会をすばらしいものにするためには、参加するお客さんの協力も欠かせない。いわば、お茶会の舞台に出演するキャストが必要になる。

「特別なことはしなくていいんスけど、いい感じの空気感をつくってくれるお客さん、いないっスかねえ」

「みちるさんも最初のうちは元気ないと思うんです。でも、相槌とかリアクションがいい感じで、おしゃべりが楽しくなってきたら、いつもの調子を取り戻してくれるんじゃないかな、って」

「気持ちをアゲアゲにしてくれるお客さんっスよ、ほしいのは」

「いままでのお茶会からすると、あんまり若いひとよりも、みちるさんと同じぐらいの歳がいいのかな、って」

ジンボ&カエデの話を聞いていると、脳裏の片隅に三つの顔が、ふと浮かんだ。

「ケンゾーさん、芸能人なんだから顔が広いっしょ。役者さん仲間とか、来てくれそうなひと、誰かいないんスか？」

ツッコミどころ満載のジンボの言葉だが、だからこそ、みちるさんを思う気持ちに嘘がないことはわかる。

「お願いします！」

ジンボ&カエデが声をそろえて、頭を深々と下げた。

脳裏の片隅にいた三人の顔が、満を持して、巨大なバルーンのように、ふわふわ、ゆらゆら、と揺れながら真ん中にやってきた。

# 第七章　時代の荒野を駆け抜ける男

## 1

なんでもいいぞ、とは言ってあった。ごちそうするから好きなものを食べてくれよ、とも確かに言った。

だが、まさか——。

「ラーメン？」

思わず声に出して訊き返してしまった。

マッチは「そうでーす」と軽く応えた。電話口でも、あっけらかんとした顔が目に浮かぶ。

「わたし、いつも月曜日の夜ごはんは、がっつりいくんです。週のアタマに金曜日までのスタミナをチャージするんで、付き合ってください」

最初は、こちらのフトコロ具合を気づかったのかと思い、いささかプライドも傷ついて、「だったらステーキとか焼肉でもいいんだぞ」と言ったのだが、マッチは「ラーメンでいいんじゃなくて、ラーメンがいいんです」と、「で」と「が」を強めた。

「じゃあ、まあ、わかった……」

しかし、電話を切ったあと、マッチがメールで送ってきた店の案内を見て、孝夫は再び「ここ？」と声に出してしまった。

極太麺ワシワシ系の有名店だった。麺も具も増量を頼むと、極太のちぢれ麺の上に厚切りチャーシューと野菜の山が丼からそそり立ち、そのてっぺんには、富士山に積もった雪のように背脂とニンニクがトッピングされる、アレである。

あっさりした醬油味の中華そばが好きな孝夫にとっては、これはもう、別次元の食べものとしか言いようがない。

さらに、案内によると、店内はカウンター席のみだという。

なによりの問題は、そこ――。

そもそも、なぜ会社帰りに会うことになったのか。

ケンゾーから『みちるの館』の取り壊しの話を聞いたのは、先週金曜日の夜のことだった。すぐさまマッチに「新しい動きがあったら教えてくれ」と頼んだ。すると、週明け早々に、さっそく連絡が来たのだ。

マッチは週末に『みちるの館』のことをいろいろ調べてくれた。出張に同行した石神井晃からも、レンタル物件として扱うに至った経緯を聞き出した。そして、「けっこうワケありですよ、あそこ」——そのワケをじっくりと聞くために夕食に誘ったのだ。

要するに、ここで必要なのはカロリーではなく静けさ、味よりも優先すべきは、差し向かいで話せるロケーションではないのか。

それをケロッと忘れているのか……大いにありうるのが、怖い。

「忘れてませんよ、忘れるわけないじゃないですか」

行列のしっぽに並んで、マッチは笑った。さすがに人気店、二人の前には十人以上の列ができている。

「だって、映画とかドラマだと、スパイと会うのは、こういうざわざわしたお店なんですよ。高いお店の個室でこっそり会うのって、リアルじゃないですよ」

「スパイって……人聞きの悪いことを言うなよ」

「だって、こっちの情報を流すわけだから、立派なスパイじゃないですか」

「法律的にアウトなことは頼んでないんだから」

「でも、ドラマ的には組織の裏切り者ですよ。ラストのヤマ場は、石神井さんにバレて、港の倉庫に監禁されちゃうパターンです。で、危機一髪のところに駆けつけて、助けてくれるヒーローが——」

俺をひっぱり出すなよ、と顔をしかめた。いや、その前に、つい頬がゆるみかけた。

「ホムホムですっ」

しかめっつらの矛先が自分自身に向いた。年甲斐もなく「ヒーロー」に浮き立ったオノレの甘さを叱った。

行列が少し前に進む。

「お店に入って隣り合って並んだら、あとは目を合わせちゃだめですよ。そっけなくいきましょう」

行列がさらに進む。

「ココロの冷え切った愛人か、初対面のパパ活か、水原さんはどっちの設定がいいですか？」

ちょっと待て、なに言ってるんだ、とあせる孝夫に、すまし顔で「歳の離れたラーメン仲間にしますか」――とにかく、あらゆることを面白がるタチなのだ。

マッチは極太麺をワシワシと啜り込みながら、隣の孝夫には目を向けずに言った。

「あの洋館、空き家歴四年で、オーナーさんが三回も入れ替わってます」

最初に買い取ったのは上海の投資家だった。ブランド価値の高い住宅街の物件ならなんでもいい、というリクエストだった。その取り引きにかかわったことで、石神井晃と『みちるの館』の接点もできたのだ。

「そういうのって、いま、すごく多いんですね。もともとのオーナーさんが相続税とか固定資産税で困ってるところに、アジアのお金持ちがガバーッと……」

台詞に合わせて口を大きく開けて、野菜を頬張る。

「最初はリゾート地の別荘で、最近はセレブな住宅街なんですよね。このままだとニッポンが全部買われちゃうぞ、って、石神井さん、笑ってました」

だが、そんな彼らを連れ回して「この物件いかがですか？・」とそそのかし、「リノベーションはお任せください」と自分のビジネスにつなげてきたのは、ほかならぬ石神井なのだ。

「まあ、向こうが本気になれば新築マンションを一棟丸ごと買うのも当たり前ですから、高級住宅街の一戸建てなんて、投資っていうほどの大きな買い物じゃないんですよね。孫の誕生日のお祝いに何軒か買っといてやるか、っていう程度なんです。石神井さんも、ニッポンはナメられてるんだ、って怒ってました」

どの口が言うんだ、と文句をつけたくとも、あいにくこちらの口はチャーシューで塞がっている。「厚切り肉」との触れ込みだが、厚さが二センチもあるのなら、これはもう「かたまり肉」と呼ぶべきではないのか？

「でも、そんなので買われたら、土地も建物もかわいそうですよね」

「ああ……わかるよ」

街にも家にも、なんの思い入れもない。だからこそ、その土地は、まるでカードのポイント交換のような手軽さで売買される。

『みちるの館』も半年後に、都内の似たような物件とひとまとめでシンガポールのファンドに買い取られ、さらに翌年には日本のＩＴ起業家がオーナーになった。

「名前を出すのはアレですけど、わたしたち的にはカリスマっていうか、みんな知ってる人です」

孝夫の返事はなかった。

「すみません……なんか世代の壁をつくっちゃって」

誤解である。孝夫は聞き咎めたわけではない。応える余裕がなかっただけのことだ。野菜も肉も麺も減らない。むしろスープを吸って、嵩が増したようにすら思える。

ちらりと横を見ると、マッチのほうはびっくりするほどの減り具合だった。『みちるの館』をめぐる話を一人で続けながら、ラーメンも着実にたいらげている。しゃべる口と食べる口が別々にあるのか……？

「もともと石神井さんと友だちだったから、会員制のレストランにして、起業家仲間の遊び場をつくろうぜ、っていうノリだったみたいです」

お小遣いでオモチャを買うのと同じだ。名前はわからなくても、どうせ傍若無人な言動で炎上騒ぎを繰り返すアイツやアイツやアイツあたりだな、と見当がつく。

「で、とりあえずは固定資産税と維持費をまかなうために、撮影やイベント用のレンタル物件にしたんですけど、それがわりと当たって、しばらく続けることになったんです」

そういう経緯で、みちるさんと洋館は出会ったのだ。

ところが、今年に入って状況が一変した。

「ケンカしちゃったんです、二人。ＹｏｕＴｕｂｅでディスったとか、Ｔｗｉｔｔｅｒでアンチの投稿をリツイートしたとか、ガキっぽい話なんですけど、それで絶交になっちゃって……」

オーナーはカッとなった勢いのまま、相場よりずっと安値で不動産会社に売り払ってしまった。

「仲介じゃなくて、売ったのか」

「もったいないですよねえ。石神井さんも悔しそうでした。だからアイツはバカなんだ、って」

業者に仲介を任せ、時間をかけて個人の買い主を探す手もあったのだ。レトロな洋館には根強い人気があるので、もっといい条件で売却できたかもしれない。なにより、そうすれば建物が残ってくれた。

だが、買い取った業者は、腰を据えて洋館の新たな主を探すのではなく、手っ取り早い商売を選んだ。土地を三区画に分けて、建築条件付きで売りに出すことになったのだ。

あの広さで三軒建てるなら、うんと小ぶりの住宅が「コ」の字に並ぶ格好になる。庭もつぶされて、『みちるの館』は跡形もなく消え去ってしまう。

ひどい話だなあ、と孝夫はため息をついた。

「石神井さんも、同じようなため息をついてました」

マッチはそう言うと丼を両手で持ち上げ、レンゲを使わずにスープを豪快に啜った。

話が終わると、マッチはラーメンに集中した。箸と口の動くペースはいささかも落ちず、むしろ終盤になってさらに勢いがついてきた。

一方、孝夫にとっては、終盤は罰ゲームを受けている気分だった。気合の入った手書きの〈食べ残し厳禁！〉の貼り紙ににらまれながら、最後は掛け値なしに息も絶え絶えになって、なんとか食べきった。

満腹になって血糖値が上がってしまったのか、店を出たときにはぼうっとしていた。駅に向かいながらマッチと話をしていても、中身がうまく頭に入ってこない。

「五月の金曜日って、あと二回ですよね。ラストの金曜日は最後のお茶会を開くってことにして、その前の……だから、今週の金曜日、作戦会議にしませんか？　水原さん、まだ一度も建物の中に入ったことないんでしょ？　わたしもないんですよ。やっぱり現場を見てみないと作戦の立てようもないから、集まりましょう」

頭がぼうっとしたまま、ふんふん、とうなずいた。見てどうするんだ、作戦ってなんなんだ、そもそも「わたしも」って、きみは関係ないだろう……という当然の疑問がすっぽりと抜け落ちて、理屈の通らない話が耳をすんなりと通ってしまった。

「それで、さっきの水原さんのため息、やっぱり石神井さんのため息と似てました。ほんと、そっくりでした」

へえ、そうなのか、とニンニク臭いげっぷをして、通りの先にドリンクの自販機を見つけた。なにか飲みたい。ラーメンを食べたあとは、とにかく喉が渇く。

「だから、石神井さんにも声をかけてみようと思ってるんですよ」

ふーん、と受け流した。自販機はもう、すぐ目の前だった。耳が話を聞いていても、頭までは届かない。

「石神井さんなら、事情を説明したらすぐにいろんな作戦を立ててくれそうだし……意外と水原さんと気が合ったりするんじゃないか、って」

あはは、と軽く笑い返して自販機の前に立った。話よりも飲みもののほうに意識が持っていかれていた。

ミネラルウォーターを買って、その場ですぐに飲んだ。美味い。五臓六腑に染みわたる、まさに甘露だった。

「じゃあ、いいですね？　誘ってみますよ？」

美味い美味い。ごくごく飲んで、オッケーオッケー、とうなずいた。

とんでもない提案だと気づいたのは、マッチと別れて帰りの電車に乗ってからだった。

すぐに取り消そうと思ってスマホをポケットから出したが、すでに時遅し――ロック画面に表示されていたのは、〈石神井さんにメールしました。返事待ちです〉というマッチからのメッセージだった。

途方に暮れたところに、新たなメッセージが届いた。

〈スケジュール絶賛調整中です！　また連絡します〉

笑顔の絵文字付きだった。

## 2

風呂上がりに粉末の胃薬をいっぺんに二包も服んだあと、リビングのソファーで休んでいたら、夕方から外出していたケンゾーが帰宅した。

リビングを覗いたケンゾーは「あれ？」と首をひねる。「お母さんは？」

「もう寝てる。俺も晩めしは外だったから、自分のぶんだけササッと食べて、早めに風呂に入って寝ちゃったよ」

「だって、まだ十時前だよ？」

「……眠れなくても、とにかく横になりたい、って」

美沙の体調は週が明けても思わしくない。風邪の症状はだいぶ治まってきたものの、とにかく気がふさいでいるのだ。

ケンゾーはソファーに座って、「それで、お母さん、晩めしはなに食べたって言ってた？」と訊いてきた。

「コンビニの冷やし中華、ミニサイズのほうな。さっぱりしたものがいいからって」

「だいじょうぶかなあ。昼もレトルトのおかゆだったし、朝なんてヨーグルトだけだよ。このままだと、マジに病気になっちゃうんじゃない？」

心配そうに眉をひそめ、ふとなにかに気づいた顔になった。

「ね、なんか、ニンニク臭くない？」

「あ……それ、俺だ」

帰りの電車では口臭消しのキャンディーをずっと舐めていたし、風呂に入ったときに歯みがきもしたのだが、やはり極太麺ワシワシ系のニンニクのパワーはすごかった。

「なに食べてきたの？」

ラーメン店の名前を告げると、「若すぎない？」とあきれられた。「オレでも、あそこの系列は体調整えてないと完食キツいよ」

「そうか……そうだよなあ」

「でも、なんでまたそんなもの食ったわけ？」

「食いたくて食ったわけじゃない、しかたなかったんだ」

元を正せばおまえとお母さんが俺を巻き込んだんだぞ、と言いたい本音をこらえて、『みちるの館』をめぐるマッチとのやり取りを伝えた。

『みちるの館』の来歴については「まあ、どうせそんなことだろうとは思ってたけどさ」と苦笑していたケンゾーも、今週の金曜日に売却話をめぐる作戦会議を『みちるの館』で開くこと、そしてそこに石神井晃が来るかもしれないと話すと、さすがに「マジ？」と声をあげた。

「まあ、向こうも忙しいから、たぶんだいじょうぶだと思うけどな」

「だいじょうぶ、って……すでに負けてるじゃん」

咳払いして、「そんなことない」と背筋を伸ばした。「もし来るんだったら、ちょうどいい。こっちだって『もがりの家』のことでガツンと言ってやる」

「でも、意外と向こうも、そっちが狙いだったりしない？　ついでに『もがりの家』の話もまとめちゃおうとか、狙ってるんじゃないの？」

「いや、だって、石神井は、俺が『みちるの館』と『もがりの家』の両方にからんでるなんて、全然――」

知らないんだから、と言いかけた声が、止まった。

マッチがメッセージに添えた絵文字がよみがえる。あの笑顔は、二重スパイがほくそ笑んでいるようにも見えるような、見えないような……。

「まあ……うん、アレだ……よけいな言質は取られないように気をつけるから」

リモコンに手を伸ばし、テレビを点けた。ニュースやドラマではなく、にぎやかなバラエティー番組を選んだ。音があったほうがいい。気が紛れるし、なにより、寝室の美沙に話を聞かれてはならない。

「それより、おまえのほうはどうだったんだ？」

今日の外出の理由は、孝夫も知っている。追っかけセブンをジンボ&カエデに引き合わせるために、『バタフライ・パレス』に連れて行ったのだ。

「うまく会えたのか？」

厨房でひたすら料理やドリンクをつくっているジンボ&カエデと、お客さんの追っかけセブンを、どうやって会わせたのか――。

ちょっと待って、とケンゾーはキッチンに立って、冷蔵庫から缶入りのハイボールを二本取り出して戻ってきた。一本を孝夫に勧め、「先にお父さんに言われたんだけど、セブンも同じことを言ってたんだよ」と笑う。

「同じこと、って？」

「今週の金曜日、みんなで『みちるの館』に集まって作戦会議を開こう、って……」

「——そうなのか？」

「うん、だから相談する手間が省けて、ラッキー」

思いもよらない展開に最初は困惑したものの、あんがい悪くない——いや、むしろ渡りに船ではないか。あの三人が不動産の売買にくわしいとは思えない。それでも、セブンには、なにか妙な頼もしさを感じるのだ。

「いやー、でも、お父さんのほうも作戦会議を考えてるとは思わなかったなあ。お父さんとセブンって、意外と気が合うんじゃない？」

「違う違う、さっき言っただろ、作戦会議を言いだしたのはマッチだから」

しゃべりながら、ふと思った。

セブンとマッチ——。

確かに、気が合うかどうかはともかく、ものの考え方というか、発想というか、面白がり方が似ている。そして、それは、孝夫がいままで出会ったことのないものだったのだ。

「まあ、でも、セブンが『みちるの館』で作戦会議をやりたがってるのは、別の理由もあったりするんだけどね」

ケンゾーは思わせぶりに笑って、ハイボールの蓋を開け、喉を鳴らして美味そうに飲んだ。

最後のお茶会のゲストを探してほしい、というジンボ&カエデの願いを背負って、ケンゾーは週末にセブンに連絡をした。

すると、思いのほか食いつきがよかった。

マダム・みちるのお茶会そのものについては、「そんな気取ったおすましさんの会、どこが面白いの？」とピンと来ていない様子だったが、みちるさんと美沙を元気づけるために、という目的を聞かされると、三人そろって「任せなさい！」と快諾してくれたのだ。

「あの三人って、使命とか任務を与えられると燃えるタイプだから」

「なんとなく、わかるな……」

「難しいミッションだと、よけいやり甲斐を感じて張り切るし」

その最たるものが、ホムホムへの推し活なのだろうか。

「あと、新しいモノ好きだし」

三人のココロを、本題のお茶会以上に強く惹きつけたのは、執事カフェ――。

古希を過ぎたら人生はなにごとも温故知新、というのが三人のモットーだった。ただし、オリジナルとは解釈が違う。

「故(ふる)きを温(たず)ねてじゃなくて、故きが温ねて、新しきを知るんだってさ」

そんなわけで、今夜ケンゾーは三人を『バタフライ・パレス』に連れて行ったのだ。

三人は、執事カフェのルール――予約した八十分間は「お嬢さま」としてワガママが通じることをすぐに理解して、最大限に利用した。

「このオムライスの感動をシェフに伝えたいから、席に連れて来てくださる?」「プリンをつくってくれたパティシエにご挨拶したいんだけど。女性? じゃあパティシエールを連れて来てくださる?」と、ジンボ&カエデを席に呼んで、みちるさんとお茶会をめぐるあれこれを聞き出したのだ。

「でも、セブンにとっては、用件がすんでからが本番だったみたい」

予約時間が過ぎて、執事が「お嬢さまがた、外に馬車が参っております」と声をかけると、三人は声をそろえて――。

「待たせておきなさいっ」

次の予約客が来るまでの一コマ、八十分、すなわち一時間二十分を、今度はミッション抜きでお店のイケメン執事をはべらせて過ごした。

「ジンボとかカエデさんはさっさと厨房に戻して……あと、同じ席にいるオレのことまでほっといて、フツーのお客さんになって愉しんじゃってるの」

お茶会の前週に作戦会議を開こうと提案したのも、『みちるの館』の広間で、執事付きのお茶会の真似事をやってみたかったから――。

「とにかく、人生の出来事には漏れなく面白さが付いていないと嫌なんだよ、あの人たちは」

まいっちゃうよ、ほんと、とハイボールを飲む。顔では困っていても、飲みっぷりはじつに美味そうだった。

それにつられるように、孝夫もつい、飲むつもりのなかったハイボールの蓋を開けた。一口飲むと、炭酸の刺激がラーメンでもたれた胃に心地よく染みる。

「なあ、ケンゾー。あの三人って、いったい何者なんだ？」

「フッーのおばあちゃんだよ」

軽く返したあと、「でも――」と続ける。「ああ見えて、けっこう苦労してるよ、三人とも」

ケイさんは夫が事業に失敗して、巨額の借金を二十年以上かけて返済してきた。団地の自治会長だったアッコさんは、修繕費の滞納や孤独死の対応に追われて胃に穴を空けてしまった。ミヨさんも、一人息子が若い頃は地元一番のヤンチャだったせいで、警察や救急病院のお世話になりどおしだったという。

「なるほどなあ、かなりのものだな、三人とも」

「でも、そうは見えないでしょ？」

「うん……」

「オレたちのおかげなんだってさ」

「うん？」

苦労続きの歳月が長すぎたせいで、ようやく一段落ついたあとは虚脱状態に――苦労ロスに陥ってしまった。そんなときに『ネイチャレンジャー』を知り、ホムホムと出会った。

「特撮ヒーローって、変身するでしょ。それがすごくよかったんだって。変身前と変身後の落差とかギャップとか、そういうのが面白くて、気持ちいい、って」

『ネイチャレンジャー』のヒーロー三人の中で、変身によるギャップが一番大きいのが、ホムホムだった。

「それはそうだよね。翔馬は変身前もひたすらイケメンキャラだし、昔の大河はとにかく芝居がへただったから変身前に細かいことはできないし……結局オレなんだよね、変身前に失敗したり早とちりしたりして、話を盛り上げるのって」

若いファンは、翔馬のカッコ良さしか見ていない。大河も、変身前の印象が薄いぶん、変身後の溌剌とした姿が際立つ。その意味では、ボケ担当のホムホムは損な役回りではあるのだが――。

「あの三人には、それがよかったんだよ」

さすがに苦労人ぞろいだけあって、目のつけどころが違う。

「ホムホムは失敗が多いけど、前向きなキャラでしょ。懲りないっていうか、成長しないっていうか、同じ失敗を何度も何度も繰り返して、翔馬や大河に迷惑をかけちゃうわけ」

確かに、『ネイチャレンジャー』にはそんな場面がしょっちゅうあった。オンエアを観るたびに、孝夫と美沙は複雑な思いになっていた。これはあくまでもドラマの中の世界だから、こういう役柄なんだから、というのはわかっていても、親だからこそ――ケンゾーとホムホムに微妙に重なり合うところがあるのもわかっているのだ。

「でも、失敗を繰り返すってことは、チャレンジを繰り返してるってことでしょ？　全然あきらめてないから懲りないわけだよね？　そこがいいんだって、三人には」

ものは言いようだなあ、と孝夫は苦笑しながら、マッチと最初に話したときのことを思いだした。ホムホムは、イイ感じの足手まとい――「イイ感じの」がポイントだとマッチは言っていたのだ。

「じゃあ、あの三人は、最初はドラマの世界の、ホムホムというキャラのファンだったんだな」

「そう。だから『ネイチャレンジャー』が終わったあとは、もう追っかけも終わりかと思ってたんだ」

実際、ブレイクできずに鳴かず飛ばずだった放送終了後の何年かは、追っかけセブンからの音沙汰はなかった。

「まあ、役者の仕事って、イベントや舞台がないと、なかなかファンと会う機会はないし、こっちも仕事そのものがほとんどなかったし……」

だが、四年前に『手裏剣スナイパーズ』を結成したとき、旗揚げ公演の客席の最前列に、懐かしい三人の顔があった。

「ずーっとオレのこと、ひそかに応援してたんだって。俳優の人気投票の企画があったらオレの名前を書いて何十枚も送ったり、『ネイチャレンジャー』の再放送とかソフト化とか配信のリクエストをしたり……」

そんな三人にとって、ホムホムがひさびさに舞台の世界に戻ってきたというのは、なににも増してうれしい報せだった。たとえ大手の事務所に属していなくても、活動の大半がレジャー施設やショッピングモールでの「営業」であっても、いや、そんな状況だからこそ、推し甲斐がある。

「だから、『ネイチャレンジャー』のホムホムじゃなくて、オレ、なんだ。三人ともオレ自身を推してくれてるわけ」

なぜなら——。

「『ネイチャレンジャー』のホムホムとオレ、うまくいかなくても前向きであきらめないところが、ちょっと似てるんだってさ」

ケンゾーは「まいっちゃうね」と肩をすぼめ、ハイボールを啜る。自嘲しているのか、まんざらでもない照れ隠しなのか、微妙なしぐさになった。

セブンの三人にわからないはずがないか、と孝夫も認めるしかない。いいんだいいんだ、「イイ感じ」なんだから、「イイ感じ」だったらほめ言葉のうちだ、と自分に言い聞かせながら、ハイボールを啜った。ホロ苦くなるだろうかと思っていたが、意外と逆に、ほんのりと甘くなったようにも感じられた。

「とにかく、セブンが作戦会議に来るのは、オレとしても心強いよ。なんだかんだ言って、頼りになるから、あの人たち」

セブンはさらに、「ホムママはどうなの?」——美沙のことまで案じて、来週のお茶会、そしてできれば今週の作戦会議にも誘うよう、ケンゾーにうながした。

「オレも、できればそのほうがいいと思うんだけど、今日のお母さんの様子を見てたら、来週はともかく、今週はちょっと無理かも、って」

「だな……」

「お茶会のほうも、リスクがけっこうあるよね。お母さんだってみちるさんとどんな顔をして会えばいいか困っちゃうと思うし、みちるさんのほうは、もっとキツいでしょ」

確かに、せっかくお茶会を開いても、それが逆効果になってしまう恐れも大いにある。

「どっちにしても、まだ間があるから、お母さんの体調しだいだな。様子を見ながらまた考えよう」

とりあえず、今週の作戦会議は美沙抜きでいくことにして、参加する人数を確認した。

ジンボ&カエデ、追っかけセブンで、五人。

「あとは、お父さんとオレと、マッチさんだっけ……これで八人」

と、そこに、マッチからのメッセージが着信した。

スマホの画面を覗き込んだ孝夫は、やれやれ、と顔を上げて言った。

「あと一人、追加だ……」

画面では、〈石神井さん、ＯＫです！〉のメッセージが、くす玉が割られたアニメーションとともに点滅していた。

「なんか、関係者が全員集合って感じだね。しかも洋館の広間なんて、できすぎの舞台だよ」

「横溝正史（よこみぞせいし）の映画だと、そのタイミングで殺人事件が起きるんだ」

「わかるわかる。で、たまたま金田一耕助（きんだいちこうすけ）が居合わせてるんだよね」

苦笑いを交わして、最後に人数を確認した。

「じゃあ、金曜日は九人でいいんだよな」

「そう、九人」

しかし——横溝正史の小説なら、こう続くのだ。

愚かで呑気な父子は、十人目の客がひそかに聞き耳を立てているとは夢にも思っていなかったのであります。

喉が渇いて寝室を出た美沙は、孝夫とケンゾーの会話を、最初から最後まで、廊下で聞いていたのだった。

## 3

九人中、八人がそろった。

残り一名——石神井晃は、前の仕事が長引いている。

「とりあえず先にやっててください、って」

石神井から届いたメッセージを伝えたマッチは、「なんか飲み会に遅刻した人みたいですね」と笑って、円卓をともに囲む追っかけセブンに目配せした。

セブンの三人も心得たもので、すぐさまうなずいた。

「そうよ、これはすごく大事な伝言よ」「お言葉に甘えましょう」「お二人さん、出番ですよー」

カマーベスト姿で壁際に控えていたジンボ&カエデの執事ペアは、うやうやしく一礼して、アフタヌーンティーの支度にとりかかった。

孝夫が予想していた以上に本格的なお茶会だった。なにしろシャンパン付きである。軽食もシャンパンも、セブンがホテルのデリカテッセンやワインショップで調達して持ち込んだ。「せっかくなら、とことん優雅にやりましょう！」と、円卓を飾るフラワーアレンジメントまで用意した。

最初は、ジンボ&カエデは有休を取り、普段着で来るつもりだった。だが、セブンはカマーベスト姿にこだわり、『バタフライ・パレス』に連絡して、いつものお茶会と同様の出張執事のアルバイトにした。そのバイト料をはじめ、けっこうなおカネがかかったはずだが、とにかくケチするより楽しむこと優先が身上の三人なのだ。

本日の趣旨、わかってますよね、忘れてませんよね、と孝夫は言いたい。

ケンゾーも、こうなりそうな気がしたんだよなあ、と天井のシャンデリアを仰ぐ。

だが、思いがけず昼間からシャンパンのご相伴にあずかることになったマッチは、「やった、役得！」と無邪気に喜んで、「じゃあ、わたし、音楽担当ってことで」と席を立った。

孝夫以外の全員と初対面になるのに、まったく物怖じしない。ケンゾーとの顔合わせも、最初こそ「うわ、リアルホムホム！　動いてる！」と飛び跳ねていたが、続けて「やっぱりすごいですね、こういうときって、きっちり芸能人のオーラを消してくるんですね」――本気なのか冗談なのかイヤミなのか、孝夫が量りかねているうちに、「じゃあ、チームの仲間ってことで、自然体でよろしくお願いしまーす」と笑った。これも本気なのか冗談なのかイヤミなのか……いずれにしても、「あ、うん、こっちこそ、よろしく」と挨拶を返すケンゾーを見ていると、とりあえず追っかけセブンが来る前に顔合わせを終えたことに安堵するしかなかった。

部屋には年季の入ったコンポーネントステレオが置いてある。

「えーと、スマホとスピーカーって、Ｂｌｕｅｔｏｏｔｈ接続でいいんでしたっけ……」

「古いステレオだから、そんなのないって」

孝夫があきれると、マッチもそこはすぐに「ですね、ボケてました」と理解したが、続けていわく「じゃあＣＤですか？」――「年季」をナメている。

「レコードだよ、ほら、そこの棚に並んでるだろ」

インテリアも兼ねたレコードラックは、ジャケットを見せて並べるスタイルだった。縦に六段、横に四列あるうちの、右半分がクラシックで左半分がジャズ、静かな雰囲気の作品ばかりなので、どれを選んでも間違いないんだと、ジンボが教えてくれた。

だが、マッチはその前に、ＬＰレコードのサイズに驚いていた。

「レコードって、ピザみたいなんですね。かさばって邪魔じゃないですか？」

「見たことなかったのか？」

「実物は初めてでーす」

あっけらかんと言って、「じゃあ適当に選んじゃいますね」とラックの前に立った。

「じゃあ……これがいいかな……チョピン？　聞いたことないけど、有名な作曲家ですか？」

「ショパンだよ」

Ｃｈｏｐｉｎ――。

「あ、なるほどなるほど、ドイツ語って難しいなあ」

「フランス語かポーランド語だよ」

「ま、どっちにしてもヨーロッパ」

ものを知らなくても悪びれない。恥じ入らないかわりに、ごまかすこともない。なにより落ち込まない。

そんなマッチに、ケンゾーはずっと気おされていた。食器やカトラリーを並べるジンボ＆カエデも、あまりに堂々とした振る舞いに、恐れ入った様子だった。要するに同世代を、マッチはたちまち圧倒したわけだ。

一方、母親よりむしろ祖母世代に近いセブンの三人は――。

手を叩いて喜んだ。

「チョピン！　いいっ！」「Ｋ‐ＰＯＰにいそうな名前！」「それはチョー・ヨンピル、『釜山港（プサンこう）へ帰れ』！」

ウケている。受け容れられている。

やはり、この両者、面白がり方のツボが一致しているのだろう。

もっとも、アフタヌーンティーが始まると、マッチもボケてばかりはいられない。

「石神井さん、早くもマウント取りに来てますよ」

ショパンの『ノクターン第2番』の流麗な調べには似合わない、物騒なことを言う。

「こういう初顔合わせのときには遅刻するのが、いつもの手なんです」

シャンパンを飲み、フィンガーフードをつまみながら、これまでの密着取材の成果を報告する。

「先に打ち合わせや会議を始めてもらって、議論がだいたい煮詰まった頃に、あわてた感じで顔を出すんです」

席に着くやいなや、すばやく座の進行役を見抜いて「すみません、いままでの流れ、ざっくり、クイックめにお願いします」と声をかける。

「自分のいない間に進んだ話や、その場での結論を聞くんですけど……でも、それ、九十九パーセント、ひっくり返しちゃいます。自分の言うべきことは最初から決めてるんです。人の話なんて聞く気ゼロですから」

石神井には、話を聞くときの作法がある。目をつぶり、こめかみを指で拍子を取るようにトントン叩きながら聞くのだ。途中で口は挟まない。ただし、指の動きが一瞬止まるときもある。

「意識的に何度かやるんです。話してるほうはギクッとして、なにか間違ったことを言ったんじゃないか、なんてプレッシャーを勝手に感じるんですよね」

先方の話が終わると、目をつぶったまま「なるほど、悪くない」と大きくうなずき、にやりと笑う。「悪くはないんですが……」と続け、間をたっぷりとって目を開ける。座を見わたし、その場の全員が自分の話に聞き入る態勢になっているのを確かめると、「現時点で課題は二つ三つありますね」と言う。

だが、その課題に中身はない。ポイントは「二つ三つ」という数だった。課題が一つだけなら、その場で教えてほしいという流れになる。五つもあったら、それまでの議論が全否定された格好になって、先方も反発する。みんなの顔を立てながら、優位なポジションを押さえるためのマジックワードが「二つ三つ」なのだ。

当然、その「二つ三つ」は天ぷらで言うなら衣だけなので、内容については明かさない。「まあ、それを順に説明すると時間もかかるし、この程度の課題だったら、あとでいくらでも修正は利きますから」と、流し読みの雑誌のページをめくるように、話を次の段階に進める。

「では、お待たせしてしまったお詫びも込めて、三倍速の結論ファーストでいきますので、よろしくっ」——そこからは相槌を打つ余裕すら与えない早口で、自分の考えを滔々（とうとう）と語り、数字や横文字も淀みなく並べ立てて、場をさらってしまうのだ。

「でも……横で話を聞いてると、発想とか企画力はやっぱりすごいんです。小細工なんてしなくても、絶対にみんな納得すると思うんですけど」

マッチは少し寂しそうに言った。

確かにそうだよな、と孝夫も思う。彼が不動産業界で次々に繰り出す斬新なアイデアには、同業者として何度も驚かされてきた。好きか嫌いかで言えば嫌いだが、実力を認めるかどうかを問われたら、たいしたものだよ、とうなずくしかない。

だが、とにかく石神井はケレン味がありすぎる。ハッタリが強すぎる。それは、売れっ子文化人やインフルエンサーとしてふるまい、政財界や自治体を巻き込んで街の再開発を手がけるには必須の才覚かもしれない。だが、個人の住宅――とりわけ家族の歴史が終わったあとの空き家と向き合うときには、むしろ、捨てておくべきものではないのか……？

「最後に登場して、おいしいところを持って行くのって、特撮ヒーローで充分ですよね」

マッチはケンゾーに目をやって「ねっ、ホムホムさんっ」と笑う。ケンゾーは困惑して苦笑いを浮かべるのが精一杯だった。ここでうまく応え、洒落た切り返しができるようなら、バラエティーの世界での可能性も広がったのかもしれないのだが。


『みちるの館』を救うにはどうするか。

話し合っても、とにかく先立つものがないのだから、解決策はすぐには出てこない。

「不動産会社と交渉してみる？」「都や区に相談して、文化財とかにならない？」「三区画まとめて買ってくれて、建物も残してくれるスポンサーを見つけるとか、どう？」……さしもの追っかけセブンも、現実味のないことを思いつくまま口にするだけだった。

話しているうちに音楽が止まった。LPレコードのA面が終わったのだ。

CDの感覚に慣れた孝夫には「え？　もう？」という感じなのだが、セブンの三人は「レコードはそういうものでしょ」という顔をしているし、若手世代のほうは、そもそも片面二十数分のレコードはもとより、ＣＤの七十分余りの収録時間も体感していないのだろう、ぼーっと座っているだけだった。

しかたなく、孝夫は席を立ち、レコードを裏返した。すると、マッチは「へえーっ、レコードって表と裏があるんですか」と驚いた。

そういう世代なんだな、と脱力しながらレコードのＢ面をかけた。ショパンの定番中の定番『子犬のワルツ』が始まった、そのとき――。

玄関のチャイムが鳴った。

「え、うそ、なんで？」

マッチがあせるのも無理はない。石神井はいつも、現場に着く五分前にはメッセージをよこして、自分がいま顔を出してもいいかどうか――つまり、自分を迎える態勢ができているのかどうかを確認しているのだ。

だが、新たな客は石神井ではなかった。

カエデに案内されて広間に入ってきたのは、美沙だったのだ。

孝夫とケンゾーはもちろん、セブンの三人も不意を衝かれて唖然とするだけだった。

ジンボ＆カエデも、あわてて美沙の席をつくりながら「今日は石神井さんも入れて九人でしたよね」「ここに奥さまが加わると十人ですけど」と困惑を隠せない。

そんななか、マッチだけは――。

「ナイス・サプライズですっ。オールスター勢ぞろいの『アベンジャーズ』みたいじゃないですか！　石神井さんにもすぐにメールします！」

頭上で拍手をして、大喜びである。孝夫がふと見ると、さっきシャンパンのお代わりをしたはずのフルートグラスが早くも空になっている。極太麺ワシワシ系のラーメンに続いて、シュワシュワ系のアルコールもイケる口なのか。

しかし、美沙はマッチを一瞥しただけで、にこりともせずに席に着いた。ジンボ&カエデが気を利かせたのか、気が利かないからこそだったのか、美沙の席は、並んで座る孝夫とケンゾーの向かい側——二人まとめて、にらまれる格好になった。

ケンゾーは早くもうつむいてしまい、「今日のこと、いつ……」と訊く孝夫の声もうわずって、かすれた。

「月曜の夜」

美沙は将棋の駒を指すようにぴしゃりと答えた。「たまたま聞こえたの、二人の悪だくみが」

「いや、悪だくみって」

「わたしをのけ者にして、勝手にいろんなこと決めて」

「違う違う、そうじゃない、全然違うんだ」

あわてて打ち消したが、「じゃあ、なに」と訊かれると言葉に詰まってしまう。

セブンの三人がとりなすように美沙に声をかけたが、美沙はそちらには目を向けず、ただじっと孝夫とケンゾーを見つめる。

するとと、ケンゾーがうつむいていた顔を上げた。

「お父さんも、オレも、お母さんに……元気になってほしかったんだよね」

自信なさげに、しかし、ためらいを振り払って言う。

「お母さん、みちるさんのことでずっと落ち込んでるから、オレたちでなんとか……できないかもしれないけど……できるかもしれなくて……」

土俵際で足がもつれかけたところに――。

セブンが声をそろえて「できる！」と激励した。ケンゾーもグッと踏ん張って、背筋を伸ばす。

マッチが小声で「でも、根拠ないですよね」と訊くと、セブンの答えは単純にして明解、かつ明快――「推しに根拠なし！」「沼に底なし！」「古参に老いなし！」

ケンゾーはあらためて美沙に言った。

「だからさ……黙ってて悪かったけど、オレやお父さんが心配してるっていうのを教えたら、逆に怒るでしょ。よけいなお世話だとか、落ち込んでるって勝手に決めないでよ、とか……昔もそうだったし」

昔――横浜の両親の介護を続けていた頃も、美沙はしばしば心身の疲れが溜まってふさぎ込んでいた。そんなときに孝夫やケンゾーが心配すると、それがかえってストレスになってしまっていたのだ。

「もちろん、最後まで黙ったまま進めるわけじゃないよ。でも、追っかけセブンの三人には相談に乗ってほしかったし、とにかくもう一度『みちるの館』に来て、この家がどういう状況なのかを確認して、石神井さんにも意見を聞いてみて、それからきちんと話そうと思ってたんだ」

ね、お父さん、と話を振られた孝夫は、うなずいてバトンを受け取った。

「あと、お母さんの――」

言いかけて、いや、この場でケンゾーと同じ「お母さん」という呼び方はヘンか、と気づいた。ケンゾーが生まれてからいまに至るまで、お互いの呼び名を「お父さん」「お母さん」で通してきた。それでたいして不都合がなかったのは、人前で美沙と言葉を交わす機会が少なかった証でもあるのだろう。

おまえ。論外。きみ。気恥ずかしい。美沙。照れる。美沙さん。取って付けたような感じ。あなた……うん、あなた、これが無難か。

咳払いをして、言い直した。

「あなたのこともそうだし、あと、みちるさんが生きがいを失ってしまうのも心配なんだ。俺はまだ彼女と直接会ったことはないけど、子育てや親の看取りが終わったあとの生きがいの問題は、いまの空き家メンテの仕事にもすごく関係があるし、プライベートでも、やっぱり他人事には思えなくて」

それまで黙っていた美沙が、初めて「なるほどね」と応えた。険しい顔は相変わらずだったが、取り付く島のなかった口調に、ほんのわずか、溺れる者がすがる藁ぐらいは浮かんだ。

そして、表情も――。

「心配かけて、ごめん」

笑顔になった。

「わかってる、あなたの気持ちもケンちゃんの気持ちも。月曜日に聞いたときからずーっとわかってた。火、水、木って知らんぷりしてるのが大変だったけど、そのかわり、こっちもちゃーんと、自力でがんばったんだから」

足元に置いたトートバッグから、ノートパソコンを取り出した。

「ねえ、これ見てくれる？」

さらにセブンの三人とジンボ&カエデにも「ご一緒にどうぞ」と声をかけ、マッチに対しては「あなたは石神井さんの側だけど……」と微妙な警戒心をにじませつつ「まあいいわ、よかったら、あなたも」と手招いた。

美沙を中心に、全員でパソコンの画面を覗き込んだ。

表示されていたのは、クラウドファンディング――インターネットを使った資金集めのポータルサイトだった。

「これを使ったらどうかと思って」

「クラファン？」と聞き返すケンゾーをはじめ若手世代にはすぐさまピンと来たが、セブンは「ファンディング」を聞き取りそこねて、「ファイティングって、誰かと戦うの？」と言いだす始末である。

「『町の洋館を守るプロジェクト』を起ち上げて、支援者を集めるわけ」

とりあえず期間は三ヶ月、目標金額は五百万円。もちろん、この金額では土地を買い取るにはまったく足りないのだが、美沙の狙いはむしろ支援者の数だった。

「何百人、何千人の人が賛同してくれてるっていうのを業者さんに見せると、だいぶ違うと思うの。取り壊し工事を少しでも遅らせることができたら、またその間に次の手を考える余裕もできるはずだし」

張り切っている。『みちるの館』のお茶会の日以外で、こんなに生き生きとした様子を見せるのはひさしぶりだった。介護ロスに、ようやく出口が見えてきたのか。

「で、お母さん、リターンはなににするの？」

趣旨に賛同して支援してくれる人たちには、金額に応じたリターン、すなわち謝礼が必要になる。

「たとえば『みちるの館』の無料レンタルチケットを贈るとか？」

ケンゾーの言葉に「それもあるけどね」とうなずきながら、含み笑いで「わたしもクラファンについて、ちょっと調べてみたのよ」と言う。

クラファン成功のコツは、プロジェクトに賛同する人だけではなく、ふるさと納税のように、リターン目当ての人も取り込むことなのだ。

「だったら、ウチには切り札があるでしょ」

「――え？」

今度は、セブンがいち早く反応した。

ケイさんが「あるーっ！」と叫びながら、ケンゾーを指差した。それを受けて、アッコさんが

「ホムホムと握手会、撮影会、バス旅行……」と指を折って続け、「一泊二日の温泉旅行」でキャアッと照れた。ミヨさんもミヨさんで、「いっそ、この洋館でホムホムを執事にしちゃえばいいんじゃない？」と言って、自らのアイデアに小躍りする。

マッチもようやく話が呑み込めたようで、なるほどなるほど、とうなずいた。「確かに、ホムホム推しって、レアなぶん熱烈な人が多そうですもんね」――失礼な理屈で納得をして、さらに続ける。

「だったら、もう、思いきって風祭翔馬と美原大河にも声かけるのってどうですか？　あの二人も、握手とか撮影はＮＧでも、サイン入りのグッズとかだったら昔の付き合いで出してくれるんじゃないですか？　ホムホム一人だとマニアックすぎるけど、伝説の『ネイチャレンジャー』復活なら、絶対に話題になりますよ！」

地雷を踏んだ。口にしてはならない名前を出してしまった。触れるべきではない傷をツンツンとつつき、ハバネロを擦り込んだ。

しかし、あまりにも踏み方が無邪気すぎたせいで、地雷は爆発するのを忘れてしまった。

一同がしーんと静まり返るなか、マッチは一人で「え？　え？」ときょろきょろするだけだった。

気を取り直した美沙やケンゾーたちが、クラファンの具体的な内容についてあれこれ話し合うのをよそに、孝夫は自分の席で気の抜けたシャンパンを啜った。

せっかく前向きになった美沙に水を差したくはない。しかし、現実的に考えると、たとえ何千人の支援者がいたとしても、業者が取り壊しを延期するとは思えない。

美沙が元気になったのはうれしくても、やはり、甘いぞ、と言わざるをえない。もうすぐ姿を見せるはずの石神井も間違いなく却下するだろう。

できれば、ダメ出しは石神井に任せたい。あいつが憎まれ役を引き受けてくれれば、俺は無傷なまま……いや、それはいくらなんでもセコく、情けないか……。

## 4

十分後、三回目の『子犬のワルツ』が流れるなか、「いやー、遅れました、すみません」と息を弾ませて部屋に入ってきた石神井は、マッチが伝えるクラファンの話を、目を閉じて、こめかみを指で叩きながら聞いた。話が終わると、目をつぶったまま、大きくうなずいた。

「なるほど、悪くない」

そこまでは孝夫も予想していた——あまりにもパターンどおりだったので、セブンの三人はうつむいて笑うのをこらえるほどだった。

ところが、石神井の言葉は、こう続いた。

「悪くないどころか、むしろ、いい……」

間をたっぷりとって目を開ける。一同を見わたして、この場の主役が自分であることを確かめる。

いつもならここで「二つ三つの課題」が出てくるところなのだが、今回、それはなかった。

「結論ファーストでいきますね」

ケンゾーを見て、にやりと笑い、早口に言った。

「ここね、決めました、ウチで買い取ります。洋館のままでいきます。いいですね、これでクラファンなんてしなくてもだいじょうぶです。で、ここ、半年後にはリニューアルオープンです」

Ｂ級アイドルに会える館として――。

呆然とする一同をよそに、石神井は上機嫌に続けた。

「いやー、いいヒントをいただきました。Ｂ級でもＣ級でもいいんですけど、とにかくここに来れば、テレビに出なくなった一発屋のあの人や、不倫やクスリやセクハラで消えていったこの人に会える、と……」

固まって身じろぎもできなくなったケンゾーにあらためて目をやって、「よかったね、きみ」と笑う。「ファンの皆さんと会える場ができたんだ、おめでとう」

いまをときめくインフルエンサー、石神井晃。炎龍斗の名前など覚えてもいないのである。

石神井晃は、Ｂ級アイドルに会える館の名前もその場で決めた。

『流星たちの館』――光り輝きつづける星にはなりそこねても、束の間とはいえ忘れがたい光芒(こうぼう)を放った芸能人を、流星に重ねたのだ。

「ポイントは『忘れがたい』というところです。つまり名前を聞いたらすぐに、ああ、あの……と思いだせるかどうか」

「一発屋」や「消えた」とは、決して揶揄の言葉ではない。一発屋の陰には不発の連中が死屍累々だし、もともとの存在感が弱い芸能人は、消えたことにすら気づいてもらえない。

「流星になるのも、それはそれで大変なんですよ」

笑顔で一同を見回した石神井は、ケンゾーに「きみは自信ある？　ちゃんと流星になってる？」とからかうように訊いた。

ケンゾーは目を伏せた。あっさりと、無言で、負けを認めた。反論はおろか、自虐のボケを返すこともできない。そこが、やはり、流星にもなりきれない所以なのだろう。

石神井は席から立ち上がり、ゆっくりと歩きだして続けた。

「いずれにしても、これはいけると思います」

ポイントは、生活感ゼロではないところ——。

「洋館はとにかくお洒落です。そこいらの一戸建てには出せない雰囲気があります。その一方で、もともとは個人住宅ですから、オーナーさんの生活の痕跡もうっすら残っています。つまり、ホームパーティー感覚ですね。そこに若い頃の憧れだった芸能人がいる、というのがいいんですよ」

コンサートや舞台の公演に出かけるのとは違う。といって、もちろん、若い頃の憧れのスターが我が家に来てくれるはずもない。『流星たちの館』は、その狭間にある。

「つまり、日常と非日常のぎりぎりのラインです。夢かうつつか、嘘かまことか……和洋折衷の洋館なんて、まさにそれを体現していますよ」

広間を見回して、「どうせなら、もうちょっと日常寄りにしてもいいかもしれないな」とつぶやき、円卓のまわりを歩きながら、さらに続ける。

「オーナーさんの生活感をもっと出しましょう。そのためには、世界観を詰めなくてはいけません。こちらですぐに、もともとのオーナーさんの出所来歴を、あらためてくわしく調べます。太宰治の『斜陽』みたいな没落貴族や華族だったりしたら、最高ですよね。まさに流星です、『流星たちの館』にふさわしい設定です」

あとは、そうだな、と思いつくままに挙げていった。

革命から逃れてきたロシア貴族がかくまわれていた洋館、という設定もいい。昭和史に残る大物政治家の愛妾宅も悪くない。財閥の大御所が病弱な一人息子を住まわせた安寧と退廃の館、未発表の少女の裸身画が多数隠されているのではないかと噂される、世界的洋画家の別邸兼アトリエ……。いわくありげな設定ばかりだった。

「まあ、現実は、そこまで面白くはならないと思います。大正から昭和初期にかけてのフツーのお金持ちという程度でしょうね。でも、その場合は、こっちでつくります。作家さんとかマンガ家さんとか映画監督とか、知り合いにたくさんいますから、彼らに振って、時代考証もきちんとして、家具や食器のスタイリストもつけて……そういうところに手を抜かないのが肝心なんですよ、ほんとうに。生活の痕跡が、濃すぎず、薄すぎず、うまいぐあいに残っているのがポイントなんです」

円卓のまわりを二周半して、戸口に立った。

「いまのところ、そのあたりを考えていますが――」

孝夫に目をやった。「水原さん、プロとして、いかがでしょう」

「――え？」

「先日、横浜でお目にかかったあと、一ノ瀬さまからうかがいました。いやあ、お人が悪い。水原さん、不動産業界の大先輩じゃありませんか。現役時代はニュータウンや再開発でご活躍されていたそうですね。じゃあ、私のような若輩者からすれば、レジェンドですよ。知らなかったとはいえ、先日は生意気なことを申し上げて、たいへん失礼しました」

歯の浮くようなお世辞以上に、「現役時代」と区切りをつけられたことのほうにムッとした。

「こんな案件だとスケールが小さすぎて、ちょっとアレかもしれませんが、足りないところがあれば、ご教示ください」

ここでガツンと言ってやれれば話がきれいに決まるのだが、孝夫は「いや、まあ……」と返したきり、言葉に詰まってしまった。

石神井の理屈はわかるのだ。孝夫自身、ニュータウンでも再開発でも、その街の出所来歴――いわば「物語」というものは、常に意識してきた。

たとえば、いままでこそ平凡な住宅街でも「明治の文豪が愛した」という謳い文句が一つ付くだけで人気がワンランク上がる。「名作ドラマの舞台になった」「ヒット曲で歌われた」なども同様だろう。プロジェクトを手がけるときは、まずその街について徹底的に調べあげて、謳い文句に使えそうな「物語」を探すところから仕事を始めていた。半日滞在しただけ、日記に一行出ていただけ、というような薄くかぼそい縁を無理やり「嘘じゃないんだから」とつなげて、「坂本龍馬ゆかりの」「石川啄木ゆかりの」などという売り方をしたことも……胸を張れる話ではないのだが、あったことは確かだ。

だが、いまの石神井の話は、それと似ているようでいて、やはり、どこかが違う気がする。街と一戸建ての住宅の違いだろうか。そもそもの発想や価値観がずれているのだろうか。違和感がある。腑に落ちない。だが、それをうまく言葉では説明できない。

胸にざらついたものを感じたまま、孝夫は「特には……なにも……」以上のことは言えなかった。

石神井のほうも、はなから本気で尋ねたわけでもなく、まるでチェックシートに「✓」を入れるような感じでぞんざいにうなずいた。

「では、物件の購入のほうはこちらで進めます。洋館はしっかり残りますから、ご安心を」

マッチに「あとはよろしく」とひと声かけて広間を出ようとしたところを、美沙が「ちょっと待ってください」と呼び止めた。

「みちるさんは、これからどうなるんですか？」

「これから、と言いますと？」

「だから……お茶会、もうできなくなるんですか？」

今日の作戦会議のそもそもの出発点は、みちるさんのために洋館を残せないか、ということだったのだ。

「はっきり言って、芸能人とか流星とか、どうでもいいです。建物が残るのはうれしいし、それはまあ、感謝もしてるけど、みちるさんがお茶会を開けないんだったら意味ないじゃないですか。そこはどうなんですか？」

言葉はそれなりに丁寧でも、口調には怒気がにじむ。

だが、石神井は眉一つ動かさない。

「申し訳ありませんが、こちらもレンタルの窓口という気楽な立場ではなくなりましたので、あくまでもビジネスとして動きます」

『流星たちの館』は、当然ながら稼働率百パーセントを目指す。空いている日はないし、あったとしても、館の「格」を保つためには、いままでのようなレンタル料金で貸し出すわけにはいかない。

「もちろん具体的な料金は、建物のランニングコストなども踏まえて決めていきますが、個人のお客さまよりも法人をターゲットにした相場になると思います」

要するに、値段がぐんと跳ね上がる、ということだった。

「まあ、個人といってもフトコロぐあいはそれぞれでしょうが、ウチの西条から聞いたかぎりでは、みちるさんという方には、残念ながら、ちょっとハードルが高くなってしまうだろうな、という感じですね」

わたし、よけいなこと言ってませんよ、ビンボーとか言ってませんからね、とマッチはあわてて手を横に振る。

石神井は戸口から円卓に引き返し、自分の席に座り直して、美沙に言った。

「この洋館にかぎらず、空き家というのは、住む人が出て行ったあとの抜け殻です。セミの抜け殻を考えてくださってもいい。風流な言い方をすれば、うつせみですね」

美沙は黙ってうなずいた。

「セミの抜け殻にも、ピンからキリまであります。きれいに形が残って、色艶もよくて、そのままいつまでも見ておきたいものもあれば、セミが出た瞬間にひび割れてボロボロになっていたり、最初は形が残っていても、ちょっと触れただけで崩れてしまうようなものもある。そんな抜け殻は、はっきり言えば、ゴミです。さっさとつぶして、粉々にして、捨ててしまうしかない」

わざわざ席に戻ってまで、なにを話したいのか、孝夫は意図をつかみかねていた。美沙も同じなのだろう、相槌はいかにも頼りなかった。

「この洋館は、みごとな抜け殻です。立地もいい、建物の状態もいい、なにより歴史をへた洋館というのが強い。これればかりは、どんなに贅を尽くした新築物件も勝てません。だからこそ、私もここが取り壊されるのは忍びないと思って、一肌脱がせてもらうわけです」

ですから、と続けて、いままで円卓に座る誰ともつかず注がれていたまなざしを、一点に——美沙に、向けた。

「そこに感情論の入ってくる余地はありません」

ぴしゃりと言って、「よけいな湿っぽい感情を持ち出すと、せっかくのきれいな抜け殻が壊れかねません」と続ける。

まなざしは美沙に据えられたまま、動かない。

「近いうちにご連絡差し上げるつもりだったのですが、思わぬ機会をいただいたので、やはりこの場でお話しさせてください。ここからは水原さんの奥さん……というより、一ノ瀬健太郎さまの妹さんとして、聞いてもらえますか」

それは、すなわち――。

「横浜のご実家の処分についても、妹さんは、いささか感情に……さらに言えば感傷に、流されすぎているのではないでしょうか」

席に戻って来たのは、この話をするためだったのか――。

## 5

『みちるの館』のように、空き家になっても買い手が充分に見込める、あるいは文化として取り壊すには忍びない、そういう価値を保つ物件は、確かにある。

しかし、圧倒的大多数の空き家は、そうではない。

「端的に申し上げれば、この国の一般的な価値観では、中古物件はよほどのことがないと新築には勝てません」

ですよね、と振られると、孝夫もうなずくしかない。

新築の引き渡しの直前が百点満点で、あとは減点されていくだけ――。

「住宅街にある物件はほとんどそうです。よほど凝りに凝った注文建築ならともかく、メーカーの物件なんて、どうにもならない。ワインとは逆ですね。熟成なし、時間をかけてもなんの価値も付かずに、減価償却ですよ。どんどん下がっていくだけ……」

石神井は下り坂を手振りで示し、ずん、と下げたところで手を止めた。

「ましてや、その場しのぎのリフォーム工事ばかりで、なんだかんだと築五十年近くになっちゃって、おまけに住む人がいなくなった空き家なんて、誰かに踏まれてグシャグシャになったセミの抜け殻と同じですよ。そんなもの誰が欲しがるんですか」

石神井が当てこすっているのは、明らかに美沙の実家のことだった。

「じゃあ、更地にして、土地だけの値で売ればいいんです。もしくは、解体は買い主に任せるにしても、そのぶんを値下げすればいい。ところが、ときどき、その道理が通じない方がいらっしゃる」

大げさに肩を落とし、芝居がかったため息をつく。

「思い出がどうとか、家族の歴史がどうとか、聞き分けのない子どもが駄々をこねるようなことを言って、家の処分に反対する。まったくもって、わがままな話です。で、そんなことをしているうちにも、物件の資産価値は下がりつづけるわけですよ、ねえ」

また下り坂の手振りをして、最後は音をたてて円卓に手のひらをついた。その音を拍子木のようにして、「そろそろ感傷はやめにしませんか」と美沙を見つめる。

「『もがりの家』は、お兄さまのぎりぎりの妥協案だということ、ご理解ください」

美沙は黙って石神井をにらみ返した。

「ご実家の土地と建物の名義はお兄さまですから、建前から言えば、どう処分しようとお兄さまの自由です。実際、相続なさった当初はすぐに売却なさるおつもりだったとうかがっています」

「ええ、でも業者さんの査定がすごく――」

低かったから、と続けるのを石神井は「その流れもないわけではないでしょうが」と早口にさえぎって、言った。

「更地にして売りに出すことに妹さんが難色を示された、ともうかがっています」

「――そんな」

美沙は絶句して、首を強く横に振った。確かに、せめてお母さんの一周忌までは……と望んだ。けれど、健太郎さんはそれを歯牙にもかけなかったのだ。

「やはり妹さんのことを思うと、無理をして実家を取り壊すことはできない、そうお考えになったわけです」

「……そんなの嘘だって。ひとをダシにしないでよ。土地が思ったほど高く売れないのを、わたしのためにとかなんとか言って、自分のプライドを守ってるだけなんだってば」

「そうでしょうか。私は意外と、土地の査定のほうが口実で、妹さんの気持ちを慮ったうえでのご判断のような気もしますが」

「なにも知らないのに、いいかげんなこと言わないでください！」

話しているうちに感情が昂ぶって、震える声に涙が交じってきた。健太郎さんがらみの話になると、どうしても冷静さを失ってしまう。ましてやいまは、ずっと落ち込んで、元気をなくして、心身のコンディションが最悪の状態なのだ。

孝夫は「まあ、その話はいまはアレだから……」と美沙のために話を切り上げ、石神井もうなずいて話を先に進めた。

「ご兄妹の関係については存じています。しかし、お兄さまは決して悪意や嫌がらせで『もがりの家』にするわけではありません。あくまでも、ご実家を最も有効に再利用する手段がそれだった、ということです」

孝夫はこめかみに力を込めた。胸がざらついた。

「処分に困っている空き家と、ご遺体の一時保管場所に困っている葬祭業者のマッチングは、ニーズが増える一方です。ビジネスとしても将来性が有望だというのは、水原さんも、ご理解いただけますよね」

胸のざらつきを感じたまま、孝夫はうなずいた。廃業したファミレスやコンビニや回転寿司の店舗が葬祭場になるご時世なのだ。つい何日か前には、冷凍倉庫を改装したコインロッカー式の遺体安置施設も夕方のニュースで紹介されていた。

石神井は、すでに稼働している『もがりの家』の実績を伝えた。稼働率は平均して六割強、三日に二日は利用されている計算で、オーナーに入る利用料もかなりの額になる。定年退職後の生活費の大半を『もがりの家』の収入でまかなっているオーナーもいるのだという。

「なにより、これはもう社会のインフラ整備の一環と言ってもいい。人助けです。ご近所にとっても、最初こそ抵抗があるかもしれませんが、やがて気づくんですよ、人の出入りのない空き家が残されるよりずっといいじゃないか、ってね。まさに、ウィン・ウィン・ウィン、みんなが大喜びするわけです」

淀みなく語り、一同を見回して、締めくくる。

「家族やご近所の厄介ものだった空き家も、こうやってうまく使えば、まだまだ役に立つんです」

孝夫の胸はさらにざらついた。いや、爪を立てて引っ掻くような痛みに変わった。

美沙が「一つ、いいですか」と石神井に言った。

「ええ、なんでもどうぞ」

「わたしが家を取り壊してほしいって言えば、兄は実家を『もがりの家』にはしないんですか」

「まあ、その可能性はあるかもしれませんね」

健太郎さん自身は決して『もがりの家』にこだわっているわけではない。そもそも家にも土地にも未練や執着はない。クールに割り切って、さっさと身軽になりたいのだ。

「私としては『もがりの家』に将来性を感じてるだけに、正直もったいない気もするのですが……」

「『もがりの家』になったら、家の中はぜんぶ改装されちゃうんですか」

「いえ、そこはもう最小限にすませます。むしろ、もともとの家族の歴史が残っていたほうが、ご利用なさる皆さんもいいみたいです。ホテルみたいな場所じゃなくて、なにか、こう、ごちゃっとした生活感があると、ほっとして、故人を偲ぶ話も思いだしやすいようですね」

「……見ず知らずの人たちの……」

美沙の声は、途中で震えて消えてしまった。石神井が「え？」と聞き返すと、肩で息をつき、絞り出すように続けた。

「……赤の他人の、おしゃべりの話のタネになるんですか、両親や、兄や、わたしの思い出が、そんなことに使われるんですか……」

声が震え、揺れて、裏返る。ただならぬ気配を察した石神井も、「いや、まあ、いまのは、たとえばの話ですけど……」とひるんだ。

美沙がなにか言った。言葉は聞き取れない。声にもなっていない。波打つように大きく揺れる声――いや、嗚咽だった。

「……ばかにしないで、ください」

やっと、それだけ言葉になった。

悔しそうに石神井をにらむ目に、大粒の涙が浮かんだ。正面に座る孝夫には、それがはっきりと見えた。

涙はすぐに目からあふれ、頰を伝って、顎からテーブルクロスに滴り落ちた。ケンゾーも気づいた。追っかけセブンも、マッチも、壁際に控えていたジンボ&カエデまで、思わぬ展開に息を呑んだ。

　そんななか、石神井は「あ、いやいや、決してそんなつもりはなくて」と顔の前で両手を横に振り、「あははっ、あははっ、やだなあ」と笑って、クサい芝居でスマホの画面を覗いて、そそくさと席を――。

「ちょっと待ってくれ」

　立ちかけたところに、孝夫が言った。凜とした、強い響きの声になった。石神井をじっと見据えるまなざしにも、迷いやためらいはない。

　やっとわかった。

　美沙が教えてくれた。

　ばかにされたのだ。この俺が、という自分自身を超えた、もっと大きな「俺たち」が、石神井という一人の勝ち組インフルエンサーを超えた、もっと大きな「あいつら」に――。

　ならば、黙っているわけにはいかない。

　美沙がこっちを見ている。目に溜まった涙を拭いもせずに。ケンゾーも隣からこっちを見る。啞然としながらも、ヒーローの登場に胸躍らせているような気も……そうだ、ケンゾーがまだ幼い頃、「お父さん」は間違いなく我が家の平和を守るヒーローだったはずなのだ。

　石神井は中腰になったまま「あの、ちょっとですね、次の予定が――」とうわずった声で言った。

「すぐ終わる」

「……どうしたんですか、急に、怖いじゃないですか」

「いいから座ってくれ」

「命令ですか、まいっちゃうなあ」

舌打ちをして、不機嫌そうに椅子に座り直す。

孝夫は石神井を見つめるまなざしに、さらに力を込めて言った。

「人が生きることをばかにするのは、やめてくれ」

「いや、そんなつもりは――」

「どんな家の、どんな汚れや傷だって、それは住人にとってはかけがえのないものなんだ。『背くらべ』の歌、あなただって知ってるだろう。背くらべの柱の傷は、ただの傷なのか？　違うだろう？」

「まあ、本人にとってはそうでしょうね」

「さっき、あなたは、たいがいの住宅は新築が百点満点で、あとは減価償却していくだけだと言った。でも、生活を始める前が最高なんだったら、家はなんのためにあるんだ。外から眺めたり大事に飾っておいたりするものじゃないだろう。点数をつけて、ここがマイナス何点、ここは劣化がどれくらい進んで、なんて……ほんとうはおかしいと思うんだ」

「でも、それが不動産会社の仕事ですよね。水原さんも中古物件の査定するでしょう？　そのとき、やっぱり点数をつけるでしょう？」

「ああ、つける」

「傷や汚れ、マイナスですよね？」

確かにそのとおりだ。いつもなら、このあたりで言葉に詰まってしまう。

だが、いまは違う。美沙の涙をむだにはできない。

さっき『流星たちの館』の構想を聞いたときに感じた胸のざらつきの正体が、やっとわかった。石神井は、一軒の家で人が暮らすということ、家族の歴史がその家に刻まれていることを、あまりにも軽く見すぎている。だからビジネスに利用することしか考えていない。それが、どうにも、嫌だったのだ。

「きれいごとかもしれないけど、俺は……人の人生を見下ろす査定はしてこなかったつもりだ。役に立つとか、有効に使うとか、再利用するとか、もちろん大切なことだけど、家族が一つ屋根の下で暮らして、歴史を重ねていくというのは、それだけじゃない、絶対に」

石神井がなにか言いかけるのを「すまん」と制した。

「理屈の勝負になったら、あなたに勝てるとは思えないから……せめて、言おうと思っていたことを最後まで言わせてくれ」

悪いな、と片手拝みで頭を軽く下げて続けた。

「家族の歴史は、楽しいものばかりじゃない。うまくいかなかったり、思いどおりにならなかったり、ぶつかったり、すれ違ったりすることだってたくさんあるし、そのほうが多いんじゃないかな」

そうだったよな、とケンゾーをちらりと見た。大学受験よりも演劇の道を選んだとき、『ネイチャレンジャー』でデビューするとき、その後の鳴かず飛ばずの頃……何度も家族で話し合った。たいがい孝夫がケンゾーの生き方に反対して、美沙がかばって、最後はいつも孝夫が折れていたからこそ、いまがある。それが間違いだったかどうか、正解や間違いで分ける話なのかどうか、いまでもときどき考える。

「後悔だって、たくさん残る。もう一回やり直せるんだったら、今度はうまくやれるかもしれない。でも、それができないのが人生だよな」

そうですよね、と白石正之さんの顔を思い浮かべた。無人の我が家で妻と娘に詫びつづけ、二人の幸せを願いつづけていた白石さんは、いま、札幌で元気に暮らしているだろうか。

「そんな家族の歴史を刻んできたのが、我が家だ。傷んで、古びて、中高年のおっさんやおばさんじゃないけど、あちこちにガタが来て、小さな修理やリフォームを繰り返しながら、歳を取ったんだ」

そうだよな、と美沙を見た。俺たちも、なんだかんだともうすぐ還暦で、結婚三十三年になるんだな。

「で、家だって、じいさんやばあさんになって、お役御免になるときが来る。それが空き家だ。『抜け殻』なんて呼ばないでくれよ。空き家になった家だって、何年か、十何年か、何十年か……家族の歴史の中で与えられた役割をちゃんと果たしたんだから……」

いけない。話しているうちに熱いものが胸にこみ上げてきた。ふと見ると、美沙の目にはまた新たな——きっと、さっきとは違う種類の涙が浮かんでいた。夫婦で泣くわけにはいかん。みっともない。

「人の人生だってそうだ！」

　こういうときは無理やり怒って、感情の昂ぶりを逃がすしかない。

「さっきの芸能人の扱いはなんなんだ！　誰だって失敗する！　失敗して、表舞台を追われて……失敗しなくても、そこにいられなくて……流星のように消えて……流星にもなれなくて……でも、みんながんばってきたんだ！」

　だめだ、自分でもなにを言っているのかよくわからない。ただ『ネイチャレンジャー』から『手裏剣スナイパーズ』に至るケンゾーの姿が走馬灯のように浮かぶだけで、それを見ていると、さらに感情が昂ぶってしまった。

　太股をギュッとつねり、歯を食いしばって、天井を見上げた。そこにマッチが忖度なしに「え？　え？　マジですか、水原さん泣いてるんですか？」――放っといてくれないか、いまは、とにかく……。

　そのときだった。

「ちょっといい？」

　ケンゾーが孝夫に声をかけた。

「オレ、いまのお父さんの話を聞いてて思ったんだけど……『抜け殻』は確かに感じ悪いけど、石神井さんがさっき言ってた『うつせみ』って、いいかも、って思う」

『手裏剣スナイパーズ』を結成するとき、忍者の技、忍術を調べてみた。『うつせみ』という忍術がある。漢字で書けば『空蟬』――セミの抜け殻のように、分身が本体の身代わりになって敵の攻撃を受けるのだ。

「ついでだから言葉の意味も調べたんだ。そうしたら、セミの抜け殻だけじゃなくて、人間の世界とか、この世に生きている人とか、はかなくてむなしいものとか、けっこう深い意味もあるんだ。空き家も『うつせみ』だったら、わりとよくない？」

すると、その場の誰よりも早く、石神井が反応した。

「いいねっ、うん、ちょっとそのネーミングもらうよ、中古のハイグレード物件を集めて『うつせみ』シリーズで売り出すか、うん、よし、さっそくオフィスで揉んでみるとしよう……鉄は熱いうちに打てっ」

一人で盛り上がって、「では、失敬！」と席を立ち、そそくさと広間を出て行った。

孝夫の話が面倒臭い展開になったので退散したのか、端から聞き流していただけだったのか、それとも、ほんの少しだけでも胸に染みるものがあったからこそ、逃げたのか。

いずれにしても――。

広間に残された面々は、ぽかんとした顔で、石神井がさっきまで座っていた席を見つめるしかなかった。

孝夫は涙の名残のハナを啜り、いつぞやの石神井の言葉を思いだしていた。

〈「いま」という名の、時代の荒野を駆け抜けたくて〉

洋館の廊下も駆け抜ける男なのだ、彼は。

しょうがないな、とあきれながらも、いままでほど石神井のことを毛嫌いしていないことにも気づいた。言いたかったことをやっと言えたからだろうか。逃げ足の速さに、ほんの少しだけ親しみを感じたせいだろうか。

俺たちだって、「いま」という名の、時代の荒野を……くたびれた足取りでとぼとぼと歩いてるんだからな。

今度会ったらそれくらい言ってやるか、と目尻を指で拭って、笑った。

# 第八章　うつせみの庵(いおり)へ、いつか、ようこそ

## 1

　月曜日のお昼前、アポなしでタマエスに顔を出したマッチは、当然のように孝夫の隣の席に来て、当然のように椅子に腰かけた。

「忙しそうですね、水原さん」

「事務仕事が溜まってるんだ」

　週明けに月末が重なって、外回りをする暇もなく、朝からパソコンと向き合っている。苦手なエクセルでの表計算を、どういう理屈で足し算や引き算や並べ替えやグラフ化ができるのかわからないまま、おっかなびっくりで続けて、気がつくともう昼近くになっていたのだ。

「いま掛けてるのって老眼鏡ですか？」

できればリーディンググラス、せめてシニアグラスと呼んでほしいのだが――その前に、忙しいのがわかっているなら話しかけないでほしい。

「わたし、水原さんの老眼鏡って初めてかも。ですよね？　いつもは近視用ですもんね？」

「新聞を読むときとエクセルを使うときだけだよ、老眼鏡は」――つい律儀に受け答えしてしまう。

あんのじょう気が散って、数字の入力にしくじった。ため息をついてミスを訂正し、まあいい、ちょっと休憩だ、と椅子の背に体を預けた。

「今日は石神井さんの仕事はないのか？」

めがねを近視用に掛け替えて訊くと、「ウチのボス、ゆうべからドバイでーす」と言う。「見習いなのに留守番だから、もう、やることなくて」

暇つぶしに仕事の邪魔をしないでもらいたいのだが、いきなりドバイが出てきたことには、素直に驚き、気おされた。

ＵＡＥのドバイは、世界屈指の急成長を遂げている都市だ。世界中から資金が集まり、さまざまな国際的プロジェクトが進んでいる。石神井晃もその一つに参画しているのだという。

「いまはまだ、プロジェクト全体ではそれほど発言力がないんですけど、今回の出張で成果を出して序列を上げてやるって、張り切ってます」

「たいしたもんだな、やっぱり」

これも素直に認める。仕事のスケールも、上を目指す野心も、自分の若い頃とは比べものにならない。ましてや、いまの、もはや老いつつある自分とは。

「あ、でも――」

マッチは椅子のキャスターを滑らせて、孝夫との距離を詰め、声をひそめて言った。

「石神井さん、金曜日のことを感謝してましたよ。いい勉強になった、大事なことを教えてもらった、って」

そうそうそう、と自分の言葉に小刻みにうなずき、「わたし、その話がしたくて来たんですよ」と続けた。


『みちるの館』で一悶着あったのが金曜日の午後で、ドバイに向けて東京を発ったのが日曜日の夜。その二日とちょっとの間に、石神井晃は新たな空き家再生ビジネスのアイデアをまとめた。

「コンセプトは、鴨長明の『方丈記』です。ゆく河の流れは絶えずして、しかももとの水にあらず、って」

断捨離、ミニマリズム、ノマド、マインドフルネス、デトックス、そして「うつせみ」……それらのキーワードから導き出されたのが、鴨長明が暮らした方丈の庵を現代によみがえらせることだった。

「つまり、なんにもない家、です」

石神井はそれを『うつせみの庵』と名付け、一泊から利用できる民泊物件として展開することを考えていた。

「ふつうの民泊とは正反対です」

民泊は手ぶらで泊まれるほど設備が整っているが、こちらは逆――手ぶらで来た客は、手ぶらのままですごす。トイレや水道など必要最小限のインフラ以外は、なにも用意しない。冷蔵庫も電子レンジも置かないので、食事は外ですませてもらう。

「なんなら水だけの断食も大歓迎です」

室内の照明もない。夜の明かりは、窓から射し込むわずかな外光だけ。本は読めない。テレビもない。

「スマホを持ち込むのは勝手ですけど、スマホが手放せない人は、そもそもこんな物件に泊まりませんよね」

「だよなあ……」

「家具がないといっても、新築とかアパートの空き部屋じゃだめなんです。家財道具を運び出して、がらーんとした空き家がいいんです。畳が黄ばんでたり、壁にタンスの跡が残ってたりする家」

「そこに泊まるのか」

「そうです」

「わざわざ?」

「はい、わざわざ、そのために、泊まるんです」

どう考えても万人向けではない。しかし、必ずニーズはある、と石神井は踏んでいた。かねて抱いていた予感が、金曜日に孝夫と会ったことで自信に、そして確信に変わったのだという。

「メインのターゲットは、ずばり――」

マッチは、指差し確認をする駅員のように孝夫をビッと指差し、さらにその指先を、少し離れた席にいた柳沢にも向けた。

「アラ還の悩めるオヤジたち、です」


石神井は『うつせみの庵』の企画書で、こんな利用者のプロフィールを想定していた。

定年を控えて関連会社に出向し、家のローン返済と親の看取りを終え、三十代で独身で非正規雇用の我が子の将来を案じつつ、なにより奥さんとの今後のシニアライフに一抹の不安を感じている、還暦間近の男性……。

「なんだそれ、ほとんどミズちゃんじゃないか」

立ち話でおしゃべりに加わった柳沢が言うと、マッチはすまし顔でうなずいた。

「ほとんどじゃなくて、完璧に水原さんがモデルです」

石神井は、金曜日の孝夫の言葉にひらめいて、『うつせみの庵』のアイデアを得た。

「水原さん、空き家のことを、家族の歴史の中で与えられた役割を終えたんだ、と言ってましたよね」

「ああ……」

「でも、それって、水原さんも同じじゃないですか？」

言葉に詰まった。

「石神井さんのイメージする『うつせみ』は、家の建物だけじゃなくて、人のことでもあるんですよ」

返事ができない孝夫に代わって、柳沢は「その話、面白そうだな。じっくり聴かせてもらおうか」と空いた椅子に腰を下ろした。


「結局、みんな、なにかの役割が欲しいんですよね」

椅子を並べて座ったアラ還オヤジ二名——孝夫と柳沢を相手に、マッチは石神井の受け売りの話を伝えた。

「会社なら課長とか部長はもちろん、クライアントの担当とか飲み会の幹事も大事です。ウチに帰れば、一家の大黒柱で、良き夫で、厳しくも温かいお父さん。行きつけの居酒屋の常連さんだったり、Jリーグの地元チームのサポーターだったり……いろいろあるでしょ？」

もちろん、好きで選んだものばかりではない。むしろ押しつけられて、苦労しどおしの役割のほうが多い。

「でも、そんなのも全部含めて、自分のやるべき役割があるのは、居場所があることと同じなんですよ」

それを失っていくのが、アラ還の日々——。

「公私ともどもタイミングが最悪なんですよ。会社では定年だし、家でも子どもが一人前になって、住宅ローンの返済も終わって、大黒柱がイバるネタがなくなっちゃうんです。だから、奥さんからも昔ほど頼りにされなくなって、もともと近所付き合いもしてこなかった人なんて、もう、途方に暮れるしかないじゃないですか」

孝夫は「まあな……」と不承不承うなずいた。

「でも、ご心配なく。『うつせみの庵』はそういう人のツボに、しっかりハマりますから」

「ツボって？」

「水原さん、世捨て人に憧れませんか？」

「――は？」

「役割が減って途方に暮れるぐらいなら、いっそ役立たずになってみるって、どうですか？」

これです、これ、と満を持してタブレット端末に表示させたのは、石神井が叩き台としてつくった『うつせみの庵』のコンセプトメモだった。

自分の居場所を見失いつつあるアラ還オヤジが、オノレと同じように役目を終えた空き家――すなわち『うつせみの庵』を一人で訪れ、世捨て人さながらの無為な時間をあえてすごしながら、来し方行く末を考える。

メモに添えられたビジュアルイメージは、濡れ縁にあぐらをかいて満月を眺めながら酒を呑むオヤジだった。

コピーは、こうだ。

〈おい、月よ。人生を肴に呑み明かそうぜ〉

「人生」と書いて、「たび」と読ませている。

例の〈「いま」という名の、時代の荒野を駆け抜けたくて〉にも通じる、あいかわらず背中がムズムズする言語センスではあるのだが、理屈はわかる。禅寺での座禅体験ツアーの応用のようなものか。

「石神井さんは平屋建ての小さな家にこだわりたいみたいです。言葉は悪いけど、あばら屋、陋屋です。鴨長明に千利休も交じってます。諸行無常に侘び寂びです」

どうです？　ツボに入ってませんか？　とオヤジ二人の反応を探りながら、マッチはさらに続ける。

「あと、俳句とか短歌。種田山頭火とか尾崎放哉とか、若山牧水ですね」

メモには彼らの作品も出ていた。

〈うしろすがたのしぐれてゆくか　山頭火〉

〈咳をしても一人　放哉〉

〈白玉の歯にしみとほる秋の夜の酒はしづかに飲むべかりけれ　牧水〉

「アラ還オヤジはそこに憧れるんだって、石神井さん、言ってました。自分は人生をしっかり守ってきたからこそ、酒や博打や女や怠け癖で人生を棒に振った人に憧れる……やっぱり、そうなんですか？」

知らないよ、と孝夫はそっぽを向いた。

ところが――。

「いいねえっ」

柳沢が食いついた。「放哉だよ、山頭火だよ、牧水だよ、オトコの理想は。吹きわたる風だよ、放浪だよ、流れる雲だよ、さすらいだよ。なりたくないけど憧れる、それが真の理想ってやつだろ。かーっ、胸に染みるねえ」――いまにも先行予約の申し込みをしそうな勢いでまくし立てる。

「でしょ？　でしょ？　一泊二日、人生を棒に振ってみるんです。二泊三日の世捨て人なんです！」

マッチもはしゃいで声を弾ませた。

忘れていた。柳沢は若い頃の愛読書が沢木耕太郎（さわきこうたろう）の『深夜特急』で、スマホの待ち受け画面は『ムーミン』のスナフキンなのだった。

最初の興奮が収まっても、柳沢は感慨深そうな表情のまま、「静けさを味わうのは、確かにいいな」と言った。

空き家といえば、がらんとした空間の寂しさが思い浮かぶ。だが、それはごく最近のことではないか、というのが柳沢の考えだった。

「家の中にモノがたくさんある生活をしてたら、確かに空き家になったら急にだだっ広く感じられるさ。でも、昔はモノがないのがあたりまえだろ？　空き家になる前と後を比べても、そんなに違わないんじゃないかなあ」

柳沢に言わせれば、昔の空き家の「らしさ」は静けさだった。住む人がいなくなれば話し声が聞こえない。生活音もしなくなる。その、しんとした静寂こそが、空き家の寂しさだったのだ。

「俺の独断じゃないぞ。それが伝統、文化なんだ」

「空き家」の出てくることわざを調べたことがある。ネットで検索すると、二つヒットした。

一つは「空き家で声嗄（か）らす」——空き家を訪ねていくら「ごめんください！」と繰り返しても返事はないことから、無駄骨を折るたとえに使われる。

もう一つは「空き家の雪隠（せっちん）」——雪隠とはトイレのことで、昔のトイレは汲み取り式だから糞尿が溜まる。田んぼや畑で使う肥料、コエである。

「つまり、空き家には誰もいないんだから、トイレにもコエはないわけだ。コエが声になって、声がない、なにも聞こえない、っていう意味だ」

呼びかけても返事がないときに「なんだよ、空き家の雪隠かよ」などと使うのだという。

「やだ、ダジャレですか？」とマッチはあきれて笑ったが、孝夫は、なるほどなあ、としみじみうなずいた。

白石正之さんのことを、ふと思う。家族に見捨てられた白石さんは、かつての我が家で奥さんや娘さんに無言で詫びつづけていた。返事は、もちろん、聞こえない。

白石さんの家だけではない。メンテナンスで巡回するどの空き家も、ほんとうに静かだった。その静寂は、たまたま住人が外出中の留守宅とは明らかに違う。だが、一方で、まだ誰も住んでいない新築の家の静けさとも違うのだ。

どこがどう、と説明することはできない。けれど確かに、間違いなく、違う。違っていてほしい——なぜ、と問われても答えられないのだが。

そもそも、なぜマッチは『うつせみの庵』の話を二人に伝えたのか。

「裏切ってるわけじゃないんですよ。逆です、逆。石神井さん、ドバイに出発する前に言ってたんです。水原さんはどう思うかなあ、アラ還の人たちにいろいろヒアリングしたいよなあ、なんて」

だからといって無断で話していいわけではないだろう、と孝夫は思うのだが、堅いことは言うまい。

「柳沢さんのことも石神井さんに教えていいですか、最高のモニターになってくれますよ、って」

「なに言ってるんだ、商売ガタキだぞ」

顔をしかめながらも満更ではなさそうな柳沢は、「でも、ミズちゃん、どう思う?」と孝夫に目を移した。

「石神井晃にしてはユルくないか?　アイデアとしては面白いけど、ビジネスにはならんだろう、これ」

孝夫も「正直、難しい気がする」とうなずいた。

すると、マッチは首を横に振って言った。

「この企画、商売抜きなんですよ。採算度外視、赤字上等。しかも自治体やディベロッパーと組むんじゃなくて、開発から運営まで、すべて自前でまかなうみたいです」

スタッフが何十人もいる本業のオフィスに迷惑がかからないよう、『うつせみの庵』に特化した個人事務所も設立するつもりだという。

「これはビジネスじゃなくて、むしろ社会福祉系……これからの世の中を支えるインフラ整備なんです」

「社会福祉?」「インフラ?」

柳沢と孝夫が訊き返すと、まとめて――。

「持続可能なオヤジをつくるんです」

「はあ?」「へ?」

「定年とか子どもの巣立ち程度で落ち込まれると、邪魔で迷惑なんですよ。イバれなくても奥さんと仲良くやってもらわないと、ただの動く不燃ゴミじゃないですか」

「邪魔で迷惑……」「動く不燃ゴミ……」

「あ、すみません、火葬できるから燃えますっ」

「いや、それはいいけど……」「よくないけど……」

「とにかく、しっかりしてほしいんですよ、おとーさんたちには。それが石神井さんの願いなんです」

気持ちが落ち込んだときには『うつせみの庵』でリセットして、また元気を取り戻して、再起動してほしい。

「そうしないと、このニッポン、家の建物だけじゃなくて、人のココロまで空き家だらけになるから、って」

人のココロが空き家になる——。

「あいかわらず、クサいこと言うよなあ」

柳沢は苦笑して首をひねり、「でも、やっぱり、ひっかかるんだよな」と続けた。「この話、石神井晃が採算を度外視してまでやるほどのことなのか？」

孝夫も同感だった。働き盛りの石神井が、リタイア世代についてどうこうというのが、ビジネスではないからこそ、かえって怪しい。なにかウラがあるのか？

マッチはオヤジ二人の複雑な表情を交互に見て、「やっぱり気になっちゃいますよね」と言った。「世界にはばたく石神井晃が、しょぼくれた還暦オヤジにこだわる理由、フツーはありませんよね」

いちいちトゲのあることを言いながら、タブレットをまた手に取った。

「ほんとは、黙ってるつもりだったんですけど」

前置きして、画面のスワイプやタップを繰り返す。

「わたしもやっぱり気になって、この週末にいろいろ調べてみたんです」

いつもの明るくノーテンキな笑顔は消えていた。

画面を操作していた指が止まる。

「これ、見てください」

小さな新聞記事のコピー画像が表示されていた。

〈民家、未明の火災で全焼〉

十数年前の記事だった。都内の住宅街で民家から出火、類焼は免れたものの火元の家は全焼し、焼け跡から一人の遺体が見つかった、とある。

決して珍しい出来事ではない。記事もごく短いものだった。

だが、画面の記事を読んでいった孝夫と柳沢は、文中の同じところで目を止め、同時に息を呑んだ。

〈身元確認の結果、遺体はこの家に一人暮らしだった無職・石神井浩之（ひろゆき）さん（63）と判明した〉

マッチはタイミングを見計らってタブレットをしまい、「お父さんです」と言った。

本人に確かめたわけではない。ただ、石神井晃の父親が事故か災害で亡くなっていることは、業界内でひそかにささやかれていたのだという。

「石神井さんがまだ広告会社のサラリーマンだった当時を知ってる人に、話を聞くことができました」

火事は、石神井がニューヨーク支店に赴任した半年後の出来事だった。両親はその三年前に離婚していた。父親の定年を待ちかまえて、母親がいきなり別れ話を切り出すという、絵に描いたような熟年離婚だった。

母親はさっさと家を出て、実家には父親だけが残された。しばらくは、一人息子の石神井が父親の様子をなにかと気にかけていたものの、ニューヨークに転勤してからは身動きがとれなくなった。

「お父さん、そのあたりから急に老け込んで、張り合いもなくして、再雇用された会社でも仕事とか人間関係がうまくいかなくなったみたいで、あっという間に生活がボロボロになっちゃって、ゴミ屋敷とまではいかなくても、けっこうひどいことになってたみたいです」

もともと好きだった酒の量が増えた。話し相手がいないせいか、煙草が手放せなくなった。そして最後は、コタツで酔って寝込んで、消しそこねていた煙草の火がコタツ布団に燃え移って……石神井が中学時代から大学卒業まで住んでいた我が家は、別れを告げる間もなく、灰になってしまったのだ。

話し終えたあと、マッチは黙り込んだ。

沈黙の重さに耐えきれなくなった柳沢が「なんだよ、あいつ、水くさいなあ」と無理におどけた。「苦労してるんだったら少しはそれを顔に出せよ、そうしたら、もうちょっと可愛げがあるのにな」

孝夫はそこまで軽口に紛らすことはできなかったが、「まいったよ……」とマッチに声をかけた。

「だから言ったじゃないですか、石神井さん、金曜日に水原さんから大事なことを教えてもらったんです」

「なにも言ってないよ、そんなの」

「大事なことかどうかは、しゃべったほうじゃなくて聞いたほうが決めるんですっ」

軽やかに一喝したマッチは、「でしょ?」と笑った。

## 2

火曜日の昼下がり、美沙はケンゾーとともに千歳台の駅前商店街を歩いていた。

ランチタイムの後半戦に入った商店街は、夕方に負けないほどの活気だった。軒を連ねる総菜店は弁当やおかずを店先の特設台にずらりと並べ、それが見る間に売れていく。〈品切れ〉の短冊も多い。食堂やレストランにも客がひっきりなしに出入りする。店先に掲げたボードを見ると、和洋中いずれのジャンルも、安くてボリュームがあるセットメニューばかりで、「おっ」とココロをそそる組み合わせの半分近くは、すでに売り切れの二本線が引かれている。これなら電車で通ってくる人もたくさんいるのも納得だし、お目当てを確実に食べるなら、正午前に着いておくのは必須だろう。

美沙は人混みに気おされながらも、「いいなあ、こういう町、大好き」と上機嫌だった。

「そうなの?」

ケンゾーは意外そうに訊いた。「だって、ウチの駅前と全然雰囲気違うじゃん。商店街なんてないし、駅前がごちゃごちゃしてないのがいいって、いつも言ってない?」

「だから懐かしいのよ」

「……って?」

「新婚の頃は下町のアパートに住んでたのよ」

「マジ？」

驚くケンゾーに、美沙はあきれて苦笑した。

「ほんと、親のこと、なーんにも知らないんだから」

「だって教えてくれなかったし」

「あんたが訊かなかったからでしょ」

結婚して最初に暮らした町だった。当時の孝夫が勤めていた営業所と、美沙が国語教師として勤務する高校の通勤を考えて、どちらにも便利な町に住んだ。

「森中橋（もりなかばし）って知ってる？　もともとはヤミ市があった町で、新婚の頃もマーケットがまだ残ってたの。薄暗いアーケードで、迷子になりそうなほど路地が入り組んでて、ちょっとガラが悪かったけど人情味があって、わたしは好きだったなあ」

一方、孝夫はその雰囲気に馴染めなかった。アパートの部屋も一階だったので、二階の足音に文句を言いどおしで、翌年に美沙が異動になると、待ってましたと言わんばかりに引っ越しを決めたのだ。

「いまにして思えば、もうちょっと森中橋に住んでみたかったけどね」

「お父さんって、騒音とかに神経質だし、下町が苦手そうだもんね。人見知りしちゃうっていうか」

「そうそう、気取ってるのよね」

おかしそうに笑い、行き交う人たちを感慨深く眺めながら、続けた。

「みちるさん、こういう商店街で生まれ育ったんだね」

「びっくりした？」

「うん……ちょっとね」

答えたあと、「でも──」と言い直した。「親しみやすくなって、うれしいかな」

「がっかりしなかった？」

ケンゾーが重ねて訊くと、即座に「それはない、全然ない」と首を横に振って、その答えをごくんと飲み下すように、大きくうなずいた。


みちるさんは最初、美沙と会おうとしなかった。とても合わせる顔がないと涙ながらに訴えるのを、ケンゾーが週末に電話をかけて説き伏せたのだ。

「ホムホムならだいじょうぶっ」──追っかけセブンが三人そろって太鼓判を捺したとおりになった。

「ホムホムってね、一所懸命にしゃべるでしょ、それが伝わるのよ」「そうそう、嘘がないの、正直で素直で、まっすぐなの」「だからホムホムはドラマのつくりものの台詞を嚙んじゃうの」

「正直になりたいココロが拒むから棒読みになっちゃうの」……しだいに雲行きが怪しくなってしまうのだが、とにかく、ケンゾーはセブンの信頼と期待に応えて、精一杯がんばって説得したのだ。

マダム・みちるになりすましていたことを恥じるみちるさんに――。

「でも、お茶会そのものは完璧だったじゃないですか。みちるさん、マダムになりきって、最初から最後までみごとにやり通して、主演女優賞です。オスカーです。オレ、スタンディングオベーションします、マジに」

お茶会に招かれたほうも同じだ。

「ウチのおふくろも、がんばって上品なゲストの役を演じたんです。おふくろだってお芝居してたんですよ。でも、そのおかげで、両親を看取ったあとの介護ロスを束の間でも忘れることができたんだと思います」

さらにはサポート役のジンボ&カエデも。

「あの二人もプロの執事になりきってたでしょ？　週に一日『みちるの館』で執事になることで、残り六日、厨房で黙々と働く力をチャージしてたんですよ」

みんなで演じたのだ。誰かをだますためではなく、自分自身を元気にするために、ちょっとだけ、ふだんとは違う姿になって――。

「アロマと同じです。オイルをほんの一滴垂らすだけで、部屋の空気がふわっと華やいだり穏やかになったり……そのオイルが、お茶会だったんです」

みちるさんは小さな声で相槌を打つだけだったが、電話越しに伝わる気配は、少しずつ明るく、前向きになってきたのがわかる。

「みちるさんだってそうでしょ？　マダムになってお茶会を開くことで元気になって、毎日が楽しくなって、べつに誰かに迷惑をかけてるわけでもなくて……じゃあ、全然ＯＫじゃないですか」

　話していると、ふと追っかけセブンを思いだした。『手裏剣スナイパーズ』のステージに、がら空きの客席の最前列から声援を送る光景が浮かぶ。三人とも楽しそうに、うれしそうに、はしゃいでいる。年甲斐もなく――いや、「推し」によって年甲斐をなくすのは、それはそれでたいしたものではないか。「年甲斐なくして生き甲斐得よう！」くらい、あの三人なら言いそうだし。

　オレも意外と役に立ってるのかもな。急に照れくさくなってしまい、咳払いを挟んで話を続けた。

「おふくろ、意外とお菓子づくりが好きなんです。ジンジャークッキーとか、シフォンケーキとか。でも、しょっちゅう、失敗した失敗したって言ってるんで、一回教えてやってもらえませんか？」

「……わたしが？」

「あと、みちるさんの集めた食器も見たがってます」

「どういうこと？」

「ご自宅におじゃまさせてもらえませんか」

「だから……どういう……」

「お茶会の打ち合わせ、させてください」

「――え？」

「次の金曜日、『みちるの館』に予約を入れてます。みちるさんがキャンセルしたのを、ジンボくんが取り直したんです。で、その日はおふくろが主催するお茶会にさせてください。でも、やっぱりウンチクのある会話はみちるさんに仕切ってもらわないと、だめなんです」

ジンボ&カエデも手伝いに来てくれる。

招待するゲストは三人――追っかけセブンの面々が、みちるさんとの対面をわくわくしながら待っている。

「来月の後半からは、もう工事が始まるみたいです」

石神井晃のスタッフは、週末のうちにリノベーションの準備に取りかかっていた。万事順調にいけば、半年後には『流星たちの館』として生まれ変わることになる。

「だから、これが最後のお茶会です」

みちるさんの返事はない。だが、その沈黙には確かな手ごたえがあった。

「週明け早々、月曜日のお昼過ぎとか、いかがですか。おふくろを連れて行くので、おじゃまさせてください」

ほどなく、苦笑いの声が交じったため息とともに「じゃあ、火曜日にしてくれる？」と答えが返ってきた。

なぜなら――。

「月曜日にキッチンを片づけて、奥にしまい込んでた食器も出したいし、あと、練習でケーキも焼いてみるから」

ケンゾーはガッツポーズをつくった。『ネイチャレンジャー』時代におなじみだった、連続バク宙からのファイヤー・ドラゴン・バトル――炎龍斗の名前そのままの必殺技を決めたときの心地よさが、ひさびさによみがえった。

「――ここ？」

美沙はみちるさんの自宅前で足を止めて、ケンゾーに訊いた。容積率や建蔽率を目一杯使った、角柱のような三階建て――『みちるの館』とは似ても似つかない外観に、さすがに戸惑っている。

「そう、ここだよ」

ケンゾーは建物を見上げて答え、「ここが、ホンモノの『みちるの館』なんだ」と続けた。この家で家族が三世代にわたって暮らしてきたんだ、と続けるのは照れくさいのでやめておいたが、美沙は「いいおウチじゃない……」とつぶやき、玄関脇の小さな庭に目をやった。

バラで彩られた『みちるの館』の庭園とは比ぶべくもない、まさに猫の額のような庭だった。それでもきちんと丹精されて、小ぶりなアジサイが、ほんのりと赤らんだつぼみをふくらませている。

だが、美沙が「ああ、やっぱりあるんだ」とうれしそうに指差したのは、植え込みのアジサイではなく、その脇に置いてあるアロエの鉢植えだった。

「やっぱり、って？」

「昔はアロエがどこの家にもあったの。葉っぱが肉厚でしょ、それが薬になるから」

「そうなの？」

「横浜のおばあちゃんちにも昔はあったんだけど、覚えてない？」

「……ごめん」

まだ小学校に上がる前のケンゾーが、横浜の実家の庭で遊んでいて、ブヨに刺されてしまったことがある。そのときにおばあちゃんが最初に塗ってくれたのが、アロエの葉っぱの汁だったという。市販薬は薬箱に入っていても、昭和をほとんどまるごと生きてきたおばあちゃんの世代にとっては、まずはなによりアロエだったのだ。

「とにかく万能薬なんだから。虫刺されだけじゃなくて、火傷にも切り傷にも効くし、顔のにきびにもいいし、あと、汁を飲んだら胃薬にもなって……薬がまだ高級品だった頃は、なにかあったらとりあえずアロエだったの」

昭和の香り漂う商店街で、長年みんなに親しまれてきた魚屋さんの自宅なら――「バラよりもアジサイだし、アジサイ以上にやっぱりアロエよ、アロエ、うん」と美沙はうれしそうに言って、それで肩の力が抜けたのか、軽いしぐさで自ら玄関のチャイムを押した。


最初のうち、みちるさんの表情は硬くこわばっていた。美沙と正面から向き合っていても、顔をほとんど上げない、というより、上げられずにいる。

週末のケンゾーとの電話では多少元気を取り戻したものの、美沙を居間に迎えると、やはり罪悪感が募ってしまうのだろう。

一方、美沙はもう気持ちを切り替えている。千歳台の商店街を歩いているときにはまだわずかに残っていたわだかまりも、玄関脇のアロエの鉢植えですっかり消えてくれた。

「お茶会のおかげで介護ロスから脱け出せたんです。みちるさんには感謝しかありません」

その言葉に嘘いつわりはない。ケンゾーにはよくわかるし、みちるさんにも伝わっているはずだが――伝わっているからこそ、うつむいたまま、力なくかぶりを振るだけだった。

しかし、追っかけセブンはそういう展開になってしまうのも見越して、週末のうちにケンゾーに策を二つ授けていた。

そのオペレーション1、発動――。

ケンゾーは言った。

「電話でもお話ししたとおり、おふくろ、お菓子づくりが好きなんです。みちるさんのキッチンとか使ってる道具とか、見せてもらえませんか？」

目配せを受けた美沙もすぐに「息子から聞いて、楽しみにしてたんです」と続けた。

最初は困惑していたみちるさんだったが、美沙が「スパチュラを買い換えようと思ってるんですけど、しなり具合のしっくりくるものがなかなか見つからなくて」「あと、キッチンエイドのアタッチメントはなにをそろえればいいか迷ってて」などと具体的な話を持ち出すと、しだいに表情が晴れてきた。

「いま、ウチで使ってるのを写真に撮ってきたんですけど……ちょっと見てもらえますか？」

美沙は席を立って、みちるさんの背後に回った。「みんな古い道具ばかりなんですけど」とスマホを持った手を伸ばして、画面をみちるさんと二人で覗き込む格好になった。

これがオペレーション1――「座る位置を変えるべし」と、セブンに指示されていたのだ。

みちるさんが美沙と向き合うのがキツそうなら、お菓子づくりの話題を振って、あらかじめスマホで撮影しておいた手持ちの道具の写真を一緒に見る。その際のキモは、正面ではなく背後に回ることにある。

「見つめ合って語り合うのは、若い人に任せなさい」「歳をとって見つめ合うと、相手のアラしか見えなくなるの」「皺とか染みとか白髪とかね」「白内障には早めに気づいてもらえるかもしれないけど」「そのかわり、正面からしゃべってると口臭も気になるけどね」「ま、見た目の話だけじゃなくて、膝突き合わせて正面から向き合うときって、ろくな場面じゃないでしょ」「熟年離婚を切り出すときとか」「余命宣告とか」「そもそも、見つめ合うのって、野生の動物だと喧嘩上等のしるしだからね」

だからこそ、夫婦でも親子でも友人でも、二人で同じものを見ているときのほうが、お互いに気が楽になる。

「同じものを見るっていうのがポイントだからね。ばらばらにスマホを覗いてたら、正面で向き合うより、もっとマズいでしょ」「リビングやダイニングのテレビに感謝しなきゃいけない夫婦や親子って、数えきれないほどいるんじゃない？」「困ったときにはドライブ、大事な話をするのはいつも車の中、っていうお父さんも多いんじゃない？」

とにかく、セブンの策はみごとにあたった。

画面に次々に表示される調理器具を見ているうちに、みちるさんは少しずつ元気になっていった。最初は美沙の説明に相槌を打つだけだったのが、やがて自分から「ああ、これって便利なのよね」「昔のやつよりだいぶコンパクトになってる」などと話すようになり、そこにときどき笑い声も交じりはじめた。

よし、ここだ、とケンゾーはオペレーション2に取りかかる。

「みちるさん、もしよかったら、おふくろに道具を見せてやってもらえませんか？」

美沙もすぐさま「ぜひぜひ、お願いしますっ」と声をはずませて、両手で拝んだ。

すると、みちるさんは遠慮がちであってもうなずいて、控えめな笑みも浮かべ、「わかりました、じゃあ……二階に……」と立ち上がった。

席を立って階段を上る。足取りは、軽やかとまではいかなくても、決して重くはない。あとに続いて二階に向かった美沙が、パティスリーの厨房さながらの広さと設備に「うわあっ！」と歓声を挙げると、面映ゆそうに、うれしそうに、「形から入るだけだから恥ずかしいんだけど……」と言う。

セブンの狙いどおりだった。オペレーション2——「みちるさんに宝物の箱を開けさせてあげなさい」と言われていた。

小学生の女子が、初めてウチに遊びに来た友だちに「見せて見せて」とせがまれて、宝物を入れてある箱を開ける。中身は、きれいな千代紙やシール、爪でこするとイチゴの香りがするメモ帳に、アイドル雑誌のグラビアの切り抜き、桜貝の貝がら……セブンの三人が口々に挙げた例は、いかにも昭和感満載なのだが、とにかく決して豪華ではないし、もの珍しくもない。けれど、その子にとっては、かけがえのない宝物なのだ。

「男子だってそうでしょ？」「友だちの孫も、戦隊ヒーローのカードを集めたり、無敵のベイブレードを自慢したり、昔だったら牛乳瓶の蓋とか食パンの袋を留めるヤツとか、どうでもいいようなものを大事にしてるのよ」「で、男女限らず、宝物を見せ合いするのが友情の第一歩なの」

まったくもって、そのとおりだった。お菓子づくりの道具から始まって、アンティークなティーセットの数々、ガーデニングやアフタヌーンティーにかんする書籍や映像ソフト……。

美沙はいちいち「すごいっ！」と手を叩き、「あとは？　あとは？」と先をうながす。無理に盛り上げているのではない。本気で楽しんでいる。もともと興味があるお菓子づくりはもちろんのこと、ウチで話題にしたことのないフェルメールの画集を広げるときにも目を輝かせている。みちるさんもその反応がうれしいのだろう、「じゃあ、これは？」「こんなのもあるけど、どうかしら」と、次々に宝物を見せてくれた。

セブンの言っていたとおりだ。

「自分にとっては関係なくても、友だちがすご－く大事にしてるものを見せてもらうだけでも大感激なの」「宝物を見せてもらえる関係っていうのがうれしいのよね」「で、見せる側も、自分の宝物を見て喜んでくれる相手がいると、うれしくてたまらないの」

さらに二人は三階に移った。美沙が一九七〇～八〇年代の少女マンガが大好きなことを知ったみちるさんが、「わたしのほうは七〇年代の前半が中心だけど、よかったらご覧になる？」と自ら誘ったのだ。

三階のマンガ部屋に足を踏み入れるなり、美沙は「夢の図書館じゃないですか！」と歓喜した。さらにさらに、衣装部屋にも案内されると、もはや遠慮も年甲斐もなく、「きゃあっ！　きゃあっ！」と飛び跳ねて床を揺らしてしまうありさまだった。

こんなに美沙がはしゃぐのを見るのは、ケンゾーは初めてだった。あとでこっそりケンゾーから報告を受けた孝夫も「俺だって見たことないぞ」と驚いていた。

アラ還の母親が、小学生女子に戻ってしまい、「みちるさん、一人暮らしですよね。じゃあ今度、泊まりがけで遊びに来てもいいですか？」とまで言いだす。

まいっちゃうなあ、とケンゾーは首をひねりながら二人の様子を眺めた。

あきれるような。

恥ずかしいような。

だが、それは、息子として……うれしい光景だった。

3

金曜日のお茶会は、静かに始まり、穏やかに進んだ。

アナログレコードのシューベルトが流れるなか、エスプリとユーモアあふれる話で一同を楽しませているのは――みちるさんではなかった。

庭に咲いているバラの花を愛でつつ、十五世紀イングランドの内戦・バラ戦争の逸話を語り、それをシェイクスピアの『リチャード三世』へとつなげたのが、追っかけセブンのミヨさん。バラ戦争という名は、王位継承を争ったランカスターとヨーク家の紋章がそれぞれ赤バラと白バラだったことに由来する。アッコさんがそれを受けて、中世ヨーロッパで百五十万種あったとされる紋章の読み解き方を教えてくれた。

一方、ケイさんはバラの色に着目した。不可能の象徴とされ、テネシー・ウィリアムズの戯曲『ガラスの動物園』にも登場する青いバラが、最新の品種改良技術を駆使して二十一世紀に誕生したいきさつを語っていった。

美沙とケンゾーはすっかり圧倒されて、相槌もつい忘れてしまいそうになる。セブンと知り合って間もない美沙よりも、付き合いが長いぶん、ケンゾーの困惑のほうが深い。

三人がここまでバラにくわしいとは、夢にも思っていなかった。

いや……その前に、お茶会のことを初めて聞いたとき、三人はそれのどこが面白いのか、あまりピンと来ていなかったはずだ。「気取ったおすましさんの会」とも呼んでいたのではなかったか？

この日のためにわざわざ準備というか、予習してくれたのか……いや、しかし、三人の話しぶりは、とても付け焼き刃とは思えないのだが……。

さらに話題は、バラの香りさながら、軽やかに広がっていった。青いバラと同様に幻とされていた青いチューリップの話から、旧約聖書に出てくる純潔の象徴たるシャロンの花はチューリップではないかという説を紹介して、チューリップで庭を埋め尽くしたベルサイユ宮殿の主・ルイ十四世にまつわるゴシップを挟み、色彩心理学の最新の研究が語られたあと、町中華のカウンターがなぜ赤やオレンジ色なのかが論じられる。まさに変幻自在にして縦横無尽、古今東西、聖から俗まで、ウンチクはまだまだたっぷりあるのだろう。

語り口も違う。いつもは前のめり気味にポンポンと言葉が出てくるのだが、今日はゆったりとしたテンポで、語り手が交代するときにも紅茶を一口味わう間を空けるのを忘れない。ふだんのおしゃべりは三社祭のお神輿を担ぐような威勢の良さなのに、今日は舞踏会のパートナーチェンジのように、どこまでも滑らかで、上品で、優雅で、それでいて肩からほどよく力も抜けていて、ときには声をあげて笑ったりして……。

おかげで、セブンとは初対面のみちるさんも、少しずつ緊張がほぐれてきたように見える。三人が披露するウンチクに目をまるくしたり、なるほどなるほどと大きくうなずいたり、みんなが笑うときには、遠慮がちながらも一緒に頬をゆるめるようにもなっていた。

ただし、みちるさんが話を引き取ることはない。セブンのおしゃべりのテンポはゆったりとしているので、いつでもすんなり入っていけそうなのに、ずっと聞き役に徹している。

やはりまだ引け目があるのか。それとも、話に加わるほどのウンチクの持ち合わせがないのか。自分がお茶会の前に用意した話題以外には、ついていけないのか。もしもそうだとすれば、セブンのおしゃべりは、むしろみちるさんを苦しめている、ということだってありうる。セブンは、それを察しているのか、いないのか……。

ＬＰレコードの片面が終わった。セブンのおしゃべりは、ゆったりとしたテンポを保ったまま、またバラの話に戻っていた。

ジンボ＆カエデがレコードをひっくり返し、ティーポットのお湯を取り換えたのをしおに、三人の話が止まる。

「あら、いやだ、こっちだけで勝手に盛り上がっちゃって、ごめんなさい」

ミヨさんが大げさに肩をすくめ、アッコさんが「なにかバラにまつわるお話ないかしら」と、含み笑いで美沙とケンゾーに目をやった。

ムチャぶりとは、まさにこのことだった。美沙はうつむいて視線をかわし、ケンゾーも聞こえなかったふりをして、ジンボ＆カエデの手作りのフィンガーフードに手を伸ばす。

そこに、ケイさんが――。

「みちるさん、いかがですか？」

ケンゾーの手は、ぴくっと止まる。

ケイさんの口調は、ほんのついでに、といった感じの軽さだった。ミヨさんとアッコさんも、断ってもＯＫですよ、無理しなくてもいいですけど、なにかあるならぜひ、という笑顔をみちるさんに向けていた。プレッシャーを与えまいとする気づかいなのか、それとも、はなから期待していないということなのか……。

みちるさんはゆったりとしたしぐさで紅茶を一口飲み、カップを静かにソーサーに置いた。汚れているわけではなくてもナプキンを当てて口元を整え、ケイさん、ミヨさん、アッコさんを順に見て、にっこりと——マダム・みちるになって微笑んだ。

「バラの季節は初夏だけじゃないんです」

やわらかでいながら凛とした響きの声もまた、マダム・みちるのものだった。

「四季咲きの品種は、冬になっても花をつけるんです」

俳句では、冬の季語にもなっている。「冬薔薇」と書いて「ふゆばら」「ふゆそうび」、あるいは「寒薔薇」で「かんそうび」と読む。

「イメージとしては温室じゃなくて、冬枯れの野や庭に、ぽつんと名残の花が一輪咲いている感じでしょうか」

高浜虚子(たかはまきょし)の俳句を諳(そら)んじた。

〈冬薔薇一輪風に揉まれをり〉

続けて、正岡子規(まさおかしき)のこんな句も。

〈菊枯れて冬薔薇蕾(つぼ)む小庭かな〉

セブンの三人の話題が洋モノ中心だったのに対し、こちらは和モノである。

さらに、みちるさんが一番好きだという冬薔薇の句は、中村草田男(なかむらくさたお)の〈冬薔薇石の天使に石の羽根〉——天使の彫刻を登場させて、和と洋がみごとにつながった。

美沙とケンゾーは思わず感嘆の声を漏らし、壁際に立っていたジンボ&カエデも、目を見交わし、控えめなガッツポーズをつくった。

もっとも、みちるさんはかえって恐縮して「ごめんなさい、素人が知ったふうなことを言っちゃって……」と肩をすぼめてしまった。やはりまだ、心の片隅に居たたまれなさが残っているのか。

だが、そんなみちるさんを、セブンの拍手が包み込んだ。おざなりなものではない。本気で感心して、本気で喜んで、本気でエールを送っているのがよくわかる、手を叩く音の一つひとつがくっきりした拍手だった。

そして――。

ケイさんがいきなり言った。

「一句、ひねりましたっ……いいですか？　ふゆそうびスノータイヤもふゆそうび」

冬薔薇と冬装備をひっかけたのか？　これ、俳句というより川柳、いや、ただのダジャレではないのか？

続けてアッコさんも「はいはいはいはいっ」と挙手をして、「じゃあ、わたしはこれっ」と、ハンドクラッピングとともにラップを披露した。

「咲いた冬バラ、食べた豚バラ、バラは花壇、腹は三段、不倫ハラハラ、家族バラバラっ」

そして、しばらく目を閉じて考えていたミヨさんは、「整いましたっ」と――。

「冬のバラとかけてアラ古希のご婦人と解く、そのココロは……枯れてもトゲはございますのよっ」

謎かけにまで至ると、もはや美沙とケンゾーはリアクションなどできない。ただただ、恐れ入った。

エアポケットのような沈黙を破ったのは、みちるさんだった。

「もう、やだあ……」

泣き笑いの声で言う。

追っかけセブンはその反応を見抜いていたのか、ちらりと目を見交わして微笑み合った。

「『みちるの館』はモバイルよ」「そう、みちるさんがいるところ、ぜーんぶ『みちるの館』になるから」「みちるさんのお茶会は、千利休の野点(のだて)と同じ、茶室にこもっちゃだめなの」「ウンチクのキャンプファイヤー！」「教養のバーベキュー！」「楽しい会話の漁師鍋！」

みちるさんは「ありがとうございます、ありがとうございます……」と繰り返し、あとはもう涙にくれるだけだった。

しかし、お茶会を涙で終えるわけにはいかない。

オレの出番だ、とケンゾーは背筋を伸ばし、腹にグッと力を込めた。

もうお茶会はだいじょうぶだろう。みちるさんも元気になった。すべてはセブンのおかげだ。

だが、かつての特撮ヒーローとして、いまなお忍者ミュージカルで愛と勇気と正義にこだわる男として、このまま、おんぶに抱っこではいられない。

だが、なにをする。なにをどうすれば、いまの、この思いを――。

迷ったあげく、椅子に座ったまま、両手を高々と掲げた。

「ばんざーい……」

照れた。声がしぼんだ。がんばれ、と自分を励まして、両手を下ろして上げて、下ろして上げる。

「ばんざーい、ばんざーい……ばんざーい！」

最初は唖然とするだけだった美沙も、我に返って左右を見わたすと、ためらいながら「ばんざーい……」と息子に付き合った。

少し遅れて追っかけセブン、さらにジンボ＆カエデも加わって、ショパンのピアノをかき消す「ばんざーい！」の唱和が繰り返された。

「やだあ、もう、なんなの、あなたたち……」

みちるさんは最後まで泣き笑いを続けた。涙は止まらなかったが、笑顔はもう、ゆがむことはなかった。

4

「やっぱり、あの三人はすごいよね」

車の助手席で、美沙が言う。追っかけセブンの底力を思い知らされたお茶会のひとときを反芻して、感に堪えないように続ける。

「最初のウンチクもびっくりしたけど、冬のバラの話になるなんて予測不能でしょ？　ダジャレもラップも謎かけも、ぜーんぶアドリブなんだから……ほんと、まいった……」

あれから一週間以上たって、同じ話を何度もしているのに、また——。

ハンドルを握る孝夫は、やれやれ、と苦笑して、やんわりと釘を刺した。

「同じことを何度も言ってると、認知症が心配になっちゃうぞ」

だが、美沙は、違う違うそうじゃなくて、と返す。

「今日は、これからのことを言ってるわけ」

要するに、と続ける。

「ケンちゃんのこと」

ケンゾーの右足のギプスは四日前の水曜日にようやくはずれた。木曜日はまださすがに松葉杖なしで歩くのはしんどそうだったが、金曜日になるとだいぶ自由に歩けるようになって、土曜日——すなわち昨日の夕方、両親が拍子抜けするほどあっさりと「じゃあね、長々とお世話になりましたっ」とアパートに帰ってしまったのだ。

ゆうべは「用済みになったらさっさとひきあげるなんて、ほんとに自己チューなんだから」と文句たらたらだった美沙も、一晩たつと「まあ、いつまでも居候されても困るけどね」と気を取り直していた。

だからこそ、心配になるのは、ケンゾーの今後——。

「ああいうときに、『ばんざーい』はないでしょ、選挙に当選したわけじゃないんだから。正直言って、もうちょっと気の利いたことをやってくれるかと思ってたんだけど」

これも先週から何度も聞かされた。「あいつはアドリブに弱いんだよ」と孝夫が中途半端にフォローすると、「ハタチの若い子なら、それでもいいけどね」と美沙をかえって不機嫌にさせてしまうパターンが繰り返されていたものだった。

だが今日は、「まあ、親がどうこう言えるような世界を選ばなかったんだから、しかたないよね」と笑ったあと、話を先に続けた。

「あの三人がケンちゃんのそばにいるんだったら安心だなあ。べつに責任を押しつけるわけじゃないんだけど、なんとなく、あの三人に応援されてるってことは、ケンちゃんにも見どころがあるのかも……って」

「親にもわからない見どころかあ」

孝夫は首をひねる。微妙に納得がいかないし、悔しい気持ちもある。我が子の長所や魅力を親が誰よりもわかってやらないでどうする、と思う。

それでも、「自分では気づかなかった息子の魅力を別の誰かに教えてもらうのって、わたしはちょっとうれしいけどね」と美沙に言われると、「そりゃあ、まあ、うん……だよなあ……」と口元がゆるみ、背中がもぞもぞしてしまう。マッチの言っていた「イイ感じの足手まとい」も思いだした。ポイントは「イイ感じ」なんだもんな、と心の中でつぶやくと、口元がさらにゆるんだ。

歩道橋のついた大きな交差点を左折すると、カーナビが「残りおよそ二キロで、目的地周辺です」と告げた。

家を出てから一時間、とりとめのないおしゃべりばかり続けてきた美沙が、ようやく本題を口にした。

「どういうことなんだろうね、アレって」

「……本人から聞くしかないよ。いま俺たちが考えてても、しょうがないから」

まあね、と美沙はため息をついた。話はもう、それだけで終わってしまう。

孝夫もよけいなことは言わず運転に専念した。

路肩に立つ斎場の案内板が目に入った。沿道の電柱には石材店や仏具店、法要のあとの会食用だろう、大小の広間完備を謳う和食レストランの広告も増えてきた。

実家まではあとわずか。

そこには、健太郎さんが待ちかまえている。


木曜日にメールが来た。

日曜日の午後イチに横浜の実家に来られるかどうか尋ねるメールだった。

用件は、〈今後のことを相談したいのでよろしく〉とだけ、あった。

「ねえ、相談ってなんだと思う？　今後のことって、家の話よね。でも、もう、いまさらなにもないでしょ」

確かに健太郎さんは自分の決めたことに絶対の自信を持っている。ひるがえすのはもちろん、迷うことすらない性格だ。

「なんなんだろう、ほんと……」

訝しむ美沙をよそに、孝夫はスマホを手に席を立った。トイレに入って小さくガッツポーズをつくり、マッチにメールを送った。

〈石神井さんにお礼を伝えておいてください〉

ドバイ出張から帰国した石神井晃は、空港での出迎えにマッチを指名していた。

さすがに時代の荒野を駆け抜ける男、仕事が早い。マッチがドバイに送った『うつせみの庵』についてのレポート――孝夫や柳沢というオヤジ世代に好評だったという報告を受けて、企画をさらに磨くべく車中のミーティングとなったのだ。

「話の行きがかり上、わたしがこのプロジェクトのゼネラルアシスタントになったんです。ゼネラルですよ、総合ですよ、取りまとめ役ですよ。水原さんや柳沢さんにも相談させてもらうこと、これから何度もあると思うんですけど、よろしくっ」

金曜日にビデオ通話で話したとき、マッチは得意そうに言っていた。大抜擢されたのか。しかし、ゼネラルアシスタントとは、つまり雑用もろもろ係ではないかという気もするのだが……大事な話はここから、だった。

「あと、石神井さん、『もがりの家』についての考え方をガラッと、360度変えました」

360度だと一周して元通りである。180度な、180度、と頭の中で訂正して、話を続けさせた。

いままでの『もがりの家』は、空き家にほとんど手を入れず、せいぜい水回りの修繕程度で使っていた。

「オーナーさんの金銭的な負担も減るし、利用者さんも生活感が残ってるほうが落ち着くからっていうのが建前なんですけど、本音では、さっさとスタートさせたいんですよね。へたにリフォームに取りかかると、工事の途中でオーナーさんが心変わりしたり、ご近所の反対運動が盛り上がったりして面倒じゃないですか。早く始めて既成事実をつくってしまえば、なんとかなる、って」

だが、その考えを改めた。

「水原さんの奥さんに言われたことが、グサッと刺さったみたいです」

『みちるの館』では困惑するだけの石神井だったが、その言葉は、むしろ時間がたってから効いてきた。

「ドバイから、『もがりの家』担当のスタッフに連絡があったんです」

進行中の案件をすべてストップ、それぞれのリフォームプランと売却プランを急ぎ作成のうえ、改めて個別ミーティングの日程を調整——。

「奥さんの一言のおかげですよね、絶対に」

「ああ……」

「いろんな意味で」

「うん？」

石神井はリフォームのコンセプトも指示していた。基本は白。空（くう）であり、無であり、永遠でもある、純白の世界。よけいなものをすべて削ぎ落とした、白一色の部屋で最後の家族団欒を過ごし、旅立ちを待つ。

孝夫はあきれ顔になった。「たいしたもんだなあ……」という声も漏れた。マッチも察しよく笑い返して、「あきらめてるわけじゃないんですよね、ウチのボスも」と言った。

リフォームでも、これならコストも期間も必要最小限ですむ。生活感をあえて残すという従来の方向性を、美沙の言葉によって正反対にした。変えるなら徹底的に変える振り幅の広さは、敵ながらあっぱれ、と言うしかない。

「リフォームして、予定どおり『もがりの家』にすることを選ぶか、いい買い手がつくなら売るのか……オーナーさんには、二つの選択肢があるわけですよね」

マッチの言葉を聞きながら、孝夫は健太郎さんの顔を思い浮かべた。

「オーナーの皆さん、どっちを選ぶんでしょうね……」

マボロシの健太郎さんは腕組みをして、じっと一点を見つめていた。

予想していたとおり、健太郎さんには二つの選択肢が示されていた。

実家のダイニングテーブルで向き合った健太郎さんは、いつもながらの傲岸不遜（ごうがんふそん）なまでの貫禄を全身から漂わせて、リフォーム工事の見積書をテーブルに広げた。

「リフォームをするなら、二、三日中にも業者が下見に来るらしい。工事そのものは二週間ほどですむし、終わったらすぐに客が入ってくる」

仮に八月から『もがりの家』の営業を始めた場合、初月の稼働率は五割以上を見込めるという。

「夏場と冬場は年寄りがよく死ぬからな。一組の客が平均三泊四日の利用で、それが五組から六組はある。業者に外注する部屋掃除のコストを差し引いても、充分な売り上げになる。リフォーム工事の費用も、半年以内に回収できる」

火葬場の順番待ちの遺体はそこまで数多い、ということなのだ。やはり『もがりの家』は、ビジネスとして有望なだけでなく、社会のインフラでもあるのだろう。

一方、売却話はすんなりとはいかない。

「長期戦は覚悟してほしい、と石神井くんに言われた。売却価格のほうも期待はできないらしい」

本人の前では「さん」付けでも、いなければ「くん」――さりげないところにも、マウント志向が覗く。

「それはそうだよな、そもそも売れる見込みが薄いから『もがりの家』にしたんだから」

言葉では言い切っても、口調には微妙なためらいがあった。ふう、と息をついて見積書から顔を上げ、美沙を見る。相手にのしかかるようないつもの強い目ヂカラが、いまは微妙に翳っている。

「美沙は、どう思う?」

「――え?」

「リフォームして『もがりの家』にするか、誰かに売るか、どっちがいい」

「だって、そんなの、わたしが決めることじゃ――」

「決めるのは俺だ」

「……でしょ？」

「でも、おまえの考えも聞かせてくれ」

美沙は戸惑いながらも、「聞いてどうするの？」と言い返した。「わたしがなにを言ったたって、どうせ兄さんはもう決めてるんでしょ？　じゃあ意味ないじゃない」

すると、健太郎さんは目をそらし、ダイニングを眺め渡しながら言った。

「まだ決めてない。だから、いまのうちにおまえの考えを聞かせてほしい」

美沙はさらに戸惑って、言葉に詰まってしまった。

健太郎さんは椅子から立って、「石神井くん、美沙に説教されたらしいな」と笑った。「孝夫さんにも叱られた、って言ってたぞ」

孝夫は恐縮して頭を下げたが、背中を向けて歩きだした健太郎さんには気づいてもらえなかった。

「まあ、彼もたまにはガツンと言われたほうがいい。ウチもメインバンクとして、彼には期待してるんだ」

健太郎さんはダイニングとキッチンの間にある円い柱の前に立った。その柱を手で軽く叩きながら、続ける。

「白い部屋は、なんにもない部屋だよな。いろんなものが全部消えて、なくなるんだな……」

孝夫と美沙は目を見交わして、黙ってうなずいた。

「ああ、あったあった、ここだ」

健太郎さんが柱を指差した。身長百八十センチの健太郎さんが頭上に手を伸ばした高い位置だった。

「なあ、美沙、千社札のこと覚えてるか」

「千社札？」

「ほら、神社に貼るやつ。ふつうは苗字だけど、『家内安全』だったか『火の用心』だったかのお札を、親父が飲み会で会社の人にもらったんだよ」

「あ……わかった、思いだした」

美沙が高校生で、健太郎さんが大学生の頃――「そうだよね？」と確かめると、「ああ、まだ本郷じゃなくて、駒場だった」と言う。

東京大学の学生は一年生と二年生は駒場キャンパスに通い、三年生から本郷キャンパスに移る。こういうときにも健太郎さんは東大卒のアピールを忘れないのだ。

それはともかく、あの日酔っぱらって帰宅した父親は、健太郎さんに頼んで千社札を柱に貼った。

「親父もさすがに目立つところだとマズいと思って、俺の背丈よりも高い場所に貼らせたんだよ」

「お母さん、小柄だし」

「そう。でも、バレないわけないよなあ」

「お父さんって、酔っぱらうとグダグダだったもん」

結局、翌朝には母親に見つかって、健太郎さんが剝（は）がした。もともとシールではないお札を糊（のり）で貼ったので、きれいには取れず、紙がわずかに残った。

それが――いまもまだ、あったのだ。

健太郎さんは剝がしきれなかった紙を、最初は爪で軽く搔き、思い直して指で撫（な）でながら、言った。

「この家に親父がいて、おふくろがいたんだよな」

美沙はうなずいて「兄さんもいたし、わたしもいた」と応えた。「みんな、若かったよね」

「でも、もう、誰もいないか……」

「いなくなったね、みんな」

「そうだよなあ、いなくなったな、なんか嘘みたいだけど、いなくなるんだな、ここから、みんな……」

言葉が途切れた。健太郎さんは柱を撫でながら、何度も「うん、うん」と低くつぶやく。最後に柱をポンと叩いて、美沙に背中を向けたまま、言った。

「値段、少し下げて、本気で売るか」

# 第九章　アラ還夫婦の結婚記念日

## 1

美沙の実家の売却は、七月に入って早々に始まった。

『もがりの家』の契約を白紙に戻すにあたって、石神井晃は驚くほどあっさり、違約金や諸費用の請求もなくキャンセルを認めた。メインバンクとの今後の付き合いを考えて、あえてここは貸しをつくったのだろう、と孝夫は思っていたのだが――。

「それだけじゃないですよ」

マッチが教えてくれた。「水原さんと奥さんがからんでるから、ウチのボス、いろんな恩返しのつもりで引き下がったんです」

『みちるの館』での悶着が、『流星たちの館』と『うつせみの庵』という二つの新ビジネスにつながった。さらに『もがりの家』に白一色のバージョンが加わったのも、あの日の出来事があってこそ、だった。

「でも、もっと大きいのは、奥さんの涙です。あと、水原さんのお説教です」

「……説教なんてしてないだろ」

「でも、胸にガツンと響いた、って」

我が家とはなにか。家族の歴史とはなにか。老いていくとは、どういうことか。

「その原点を教えてもらったって、わたしたちにもずっと言ってますよ。水原さんに感謝もしてます。昔の有名な作家の言葉があるんでしょ？『俺か、俺以外か』じゃなくて、『自分以外はみんなバカ』でもなくて……」

「吉川英治（よしかわえいじ）だろ、『われ以外みなわが師』だ」

「あ、そうそうそう、たとえどんな人でも、自分の出会った人はみんな先生になるってことですよね」

マッチが「たとえどんな人でも」を勝手に加えたせいで、ちっともほめられている気がしない。だが、石神井の言わんとすることはわかるし、光栄でもある。

「いや、まあ、それはアレだけど……」

照れ隠し半分に、「とにかく説教なんかじゃないからな」と顔をしかめた。

「じゃあ、ポエムってことで」

「――は？」

「ウチのボスもポエム好きですから」

人生を「たび」と読む男なのだ。「いま」という名の時代の荒野を駆け抜ける男なのだ。

「空き家ポエム、人生ポエム、いいじゃないですかっ」

きゃはははっと笑うマッチに、本気の本気で説教したくなった。

しかし、「われ以外みなわが師」ならば、たとえマッチからでも学んだことはあるのかもしれない——じつは、けっこう大事なものだったりしてな、と認めた。


売却は難航した。問い合わせすらほとんどないまま、七月が終わった。売り値がまだ高すぎる。健太郎さんの言っていた「少し下げて」は、世間一般の感覚では「ほとんどまったく変わらず」程度だったのだ。

八月に入って健太郎さんは渋々ながらも大幅な値下げに応じ、なんとか九月半ばに話がまとまった。

ただし、更地での引き渡しが条件になった。つまり、懐かしの我が家を自分たちの責任で解体するということである。

健太郎さんは「手間もカネもかかるけど、それで売り払えるんなら、べつにいいだろ」と割り切っていたが、やはり美沙は複雑な思いを抱いてしまった。

「家が残ったままのお別れとは、やっぱり全然違うよね……」

それでも、石神井が美沙と孝夫によって空き家への認識を改めたように、美沙のほうもまた、石神井に言われたことを忘れずにいた。

「まあ、感傷にひたってると、きりがないか」

笑顔で言う。心からの笑みではないにしても、少なくとも笑って語ろうとしている。孝夫にはそれがうれしい。両親の介護中から続いていた微妙な頑なさが、ようやく、少しずつでもほぐれてきたような気がする。

解体工事は、足場組みから始めて、コンクリートの基礎や外構の撤去まで、全体では一週間ほどかかる。そのヤマ場にあたるのが、重機で壁を崩し、柱を倒し、床を抜いて、屋根を落とすという、家屋の取り壊しだった。

その当日だけは、現場で立ち会うのはもちろん、東京にもいたくない、と美沙は言った。

「なんか、ウチにいると、いまごろどこまで壊されたのかとか、よけいなこと考えそうだから……工事の日程が決まったら、その日に合わせて、なにか全然関係ないことしようかな」

「関係ないことって、どんな？」

「遠くに旅行に行っちゃうとか。旅先だと気がまぎれるでしょ」

なるほど、それはいいかもしれない。

「一人で行くのか？」

「ううん、二人。一人だとやっぱりいろんなこと考えちゃうからね」

「わかった、じゃあ俺も有休を取るから」

「――え？」

きょとんとした顔で返された。「違う違う、あなたじゃなくて……」

旅行の相棒は、みちるさんだった。夏のうちから「涼しくなったら関西に旅行しましょうよ」と二人で話していたらしい。宝塚歌劇の公演を観て、一九七〇年代の少女マンガ好きの聖地――神戸の異人館と、新選組ゆかりの京都の旧跡を巡るのだ。

早とちりに動揺してしまった孝夫を励ますように、美沙は言った。

「まあ、あなたと二人でフルムーンもいいけど、それはまた、今度でいいんじゃない？」

「いや……べつに、俺が行きたかったわけじゃなくて、もし一緒に行く相手がいないんだったら、まあ、俺が付き合ってやってもいいかな、っていう……もしもの話だよ、いまのは」

なにをスネてるんだ、と自分でもあきれる。

それより、「フルムーン」が、感慨深い。当時の国鉄が中高年夫婦に向けて売り出したグリーン車乗り放題の『フルムーン夫婦グリーンパス』がヒットして、「ハネムーン」に対する「フルムーン」が流行語になったのは、孝夫がまだ大学生の頃だった。あの頃は「フルムーン」などずっとずっと先――というより果ての果て、人生の終わり間近の感覚だったのだ。

「懐かしいなあ、いまの、フルムーンって」

照れ隠しも兼ねてスマホで検索すると、『フルムーン夫婦グリーンパス』を利用できる条件は、「夫婦合わせて八十八歳」だった。思っていたより、うんと若い。

「ってことは……ウチは同い年だから、四十四歳のときから、もう、とっくにフルムーンだったのか……」

感慨がしだいに複雑な寂しさに変わっていく。しかし、それもやがて、同じように複雑なうれしさに変わっていった。

「そんなに早くから使えたの？　うわあ、知らなかった。いままでだいぶ損しちゃったんじゃない？」——感慨抜きの美沙の言葉が、頼もしくて、単純明快に、うれしい。

解体工事のスケジュールが決まった。重機を入れて建物を取り壊すのは、十月半ばの金曜日。美沙はさっそく、その日から一泊二日の関西旅行の予約を取った。みちるさんは誘いを受けて大喜びしていたという。旅館の部屋では、出張版のマダム・みちるのお茶会が開かれるのだろう。

ところが——。

その週に入って早々、美沙は健太郎さんに連絡を入れて、工事の日程を変更してもらうよう頼み込んだ。

孝夫にも「ごめん……急に、気が変わっちゃって」と謝る。「でも、最後まで見てあげないと、あの家がかわいそうだし、申し訳ないし……っていう気になったの」

その思いが消えないうちに、と健太郎さんがプライベートの電話が嫌いなのは承知のうえで、メールではなく電話をかけた。

旅行を楽しみにしているみちるさんのためにも、できればキャンセルはしたくない。だが、もしも工事の日程変更が叶わなければ——みちるさんには申し訳ないけれど、実家とのお別れのほうを選ぶつもりだった。

「健太郎さんは、どうだったんだ？」

あの人の性格なら、「おまえのワガママのために、なんで俺が業者に頭を下げなきゃいけないんだ」とケンもホロロに返しても不思議ではない。

「わたしも最初は自分で業者さんに連絡をするつもりで、兄さんには担当の人の名前とか連絡先だけ教えてもらえば、もういいと思ってたの」――それでさえも五分五分以下、「忙しいんだ」とすぐに電話を切られて、話すら聞いてもらえないことも覚悟していた。

だが、健太郎さんは、「いま外だから、十五分後にかけ直す」と言って、ほんとうに十五分後にコールバックしてくれた。そんなことはいままで一度もなかった。美沙が話し終わるまで口を挟まなかったのも初めてだった。

最後まで話を聞いた健太郎さんは、「わかった。じゃあ、明日まで待っててくれ」と言った。

「また、こっちから電話するから」

それはつまり、健太郎さんが自ら業者と相談してくれる、ということだった。美沙が「わたしがやるから」と言うと、「おまえじゃ無理だ、向こうになめられる」――美沙は「ほんと、昔から人をばかにして、なんにもやらせてくれないんだから」と口をとがらせていたが、それは微妙に笑顔にも似ている表情だった。

「兄さんとわたし……ちょっと変わったかもしれない、関係が」

孝夫も、そう思う。

美沙の決心がひるがえってしまったのも、健太郎さんが不思議なほどすんなりと受け容れてくれたのも、孝夫にはなんとなく納得がいく。

自宅を取り壊す人は、いつも迷う。

現場を見るか、見ないか。我が家の最期を見届けるか、見届けないか。

どちらが正しいのか、長年この業界にいても、わからない。むしろ経験を積めば積むほど正解が見えなくなる。担当した客に相談されても、「人それぞれですから」と愛想笑いでかわしてばかりだった。

じゃあ、俺自身は――？

我が家を取り壊すときには、どうする――？

まだ、わからない。


翌日の火曜日、健太郎さんは約束どおり美沙に電話をかけてきた。

「金曜日と土曜日の旅行、出かけても平気だぞ」

業者との交渉がうまくいった――おそらく、いつもの押しの強さで。

ただし、重機の手配の関係で、月曜日や火曜日には延ばせなかった。水曜日まで日延べすると、家屋解体後の基礎や外構撤去の段取りが組み直しになって、全体の工期が一週間近く遅れてしまい、費用もかさむ。

「日曜日にやらせることにした」

騒音や震動や粉塵の出る工事を休日におこなうのは、異例のことだった。

「現場監督には、明日にでもご近所にチラシを入れさせるし、土曜日には挨拶回りもさせるから」

言葉づかいは、常に上から「やらせる」「させる」の使役形――休日の工事を本音では渋る現場監督に、逃げ口上のかけらすら言わせなかったのだろう。

「じゃあ、わたしも日曜日は少し早めに来て、ご近所に挨拶するから」

美沙が言うと、「そこまでしなくていい」と、あっさり返す。「近所のヤツらとはどうせもう会わないんだし、べつに法律に違反してるわけでもないんだから、工事の連中に頭を下げさせれば充分だ」

「……兄さんは、日曜日はどうするの？」

「行くわけないだろ、朝からゴルフだ、忙しいんだ」

電話を切ったあと、美沙は「やっぱり、兄さん、全然変わってないかも」と苦笑した。孝夫も、かもな、と笑い返す。

それでも、健太郎さんのおかげで、美沙はみちるさんと旅行にも行けるし、我が家の最期にも立ち会えることになった。

「日曜日は忙しくなったなあ」

「うん……こっちのワガママで、朝から横浜まで付き合わせちゃうけど、よろしく」

夕方には、都心で『手裏剣スナイパーズ』の舞台を観る。明日の水曜日に幕を開けて来週の火曜日に千秋楽を迎える、一週間にわたる秋公演だった。

いつもは初日か千秋楽に招待されるのだが、今回は日曜日に招ばれた。

理由がある。その日は、孝夫と美沙にとって特別な記念日だった。

「ちょっと他人行儀なんだけど、せっかくだから、こんなの買ってみた」

ひさしぶりにウチに顔を出したケンゾーが渡してくれたのは、公演の招待券二枚を入れた〈祝結婚記念日〉の熨斗袋だった。

「結婚記念日に、実家がなくなるのも……なんか、いいかもね」

「そうか？」

「うん、小説で言ったら、新しい章に入った感じ？　まだ最終章じゃないけど、けっこう終盤になったんだな、って」

両親が世を去り、実家の処分もすんで、子育ても――。

「卒業しました、ってことにしようね」

「あたりまえだろ、三十過ぎてるんだから。いつまでもスネをかじられても困るって」

そうは言いつつ、公演のチケットを渡したあとでキッチンを探り、ちょっと値の張るワインやハムやチーズをみつくろって持ち帰ったケンゾーの姿を思いだして――。

「でもまあ、もうしばらくは、スネを引っ掻くぐらいはさせてやるか」

「そうよ、介護になったら、さすってもらわなきゃいけないんだから」

二人で、くすぐったそうな苦笑いを交わした。

## 2

工事が始まった。重機のアームがゆっくりと上がり、先端の爪が建物の外壁に食い込んだ。半世紀近くにわたって雨風を防いできた壁に、あっけなく、大きな穴が穿(うが)たれる。

向かいの家の前からそれを見つめた美沙は、低くうめいて、顔をそむける。孝夫も眉間に皺を寄せた。仕事柄、家屋の解体現場には慣れていても、最初に重機の爪が入る瞬間はいつも息が詰まってしまう。

外壁がバリバリと音をたてて引き剝がされる。一度では剝がしきれないので、壁に爪を立てて引くのを繰り返す。大きなウエハースを何度かに分けて割っていくようなものだ。

割れた外壁のかけらが地面に落ちるたびに、粉塵が舞い上がる。下っ端の作業員がホースで水をかけて抑えても、なかなか追いつかない。

「こんなに埃っぽいとは思わなかった……」

美沙はハンカチで鼻と口を覆って言った。

「道を隔ててないと、大変だっただろ?」

「うん……ほんと」

「あと、目にゴミが入らないように気をつけろよ」

美沙は最初、敷地の中に入って取り壊しを見たがっていた。少しでもそばで見届けたい気持ちはよくわかる。だが、重機の作業範囲内に入るのは危ないし、粉塵を頭からかぶるような格好にもなってしまう。

　音もうるさく、短い会話を交わすだけでも声を張り、顔を寄せなくてはならない。ちょうどご近所のキンモクセイは花盛りだったが、せっかくの香りも、重機のオイルと建物のカビ臭さが入り交じったにおいにかき消されていた。

　粉塵を無意識のうちに避けているのか、美沙は少しずつ立つ位置を変えて、気がつくと斜向(はすむ)かいの家の前に移っていた。音やにおいも、真正面にいるときより多少は楽になった。これくらいの距離がちょうどいい。

「取り壊しの工事って、どんどん進んでいくんだね」

「まあ、重機を入れてからはスピード勝負みたいなところもあるからな。屋根瓦も先に下ろしてあるし、電線とか電話線とか、畳なんかも前もってはずしてるから、やりだしたら早いよ」

「なんか……しんみりする暇もない感じ」

　現場に着く前には、「取り壊されるところを見てると、いろんなことを思いだしちゃうかもね」と言っていた美沙だったが、実際に工事の様子を見ていると、感傷にひたる余裕はなかった。形あるものが、大きな音をたて、地響きとともに壊される。その迫力に圧倒されて、また一歩、立つ位置を変え、家から遠ざかる。

　手前の外壁がすべて落ちて、一階と二階が丸見えになった。

　美沙はまた低くうめいて、うつむいてしまう。すぐに顔を上げ、素通しになった家をじっと見つめて、「ねえ——」と孝夫に話しかけた。

「この家ってアスベストはだいじょうぶなの？」

古い建物を解体するときに、建築資材に使われた有害物質が飛散することが、もう何年も前から問題になっている。

「工事に入る前に専門の資格を持った人が調べてるから、平気だよ」

「あ、そう、じゃあ、よかった」

感傷とはほど遠い話を、唐突に口にする——それこそが感傷なのだろう。

二人ともしばらく黙って工事の様子を眺めた。二階の取り壊しはどんどん進んで、あっという間に残り半分ほどになった。外壁が落ちきったので、粉塵もだいぶ収まった。

美沙は、今度は一歩ずつ家に近づいていく。孝夫も無言で付き従った。

黒塗りのハイヤーが、角を曲がって姿を見せた。車はほとんど音をたてずにするすると走ってきて、停まった。

制服に制帽姿のドライバーが、すぐさま車を降りて、後部座席のドアをうやうやしく開ける。

「よお——」

ゴルフに出かけたはずの健太郎さんが、姿を現した。

「間抜けな奴がいて、コースに出る前の素振りでぎっくり腰になって、あっさり中止だよ」

不機嫌そうに言って、「ちょうど帰り道だしな」と付け加えた。孝夫と美沙は顔を見合わせて、健太郎さんにはばれないように、頰をゆるめた。いつも自信に満ちている人は、意外と嘘が下手なのだ。

「家を建てるのは何ヶ月もかかるのに、壊すのはあっという間なんだな」

健太郎さんは軽い口調で続け、二人の隣に並んだ。

「建てるだけじゃないわよ。暮らしてきた年月だってあるでしょ。わたしはここに十年以上住んでたんだし、兄さんだって十年間はやっぱりそれなりに長い歳月じゃないの?」

「まあな……」

「お父さんとお母さんなんて、半世紀近いんだから」

そう言って、「さっきから迷ってたんだけど、兄さんも来たんだったら、踏ん切りがついた」とバッグを探った。

「なにが?」

「これ……持って来てたの」

取り出したのは、両親の写真だった。

「やっぱり二人にも見せてあげたほうがいいよね」

健太郎さんは「湿っぽいことするなよ」とあきれ顔になったが、美沙はかまわず続けた。

「頭金をコツコツ貯めて、ローンを組んで、やっと手に入れたマイホームだったんだよね、お父さん、お母さん……うれしかっただろうね、家が建ったとき」

現場の様子を両親に見せる。

「よくがんばったんだよ、この家、ずーっと、がんばってきたんだよね」

子どもたちの成長を見守り、夫婦の老いと死を見届けて、役目を終えたのだ。

「お疲れさまでした……」

つぶやく声に涙が交じる。

それをかき消すように、健太郎さんは「あ、そうか、思いだした思いだした」と言った。「さっきから、なにかに似てると思ってたら、アレだ、ドリフだ」

孝夫のほうを向いて、続ける。

「なあ、孝夫さん、覚えてないか？　二階建ての家が輪切りになって、中が丸見えになるのって、昔のドリフでよくあっただろ」

「……ええ」

「下宿屋が舞台で、いかりや長介が大家のばあちゃんなんだ。で、加トちゃんや志村けんが下宿人で、溜め込んだ家賃を催促されるんだけど、イタズラばっかりするんだよな」

ザ・ドリフターズの人気番組『8時だョ！全員集合』の定番コントだった。ステージに二階建ての下宿のセットをつくり、実際に加トちゃんたちが部屋を出たり入ったりするのだ。外壁なしで各部屋の様子を見せる回もあったし、ラストで外壁がガバッとはずれる回もあった。

「あんなのを毎週、しかも公開放送でやってたんだから、昭和のお笑いはたいしたものだ。屋台崩しっていうんだっけ、最後の最後にセットごと崩れるときもあったし、あと、二階にパトカーが突っ込んできた回もあって、あれはびっくりしたなあ……」

こんなに饒舌な健太郎さんを見るのは、孝夫には初めてのことだった。

黙り込む美沙も、おしゃべりが止まらない健太郎さんも、それぞれの形で我が家に別れを告げている。

孝夫はさりげなく一歩下がった。二歩、三歩と距離を取って、最後は兄妹二人きりにした。

重機の爪が屋根を崩しはじめた。二階がなくなると、そのぶん空が広くなった。雲一つない青空を、美沙と健太郎さんはそろって見上げた。

二人で言葉を交わす。なにを話したのか、孝夫には聴き取れなかったが、美沙が笑っていた――それだけで、よかった。

## 3

屋根が落ちたのをしおに健太郎さんがひきあげたあとも、美沙は現場を離れなかった。柱と壁がほとんど崩れ、コンクリートの基礎が見えてくるまで立ち会った。

重機の作業に瓦礫（がれき）の撤去が加わった。騒音や震動もだいぶ収まって、取り壊しはそろそろ締めくくりの段階に入りつつある。

「ねえ、もうすぐお昼だし、帰ろうか」

「いいのか？」

「うん、もう、だいじょうぶ。付き合ってくれてありがとう」

美沙は両親の写真をバッグにしまって、大きく息をついた。涙の名残はあっても、すっきりした顔をしている。

車は近所の時間貸し駐車場に駐めてある。十台にも満たない小さな駐車場だ。数年前までは一戸建て住宅だった。更地にしたあと、買い手が付くまでのつなぎで業者に土地を貸しているようだが、土地の形状や道路付けがよくないので、まだ当分は駐車場のままだろう。業者が賃貸契約を更新しなければただの空き地になってしまい、そこから先どうなるかは——神のみぞ知る。

その駐車場に向かう途中も、美沙は後ろ向きなことや寂しげなことはいっさい口にしなかった。

「どんな家が建つんだろうね、ウチのあと」

屈託なく言って、「お洒落な家が建つといいね」と笑う。

土地を買ったのは、同じ横浜のマンションから住み替える家族だった。四十代の夫婦と、中学生の息子が一人。そこに田舎からおばあちゃんを呼び寄せるらしい。

「次の家が建った頃、また来てみるか？」

美沙はすぐに首を横に振った。だよな、と孝夫もうなずいて、それ以上はなにも言わなかった。

おそらく、あと一ヶ月もしないうちに、孝夫は同じような一戸建ての解体工事に立ち会うことになる。

現場は、白石正之さんの家——。

別れた妻の吉田奈美恵さんがタマエスに売却の仲介を依頼したのは、夏の終わりだった。

売却にあたって奈美恵さんが出した条件は、とにかく一日でも早く売買契約を成立したい、というものだった。

「要するに、さっさと厄介払いしたい……前のダンナにまつわるものは、損得抜きで自分の目の前から消えてなくなってほしい、ってことだよなあ」

いちはやく営業部から情報を得た柳沢は、ウェブサイトに載せる広告を孝夫に見せた。周辺の物件の相場からすると、うんと割安な価格設定だった。さらに内部のみ閲覧可能なデータによると、値引きに応じる幅も、常識はずれなほど広い。

「これ、すぐにまとまると思うぞ」

孝夫も「そうだな……」とうなずいた。ここまで下げてくるのなら、場合によってはタマエスで買い取って、自社物件として改めて売りに出してもいいほどだった。

「ダンナには……相談する筋合いはないか、ないよな、名義はカミさんなんだしな……」

柳沢は一人で話を振って、一人で答えを出して、一人で納得して、一人で落ち込んだ。

「でも……、相談はしなくても、報告ぐらいはしてもいいような気はするけどなあ、俺は」

ねばる柳沢に、孝夫は「しないだろ、なにも」と言った。「報告するとすれば、契約がまとまったあとだと思う」

「……報告じゃなくて、通告か」

「そうなるかな」

「いいのか、ミズちゃんは、それで」

「いいもなにも……どうすることもできないんだし」

「白石さんに、ミズちゃんのほうから連絡して、教えてやるとか」

孝夫は黙って、ただ苦笑した。それを見て、柳沢も「守秘義務を破ってはいけませーん」とおどけて、「悪かった……忘れてくれ」とため息をついた。

不思議で、皮肉なものだ。結婚をしたことのない柳沢のほうが白石さんに強く肩入れして、熟年離婚が決して他人事ではない孝夫は、冷静に事態を受け容れている。それはなぜなのか。柳沢にも、孝夫にも、自分ではわかるような気がしているのに、言葉でうまく説明できない。

ただ、柳沢が言う「石神井晃の『うつせみの庵』ができたら、白石さんにも声をかけてやりたいよ」の一言には、孝夫も大きく、心から、うなずいたのだった。

いずれにしても、「希少物件」「掘り出し物」の惹句とともに売り出された白石さんの家には、すぐさま買い手がついた。更地引き渡しが契約の条件になったので、建物の解体工事もタマエスのルートで進めることになった。

工事の日程はもうすぐ出る。空き家だった頃のメンテナンス担当者として、孝夫も建物の取り壊しに立ち会うことになる。

奈美恵さんからは早々に「あとはぜんぶお任せします」との言葉も得ているので、札幌の白石さんに連絡をして「もしも、ご覧になりたいお気持ちがあるのなら……」と声をかけることはできるし、白石さんがそれを望むのであれば、こちらだって、いくらでも……。

そんなふうに考えを巡らせたうえで、やはり、連絡を取るのはやめた。守秘義務うんぬんではなく、それは違うよな、と思う。いつか経緯を打ち明ける機会があったなら、白石さんは「そうですよね」と言ってくれるんじゃないかと信じているし、そのあとで幸せな近況を語ってくれることも願っている――難しいかもしれないけど。

「ミズちゃんは、アレだよ、白石さんのマイホームを、そのまま記憶の中に残してやりたいんだよ。取り壊されて、崩されて、ボロボロの瓦礫になっていくところを見せたくないんだよ。そうだろ？　なあ、そうだろう？」

会社帰りに柳沢と酒を飲んだときに、言われた。

軽く一杯、のつもりだったが、飲みすぎて、酔いが回って――。

「でも、それって幻想だけどな」

柳沢に言われたのか、自分で口にしたのか、酔っぱらった頭が勝手につくりあげた台詞だったのか……よくわからない。


「――ごめん、ちょっと、その先で停めて」

車が住宅地のはずれに差しかかったとき、助手席の美沙に言われた。

孝夫はアクセルをゆるめて「どうした？」と訊いた。

「ちらっと見えたんだけど……」

通りの一本奥の空き地で、地鎮祭(じちんさい)が執りおこなわれていた、という。

車を路肩に停めて、歩いてその場所に向かった。

一戸建ての住宅に囲まれた更地に、紅白の幔幕付きの祭壇が設えられ、神主がいる。確かに地鎮祭だ。

さっきの時間貸し駐車場の土地と比べて、広さも道路付けもそんなに違っているとは思えない。それでも、こちらは買い手がついて、向こうは駐車場のまま――不動産はよく「縁」のものだと言われるが、じつは「運」のほうが近いのかもしれない。

祭壇の前に並べられた椅子には、施工業者と並んで施主の一家が座っている。まだ若い家族だった。小学生のお姉ちゃんはおとなしく座っているが、お母さんの膝に抱かれた弟はすっかり飽きてむずかっている。

「なあ、せっかくだから、鍬入れまで見ていこうか」

ひな壇の土地なので、道路は一段下がっている。さほど目障りにはならないだろう。美沙も「そうね、まだ時間もあるし」と賛成してくれた。

今日の予定は盛りだくさんだった。いったん車で帰宅して、あらためて電車で都心に向かい、夕方からのケンゾーの公演に出かける。公演後は電車で帰って、駅前のビストロで、少し遅めのディナーを楽しむ。その前半戦の締めくくりに、思いがけない寄り道も、悪くない。

吉日の午前中におこなうのが良しとされる地鎮祭は、すでに終盤だった。祝詞奏上は終わっていて、いまは神主が米と塩と白紙を撒いて土地を浄める四方祓いの儀――そのあとの鍬入れの儀を、ひさしぶりに見たかった。

ニュータウンの分譲を担当していた若い頃は、何度も地鎮祭に立ち会ってきた。土地を鎮めることを本気で信じていたかと訊かれれば、さすがに恐縮しながらも首を横に振るしかない。だが、盛った土に施主が鍬を入れるときには、やはり粛然とする。がんばってくださいよ、と施主の背中に無言のエールを送ったことも一度や二度ではきかない。

一方、自分自身が施主になったときは、自らを励ますような余裕はなかった。身が引き締まりながら地に足が着かないまま、「えい、えい、えい」という掛け声とともに鍬で盛り土を崩した。あとで美沙とケンゾーに「声、震えてたでしょ」「裏返ってたよね」と笑われたが、本人はそれすら覚えていなかったのだ。

ふわふわしているのに、こわばっている——あの日の不思議な感覚は、いまでも忘れていない。そして、もう二度と味わうことはできないだろう。

空き地でも、鍬入れの儀が始まった。スーツ姿のお父さんが席を立ち、神主から木製の鍬を受け取った。ぎごちない手つきで盛り土を崩す。「えい、えい、えい」の声も、ずいぶんうわずっていた。

だが、腕組みをして見守った孝夫は、そうそう、それでいい、こんなのはうまくやれなくていいんだ、と満面の笑みでうなずいた。

美沙も「これから奥さんと一緒に、家族みんなでがんばらなきゃね」と言って、孝夫を見た。

「でも、あなたのときよりずーっと落ち着いて、堂々としてるから、だいじょうぶよね」

「俺、そんなにひどかったのか？」

「そりゃあ、もう」

笑って応えた美沙は、「あ、見て」と空き地にまた目をやった。

お父さんの鍬入れが終わると、お母さんが席を立ち、抱っこした弟と引き換えに鍬を受け取った。鍬入れはお父さんだけではなかったのだ。

「そういうのって、あるの？」

「いや、俺は初めて……」

お母さんが「えい、えい、えい」と盛り土を崩すと、続いてお姉ちゃんが見よう見まねでやってみた。さらに弟は、砂場遊びと思ったのか、両手で盛り土にぺたぺたと触って、「えーい、えーい、えーい」と節をつける。

年配の神主や施工業者は唖然としていた。

それでも。

いや、だからこそ――。

美沙は頭上に両手を掲げて拍手をした。

「みんなのウチだよ、がんばってーっ！」

声までかけた。

驚いて振り向く一家に、孝夫は、すみませんすみません、お騒がせしました、あはっ、どうもどうも……と頭を何度も下げた。途中から目に涙が浮かんでいた。

4

ケンゾーが両親を招待した席は、ステージの正面ではあっても、最後列だった。

席数が二百五十ほどの小劇場なので、たとえ後ろの席でも芝居が観づらいわけではない。だが、てっきり最前列だと思っていた美沙は「アップで観せる自信がないんじゃないの？」と、席に着くなり不満げに言った。孝夫も、正直、なぜこんな席なのだろう、とは思っていた。

そんな二人に、追っかけセブンがケンゾーの思いを伝えてくれた。

「ホムホムはね、客席を見てほしいのよ」

ケイさんが言うと、ミヨさんが「いまさら親に脚本の出来とかお芝居の上手い下手とかを見せても、しょうがないでしょ」と続け、さらにアッコさんがまとめた。

「みんなお芝居に夢中で、シリアスな場面ではしーんとなって、笑う場面はドッとウケて、歌とダンスで盛り上がる……そういうのを、後ろから見ていてほしいわけ」

三人の手には、推し活うちわとキングブレードが握られている。

ブレードの色はいずれもオレンジ――『ネイチャレンジャー』時代からのホムホムのメンバーカラーである。

ケンゾーの顔が大きくプリントされたうちわの片面には、〈投げＣＨＵして♡〉〈きゅんして♡〉〈バ～ンして♡〉――投げキッスまでは孝夫にもわかったが、「きゅん」は指でつくるハートマーク、「バ〜ン」は指でつくった拳銃で撃ってもらうことらしい。

「要するに、後ろの席からわたしたちを見なさいよ、ってこと」「キレッキレのブレードの動き、感動するからね」「うちわのフォント、可愛いでしょ？　創英角ポップの蛍光色。スーパーの特売のチラシや値札でもおなじみのフォントだけど、そこは忘れて、夢を見なさい、夢を」

いつにも増してセブンは意気軒昂だった。

なぜなら――。

「ホムホムに聞いたけど、今日は結婚記念日なんだってね」「三十三回目なんでしょ？」「法事だったら三十三回忌は弔い上げで、これで『ご先祖さま』になるわけ」

縁起でもない展開になったあと、最年長のケイさんがしみじみと言った。

「でも、まあ、ここからが長いのよ、夫婦は。愛情の愛は花と同じで、いずれは枯れちゃうかもしれない。でも、情の根っこが残ってるうちはだいじょうぶ。根っこに別の花を咲かせれば、友情にも人情にもなるわけ」

神妙にうなずいた孝夫と美沙に、ミヨさんが続けた。

「でもね、夫婦なんだから一つにならなきゃ、なんでも同じにしなくちゃ……なんてことを考えだすと、同情になるから。同情は共倒れの第一歩、絶対にだめっ」

ブレードと〈きゅんして♡〉のうちわを交差させて、バツ印をつくる。

さらに、アッコさんが話を引き取った。

「つまり、人生の先輩として言わせてもらうと、夫婦っていうのは、愛情に始まって、友情になって、人情になって……で、最後に行き着くところが……」

美沙はグッと身を乗り出して続く言葉を待ちかまえ、孝夫も聞き漏らさないよう頬をひきしめた。

だが、アッコさんはその先を考えていなかった。「愛情……友情……人情……」と天を仰ぎ、「情、情……じょう……」と考えた挙げ句、ひねり出したのは——。

「根性！」

漢字が違う。コンセプトもずれた。

だが、美沙は詰めていた息をプッと噴き出すと、「いただきました！」と声をはずませた。「愛情、友情、人情、根性、これで金婚式までやっていきます！」

結婚五十年まで、あと十七年。果てしなく長いような、意外とあっという間に過ぎてしまうような……。

いずれにしても、あちこちにガタが来て、故障したどこかを直せば別のどこかに不具合が出てしまう我が家には、まだ最後の仕事——夫婦の老いを見届ける役目が残っているのだ。

ケンゾーが秋の公演用に書き下ろした新作は『うつせみ城の攻防』と題されていた。

財宝が隠されている古城を巡って、一攫千金（いっかくせんきん）を狙う山賊と、城を焼き払う幕府の密命を帯びた忍者たち、そして亡霊となって財宝を守りつづける城主と姫と家臣団とが、三つ巴（みつどもえ）の戦いを繰り広げる物語である。

筋書きはありふれている。忍者の一人と姫の亡霊との淡いロマンスも、忍者と家臣団がタッグを組んで山賊を追い払う展開も、決して新鮮味のあるものではない。

それでも、孝夫と美沙にとっては、うつせみ城——空き家が物語の舞台になったことがうれしい。『みちるの館』にかかわった経験が作品づくりに活かされたのなら、我が家での居候生活も、むだではなかったわけだ。

演出も務めるケンゾーは、主人公の忍者など目立つ役はすべて若手に譲り、自分は城主の亡霊を演じた。領民に慕われる名君でありながら、奸計(かんけい)にはまって幕府への謀叛(むほん)の疑いをかけられ、死罪となった城主である。

童顔にかろうじて髭でカンロクをつけたケンゾーの見せ場は、物語のラストシーンだった。

燃え上がる天守に仁王立ちした城主の亡霊は、かつての領地を睥睨(へいげい)して、噛みしめるように言う。

「人はなぜ、過去を振り返る力を持ったのか。人はなぜ、思いだすことを覚えたのか。消えていくものを惜しむからじゃ。やがて己も消えていくからこそ、先に消えてしまったものを、ここに留め置こうとするのじゃ」

胸を、とん、と叩く。

「路傍に空蟬(うつせみ)を見つけたなら、思いだすがいい、かつて同じ名の城があったことを。人の記憶にしか残っていなくとも、いや、残っているかぎりは、城は、永遠に、そこにあるのじゃ」

客席を見わたす。両親を見つめる。

「喜びも、悲しみも……さんじゅう、みとせ……」

三十三年――。

「めでたいのう、めでたいのう！　さらばじゃ！」

炎が高くなって城主の体を隠す。炎の陰から、城主とおぼしき人影が空へと舞い上がり、ステージは暗転――と思う間もなく、すぐにまばゆい照明が灯り、エンディングの歌とダンスが始まった。最後の台詞のワケのわからなさを勢いでごまかすかのような、アップテンポの曲と派手なダンスだった。

孝夫は他の客にならって立ち上がり、「なんなんだ、あの台詞」と苦笑交じりにキングブレードを振った。「公私混同もいいところじゃないか」

美沙も「プロ意識に欠けてるのよ。お金を払ってくれたお客さんに失礼じゃない」とぶつくさ言いながらも、まんざらではなさそうな顔でブレードを振る。

孝夫は客席を見回した。日曜日の夕方の公演でも、客は七割ほどの入りだった。この規模の劇場で、この程度の集客で、劇団に未来があるのかないのか……。

「最後に空を飛んだアレ、布団を丸めてたよね」

「ああ、すぐにわかったな」

予算があれば、ワイヤーアクションでケンゾー自身が舞い上がったのかもしれない。

「こういうところが、やっぱり、ちょっとね……宝塚を見てきたあとだから、よけいに」

比べる相手が悪い。さすがにケンゾーもかわいそうだし、宝塚にとっては失礼にもほどのある比較だろう。

「まあ、ケンゾーだって貧乏なりに工夫してるんだから。意外と、あの布団も、忍者の空蝉の術にひっかけたアイデアかもしれないんだし」

親バカでもいいさ、と孝夫はまた苦笑した。

観客は総立ちで歌とダンスに盛り上がっている。お芝居もしっかり楽しんでくれていた。最前列に陣取る追っかけセブンの騒がしさを差し引いて補正しても、だいじょうぶ、ステージも客席も、充分に熱い。

今夜の思い出が観客の胸にいつまでも残ってくれることを祈りつつ、孝夫はブレードを振る。

「ねえ――」

美沙があきれ顔で言う。「こどもの日のときにも思ってたけど、あなたの振り方って、ほんと、交通誘導員の人みたいね」

「……すまん」

「でも、カッコいいけど」

きゅん――指でハートマークをつくって、ふふっと笑う。

「いや、おい……なんなんだ、ワケのわからないことするなって……」

からかわれているとわかっているのに、本気で照れてしまった。

アラ還夫婦には、「純情」だって必要なのかもしれない。

結婚記念日のディナーは、地元に戻って、ふだんからときどき出かける駅前のビストロにした。都心の高級店で緊張しつつ食べるより、なじみの店で慣れた料理を楽しむほうがいい。コース料理ではなくアラカルトで、それぞれ好きなものを選ぶのも、三十三年目の余裕というやつだろうか。

ワインのチョイスは少し贅沢をした。そのワインのほろ酔いとともに、美沙は「ねえ……どう思う？　さっきの子」と言った。声と表情に、小さなトゲが覗く。

さっきの子——孝夫にも、すぐにピンと来た。ステージのラストを飾る、劇団員全員のカーテンコールに、ちょっと気になる人がいた。

若い女性だった。小柄で、眉と目がくっきりして、ポニーテールがよく似合っていた。

「わりと可愛い子だったけど、役者さんじゃないよね」

「うん……」

彼女はステージ衣装ではなく、Ｔシャツとスウェットパンツ姿だった。大道具や照明、音声など、裏方のスタッフなのだろう。

「見てたよね、こっちを」

「だな……」

横一列の端っこから、不自然なほどまっすぐにこっちを見ていた。敵意や警戒のまなざしではない。にこやかに、親しみを込めて、距離さえ近ければいまにも声をかけてきそうなほどだった。

カーテンコールの最後も、他のメンバーが舞台袖にひきあげるなか、名残惜しそうにぴょこんと一礼した。あのときも、明らかにこっちを見ていた。間違いなく二人に挨拶をしたのだ。

「でも、会ったことないわよね」

「ない……」

「なんか、ちょっと、うん、アレよね、うん、まったく、そうよね……うん、アレよ、うん……」

ぶつぶつ言いながら、ワインを飲む。孝夫が冗談のつもりで「なんだよ、オンナの勘か?」と笑うと、真顔で「かもね」と返す。さっき覗いていた小さなトゲが、ちょっと伸びて、キラッと光った。


美沙の勘が当たっていたことは、一ヶ月後にわかる。

ケンゾーが彼女を連れてウチに来て、もじもじしながら「じつはオレ、この人と……」と紹介して、新たな騒動が幕を開けるのだが、それはまた、別の話である。


二人とも心地よく酔った。

ビストロからの帰り道は、その酔いかげんを保ったまま、散歩気分で歩いた。

手をつなぐでも肩を寄せ合うでもなく、けれど誰も割り込めない微妙な距離を、とりとめのないおしゃべりが埋めていく。

若い頃の思い出話ではない。それはさすがに出来すぎになってしまう。老後の話は興醒めだし、話題をテレビや新聞から無理に探すぐらいなら、満たされた沈黙を味わったほうがずっといい。

結局、話すのは、どうということのない確認や連絡ばかりだった。

「明日の朝は、ご飯だからね。納豆、今日までだったの忘れてた」

「わかった。あと、明日のゴミって不燃だっけ、ペットボトルだっけ」

「第三月曜だから、ペットボトル。よろしくね」

「りょーかーい」

そんなありふれたやり取りを、いつか、ずっと遠い先のある日、片割れは涙が出るほど懐かしく思いだすだろう。そして、先に逝った片割れを思い、がらんとした我が家で、静かなため息をつくだろう。

しかし、それもまた、別の話にしておこう。

二人は我が家に帰り着く。

たとえ待っている人は誰もいなくても、黙って我が家に入るのはやはり寂しい。

玄関のドアを開け、声をそろえて――。

「ただいま！」

初出　「うつせみ八景」『婦人公論』二〇二一年七月一三日号〜二三年三月号

書籍化にあたり、タイトルを変更し、加筆修正をおこないました。

装画　中村一般
装幀　田中久子

重松清

1963年岡山県生まれ。早稲田大学教育学部卒業。91年『ビフォア・ラン』でデビュー。99年『ナイフ』で坪田譲治文学賞、『エイジ』で山本周五郎賞、2001年『ビタミンＦ』で直木賞、10年『十字架』で吉川英治文学賞、14年『ゼツメツ少年』で毎日出版文化賞を受賞。その他の小説作品に『流星ワゴン』『疾走』『とんび』『ひこばえ』『ルビィ』『ハレルヤ！』『めだか、太平洋を往け』『かぞえきれない星の、その次の星』『はるか、ブレーメン』など多数。

カモナマイハウス

2023年7月25日　初版発行

著者　重松　清（しげまつ　きよし）

発行者　安部順一

発行所　中央公論新社

〒100-8152　東京都千代田区大手町1-7-1
電話　販売 03-5299-1730　編集 03-5299-1740
URL https://www.chuko.co.jp/

DTP　嵐下英治
印刷　共同印刷
製本　大口製本印刷


Published by CHUOKORON-SHINSHA, INC.
Printed in Japan　ISBN978-4-12-005676-5 C0093

重松清の本

中公文庫

## リビング

ぼくたち夫婦は引っ越し運が悪い……四季折々に紡がれる連作短篇を縦糸に、いとおしい日常を横糸に、カラフルに織り上げた12の物語。〈解説〉吉田伸子

## ステップ

結婚三年目、突然の妻の死。娘と二人、僕は一歩ずつ、前に進む——娘・美紀の初登園から小学校卒業まで。「のこされた人たち」の日々のくらしと成長の物語。

## 空より高く

廃校になる高校の最後の生徒たる「僕」の平凡な省エネ生活は、熱血中年教師の赴任によって一変した——きっと何か始めたくなる、まっすぐな青春賛歌。